Gaby Hauptmann

Rückflug zu verschenken

Roman

Piper München Zürich

Mehr über unsere Autoren und Bücher:
www.piper.de

Von Gaby Hauptmann liegen im Piper Taschenbuch vor:
Suche impotenten Mann fürs Leben
Nur ein toter Mann ist ein guter Mann
Die Lüge im Bett
Eine Handvoll Männlichkeit
Die Meute der Erben
Frauenhand auf Männerpo
Ein Liebhaber zuviel ist noch zuwenig
Fünf-Sterne-Kerle inklusive
Hengstparade
Yachtfieber
Ran an den Mann
Liebesspiel
Nicht schon wieder al dente
Rückflug zu verschenken

Originalausgabe
1. Auflage Mai 2009
4. Auflage Juli 2009

Umschlagkonzept: semper smile, München
Umschlaggestaltung: Cornelia Niere, München
Umschlagfotos: Masterfile (Montage)
Autorenfoto: Anne Eickenberg / Peter von Felbert
Satz: Uwe Steffen, München
Druck und Bindung: CPI – Clausen & Bosse, Leck
Printed in Germany ISBN 978-3-492-26295-8

Gaby Hauptmann

Rückflug zu verschenken

PIPER

Zu diesem Buch

Das erste, was sie sieht, ist Pauls nackter Hintern. Und dann die jüngere Frau. Aber das genügt Clara: Sie nimmt ihre Tochter Katie und zieht aus. Als nächstes bucht sie einen Billigflieger nach Mallorca und macht eine Woche Urlaub von allem. Am Strand von Arenal lernt sie Britta, Tina, Lizzy und Kitty kennen, die Clara mit ihrer erfrischenden Unbeschwertheit wieder aufrichten. Ein Immobilienschild bringt Clara auf die spontane Idee, wieder als Innenarchitektin zu arbeiten. Ohne Pauls Geld kann sie jetzt jeden Euro gut gebrauchen. Und bald gibt es schon einen Auftrag: von einem russischen Milliardär. Clara soll seiner Geliebten ein Penthouse luxuriös einrichten. Ihre neuen Freundinnen leisten ihr Schützenhilfe, und auch die Mallorquiner Männerwelt scheint Clara einiges zuzutrauen – am Ende kriegt sogar ihr Ex genau das, was er verdient hat …

Gaby Hauptmann, geboren 1957 in Trossingen, lebt als freie Journalistin und Autorin in Allensbach am Bodensee. Ihre Romane »Suche impotenten Mann fürs Leben«, »Nur ein toter Mann ist ein guter Mann«, »Die Lüge im Bett«, »Eine Handvoll Männlichkeit«, »Die Meute der Erben«, »Ein Liebhaber zuviel ist noch zuwenig«, »Fünf-Sterne-Kerle inklusive«, »Hengstparade«, »Yachtfieber«, »Ran an den Mann« und »Nicht schon wieder al dente« sind Bestseller und wurden in zahlreiche Sprachen übersetzt und erfolgreich verfilmt. Außerdem erschienen von ihr Erzählungsbände, ihr ganz persönliches Buch »Mehr davon« sowie Kinder- und Jugendbücher.

Für die Fünf-Sterne-Frau in
meinem Journalistenleben, Gaby K.
Und für Gaby S.,
die mich auf jeder noch so schrägen
Recherchereise fröhlich begleitet.

Dank Euch beiden Gabys,
Eure Gaby

Sie nahm den Geruch wahr, noch bevor sie sich darüber klar wurde, dass etwas nicht stimmte.

Sie hatte die Haustür aufgeschlossen und wie immer auf Katie gewartet, die hinter ihr her trödelte. Ihr Blick glitt über die Einrichtung in ihrer großen Eingangshalle. Mit dem Gemälde des angesagten Gegenwartskünstlers Neo Rauch, dem sie unendlich lange nachgelaufen war, bis sie es hatte kaufen können, war die Halle nun wirklich perfekt.

Sie *war* perfekt.

Clara lächelte.

Katie kam herangestürmt, ihre blonden Locken hüpften, als sie vor ihr stehen blieb und ihr ein vierblättriges Kleeblatt entgegenstreckte. »Da, Mami, für dich!«

Clara beugte sich hinunter und gab ihr einen Kuss. Sie würde im nächsten Jahr in die Vorschule kommen. Wie schnell doch die Zeit verging.

»Dann komm, mein Schatz«, sagte sie, »schauen wir mal, ob wir noch ein Eis für dich finden!«

Sie richtete sich auf – und da war er wieder: dieser Geruch, der hier nicht hingehörte. Sie hatte nicht darüber nachgedacht, warum sie Katie in die Küche schickte, um eine hübsche kleine Vase für das Kleeblatt zu suchen. Es war einfach geschehen, wie der Instinkt eines Tieres, der funktioniert, wenn das Gehirn noch gar nicht so weit ist. Nichts erfasst hat, außer: Pass auf!

Katharina hüpfte davon, und ihr buntes Sommerkleidchen tanzte wie die blonden Locken auf und nieder. Clara lief langsam durch die Halle auf die große, breite Marmortreppe zu, die der Stolz ihres Mannes war. Der feinste Marmor hatte es sein müssen, und sie war selbst nach Carrara gefahren, damit bloß nichts schiefging. Für ihn, der durch einige glückliche Immobiliengeschäfte zu viel Geld gekommen war, durfte es im Leben nur noch vom Besten sein.

Sie stieg langsam die Treppe hinauf, noch immer den Geruch in der Nase, von dem sie plötzlich wusste, dass es ein Duft war. Ein Parfüm.

Ein fremdes Parfüm.

Ihr Herzschlag beschleunigte sich. Gut, sie war heute früher dran als sonst, weil Katies Kindergärtnerinnen einen Projektnachmittag hatten. Sie wagte den Gedanken nicht zu Ende zu denken, denn eigentlich erschien er ihr so ungeheuerlich, dass sie sich nur irren *konnte*. Sie steuerte direkt auf ihre Schlafzimmertür zu. Hierher führte sie der Duft. Clara presste ihr Ohr an die Tür, es war still. Sie atmete auf, dann drückte sie langsam die Klinke hinunter.

Was sie durch den Türspalt zuerst sah, war Pauls nackter Hintern. Er kniete zwischen den Schenkeln einer jungen Frau, die mit gespreizten Beinen auf ihrem gemeinsamen Bett lag. Sie stöhnte leise und heftig, war aber wohl doch noch nicht so abgeflogen, wie sie Paul weismachen wollte, denn ihr Blick heftete sich sofort auf Clara. Sekundenlang starrten sie sich in die Augen. Die Fremde vergaß das Stöhnen, und Paul verdoppelte seine Anstrengungen. Clara hätte gern weggesehen, aber sie konnte sich nicht von dem Anblick lösen. Und komischerweise schrie sie auch nicht: »Du Sauhund!«, sondern sie fragte sich, wer die junge Frau war.

Nun schien auch Paul begriffen zu haben, dass irgendetwas nicht stimmte. Er tauchte auf, schaute seine Gespielin an und folgte ihrem Blick. Mit dem Handrücken fuhr er sich über den nassen Mund, als er Clara, die die Tür inzwischen ganz aufgeschoben hatte, endlich sah.

»Du?«

»Ja. Ich wohne hier!«, gab Clara zur Antwort und fragte sich, wo ihre Emotionen blieben. Sie war kalt wie eine Hundeschnauze, sie kannte sich selbst nicht wieder.

»Ich …«, begann Paul, während die junge Frau an seinem Kopf vorbei ihre Schenkel zuklappte.

»Tja«, sagte Clara und nickte langsam. »Das war's wohl.« Damit drehte sie sich um, schloss die Tür leise hinter sich und ging die Marmortreppe hinunter. Sie spürte noch immer nichts.

Wo hatte er denn seinen Wagen gelassen, fragte sie sich stattdessen und zuckte zusammen, als Katie aus der Küche gerannt kam, ein Schnapsglas in der Hand.

»Ist das schön, Mami?«

»Das ist phantastisch«, sagte sie, nahm das Glas, ging an den chinesischen Hochzeitsschrank, der ihnen als Bar diente, und schenkte sich einen Himbeergeist ein, den sie in einem Zug trank.

Katie schaute ihr mit großen Augen zu. »Das war doch für das Kleeblatt!«, protestierte sie.

»Für dein Glücksblatt finden wir ein anderes, noch viel schöneres«, sagte Clara und goss einen zweiten nach.

Paul war sich nicht sicher, was er wollte, aber für Clara war es klar: Sie zog aus. Und mit ihr Katie. Zurück ließ sie eine Villa, in die sie fünf Jahre ihres Lebens investiert hatte, und einen Mann, der ihren Entschluss nicht verstehen wollte.

Ein kleiner Fehltritt, nichts weiter. Wie konnte sie nur so albern reagieren!

Clara blieb albern und zog bei ihrer Mutter ein. Paul stellte klar, dass sie kein Geld zu erwarten habe, schließlich waren sie nicht verheiratet. Bei Katie sah die Rechtslage anders aus: Da er ihr Vater war, bezahlte er seinem Vermögen und dem Rat seines Anwalts entsprechend 860 Euro monatlich. Dafür bekam man in Köln eine mittelgroße Zweizimmerwohnung ohne Heizung, Wasser und Strom.

Ellen, ihre Mutter, war von der neuen Situation auch nicht begeistert, aber sie räumte in ihrer Vierzimmerwohnung ein Zimmer frei und ließ die beiden bei sich wohnen. Clara mit dem festen Vorsatz, ganz schnell wieder eine Arbeitsstelle zu finden. Schließlich war sie Kunsthistorikerin und Innenarchitektin, und dazu noch promoviert, das musste ja zu schaffen sein. Aber sie war fünf Jahre raus und für eine Praktikantenstelle überqualifiziert. Außerdem, das spürte sie schnell, war sie unten durch. Die Gesellschaft wollte sie nicht mehr haben. Und wenn sie doch einem ihrer alten Bekannten zufällig begegnete, dann spürte sie eine Art von herablassendem Mitleid. Und als sie hörte, dass Pauls Betthäschen Diana nun bei ihm eingezogen sei und in ihrer Villa residiere, beschloss sie, die Stadt zu wechseln. Oder besser noch das Bundesland. Berlin, erklärte sie ihrer Mutter, böte vielleicht mehr Chancen für Innenarchitektinnen. Dort würde doch ständig gebaut, und in Potsdam gäbe es deutschlandweit das beste Netz für die Kinder berufstätiger Eltern.

Also Berlin, meinte ihre Mutter skeptisch.

Ja, Berlin, erwiderte Clara fast trotzig. In Potsdam leben und in Berlin arbeiten. Das erschien ihr genial.

Ellen war nicht davon überzeugt, dass der Immobilienboom in Berlin wirklich so großartig war, zumal sie in der Boulevardpresse immer wieder nachlesen konnte, wer dort gerade auf irgendwelchen Immobilien sitzen geblieben war und dabei sämtliches Geld verloren hatte.

Überleg dir das gründlich, sagte sie, und um ihre Tochter von einem Schnellschuss abzuhalten, schenkte sie ihr eine Reise nach Mallorca.

Arenal, sagte sie. Mehr war nicht drin. Katie bleibt so lange hier, bei mir. Du musst zu dir kommen, vielleicht gehst du dann ja auch wieder zu Paul zurück. Ein Fehltritt. Jeder Mann geht mal fremd.

Toll, sagte Clara. Ein Fehltritt. Das hat Paul auch schon gesagt. Ein Fehltritt! Vati ist nie fremdgegangen.

Dafür ist er früh gestorben, erwiderte Ellen nüchtern.

Clara packte einen Strandkoffer für Mallorca. Arenal stellte sie sich schrecklich vor, Hotelburgen und angetrunkene Männer, aber es war Anfang September, und möglicherweise war die Invasion schon vorbei. Und es war nett von ihrer Mutter, die ihre Rente ja auch zusammenhalten musste.

Ellen hatte recht, es war Zeit für eine Bestandsaufnahme. Clara war sechsunddreißig Jahre alt, ihre Mutter siebenundsechzig. Sie konnte ihr nicht dauerhaft zur Last fallen. Und Katie kam in zwei Jahren in die Schule, bis dahin musste Clara wieder eigenes Geld verdienen und ein Zuhause für sie gefunden haben.

Sie war so naiv gewesen. Wieso hatte sie nie auf einem eigenen Konto bestanden?

Im Nachhinein ist man immer klüger, sagte sie sich.

Sie musste nach vorn schauen, nicht zurück.

Der Transferbus brauchte ewig, bis er sich gefüllt hatte, und dann fuhr der Busfahrer in jede Seitenstraße von Arenal hinein, um jeweils zwei oder vier Urlauber abzusetzen. Fast jedes Mal dachte Clara: Bitte, lass das nicht mein Hotel sein.

Das letzte Mal, als sie auf Mallorca gewesen war, hatte sie in Deià im *La Residencia* residiert und die Insel mit einem Mercedes Cabrio erforscht. Damals war die Welt noch in Ordnung gewesen, sie hatten Antiquitätenläden durchstöbert, und Clara war vor allem in Schuhgeschäften fündig geworden. Bei dem Gedanken daran musste sie jetzt lächeln, aber da holperten sie schon eine Straße hinauf, die rechts und links zugeparkt war und einem Bus kaum Platz bot – oben erfuhr sie, dass sie nun angekommen seien. Sie konnte das Hotel kaum erkennen, weil es inzwischen dunkel geworden war, aber es war groß und sah im Licht der vielen Laternen gar nicht so schlecht aus.

Gott sei Dank, dachte Clara und ließ sich ihren Koffer aushändigen. Zwei Stunden war es her, seitdem sie gelandet war, und jetzt hatte sie richtig Hunger. Während sie ihren Koffer hinter sich her zur großen gläsernen Eingangstür zog, überlegte sie sich die nächsten Schritte. Einchecken, Koffer im Zimmer abstellen und sofort zum Essen gehen. Ein Fisch wäre jetzt lecker und dazu guter, süffiger Weißwein – die Ankunft musste schließlich gefeiert werden. Sieben Tage Auszeit, Bedenkzeit oder was auch immer – jedenfalls Zeit nur für sich selbst.

An der Rezeption musste sie warten, offensichtlich war sie schon etwas zu spät dran, aber dann hatte sie ihren Schlüssel, fuhr in den sechsten Stock und schritt den langen Gang ab. Gut, die Teppiche waren schon etwas abgetreten, aber darüber konnte man hinwegsehen, wenn das Leben gerade erst wieder neu begann.

Das Zimmer war klein, aber praktisch und hell eingerichtet, Bambusmöbel, gar nicht schlecht, dachte sie, und das Badezimmer schien auf den ersten Blick auch in Ordnung. Der schmale Balkon war geteilt worden, die andere Hälfte gehörte dem Zimmernachbarn, und die Dunkelheit raubte ihr die Aussicht, aber das war ja jetzt egal, denn nun lockte der gemütliche Teil des Tages.

Clara ließ den Koffer neben dem Bett stehen, trat auf den Flur hinaus und drückte dann im Fahrstuhl auf *Restaurant*. Geräuschlos fuhr sie in das Untergeschoss und blieb dort vor einer verschlossenen Glastür stehen. Zuerst wollte sie es nicht glauben und rüttelte an der Klinke, weil sie auf der anderen Seite noch Menschen sah, aber jemand blickte auf und deutete auf seine Armbanduhr. Dazu schüttelte er den Kopf.

Clara schaute auf ihre Uhr. Fünf nach neun. Sollte das heißen, dass es ab neun Uhr nichts mehr zu essen gab?

Sie starrte wieder in den riesigen Raum – und tatsächlich, das waren keine Gäste, sondern Angestellte, die das Büfett abräumten.

Das war bitter. Schlagartig knurrte ihr Magen noch lauter.

Okay, dachte sie, Clara, lass dir die Laune nicht verderben, jetzt brauchst du eine Alternative.

An der Rezeption erfuhr sie, dass sie noch zum Strand fahren könne, dort gebe es genug Möglichkeiten. Man rufe ihr gern ein Taxi. Oder die kleine Hotelbar, die auch eine Terrasse hatte, biete Snacks und Getränke an.

Snacks?

Einen Hotdog beispielsweise.

Das fand sie wenig verlockend, ein Taxi war ihr zu teuer, außerdem war sie müde und hoffte nun auf ihre Minibar. Im Notfall eine kleine Flasche Rotwein, Erdnüsse und

Chips. Die Füße auf die Balkonbrüstung, die laue Nacht genießen und die Sterne betrachten. Vielleicht auf eine Sternschnuppe hoffen.

Auch das konnte Spaß machen.

Nur, auf ihrem Zimmer gab es keine Minibar. Und nun plagte sie auch der Durst. Aber dem Leitungswasser traute sie nicht. Und einen Zimmerservice erwartete sie nicht.

Wo bekam man um diese Uhrzeit eine Flasche Wasser her? Vielleicht gab es auf einem der Flure ja irgendwo einen Getränkeautomaten?

Als sie draußen Geräusche hörte, war sie richtig erleichtert. Ihre Zimmernachbarn hatten ihre Hälfte des Balkons bezogen. Langsam ging Clara hinaus und klopfte an die schulterhohe dünne Trennwand.

»Entschuldigung«, sagte sie, »sprechen Sie Deutsch? Or do you speak English? Darf ich kurz stören?«

Stühlerücken, und ein Kopf tauchte auf. Ein Mann um die vierzig, kurzer Haarschnitt, braun gebrannt und offensichtlich gut gelaunt.

»Aber bitte gern«, sagte er freundlich und im breitesten Sächsisch.

»Ich bin eben erst angekommen und finde mich noch nicht so richtig zurecht; wo bekomme ich um diese Uhrzeit denn noch ein Getränk her?«

»Hier schon mal überhaupt nicht«, lächelte er. »Aber morgen auf dem Weg zum Strand finden Sie einen Supermarkt, da kann man billig einkaufen.«

»Und wie weit ist es bis zum Strand?«

»Zu Fuß zwanzig Minuten. Oder eine halbe Stunde. Je nachdem.«

Clara überlegte. »Gut«, sagte sie. »Vielen Dank!« Sie sah sich schon bei Hotdog und Bier in der Bar sitzen.

»Aber wenn Sie mir Ihr Zahnputzglas rüberreichen, können wir Ihnen etwas zum Trinken geben«, sagte ihr Nachbar, und neben ihm erschien nun auch der gelockte Kopf seiner Partnerin, die ihr freundlich zunickte.

»Oh ja, das wäre schön. Ich kann mich ja dann morgen revanchieren«, sagte Clara erfreut, holte das Glas aus dem Badezimmer und reichte es über die Trennwand. Zurück kam es mit einer goldgelben Flüssigkeit.

»Das ist richtig guter Brandy«, sagte ihr Nachbar. »Trinken Sie ihn auf die erste Nacht. Wir kommen schon seit fünf Jahren hierher und können uns nichts Schöneres vorstellen.«

»Ach, ja«, sagte Clara und sah das Glas prüfend an. »Vielen Dank!« Sie prostete den beiden zu, die ihre Zahnputzgläser erhoben. Da werde ich nichts anderes mehr brauchen, dachte Clara, als sie das Glas wieder absetzte. Der Brandy war warm, schwer und gut. Und er würde müde machen, ein schönes Gefühl. Sie hatte jahrelang keinen Brandy mehr getrunken.

»Ja, hier ist es traumhaft«, schwärmte nun auch ihre Nachbarin. »Weiter rein auf die Insel darf man nicht, dort ist es schmutzig, aber hier in der Gegend ist alles astrein!«

»Oh«, tat Clara erstaunt. »Schmutzig? Na ja, in fünf Jahren haben Sie die Insel bestimmt schon so richtig erkundet.«

»Ja«, ihr Nachbar nickte. »Einmal. Mit dem Bus. Aber davon kann man wirklich nur abraten. An den Straßen entlang überall nur Abfall und… überhaupt. Es lohnt sich nicht. Wir haben hier unseren Strand Höhe Balneario 10, den lieben wir, und wenn wir etwas Abwechslung wollen, gehen wir mal rüber zu *Ballermann 6*, davon haben Sie ja vielleicht schon mal gehört, da ist Stimmung, und dann gehen wir früh ins Bett, damit wir morgens wieder zeitig am Strand sind. Das ist perfekt!«

»Ja, hört sich so an«, bestätigte Clara, deren Stimmung durch den Brandy bereits so milde war, dass sie nicht die Besserwisserin spielen wollte.

»Es wird Ihnen gefallen«, sagte die Frau voller Überzeugung, und Clara nickte ihr lächelnd zu. »Und wenn Sie sich wirklich mal was gönnen wollen, dann gehen Sie einen Abend zum König von Mallorca. Zu Jürgen Drews. Das ist für uns immer der Höhepunkt!«

»Vielen Dank für den Tipp«, sagte Clara und hielt das Glas noch einmal hoch. »Morgen bin ich an der Reihe!«

»Ach, denken Sie sich nichts, wir haben genug davon. Das Zeug kostet hier nicht viel!«

»Trotzdem, vielen Dank. Ich glaube, das hat mir das Leben gerettet.«

Clara ließ sich auf ihren Stuhl sinken, legte die Füße auf die Brüstung, stellte das Glas auf den kleinen Beistelltisch und betrachtete den Himmel. Und zu ihrer Verwunderung stellte sie fest, dass sie ganz zufrieden war. Die Freundlichkeit der beiden hatte sie beeindruckt. Und die spontane Großzügigkeit. Sie nahm einen Schluck aus ihrem Zahnputzbecher und spürte eine seltene innere Ruhe. Und wenn jetzt eine Sternschnuppe vorübersausen würde, was sollte sie sich wünschen?

Bestandsaufnahme. Das schoss Clara durch den Kopf, als sie am nächsten Tag hungrig aufstand. Sie hatte vergessen, nach den Frühstückszeiten zu fragen, aber sie wollte nicht schon wieder vor verschlossenen Türen stehen. Wahrscheinlich von von acht bis zehn Uhr, dachte sie. Bestenfalls bis halb elf. Es war neun Uhr, also noch genug Zeit. Die wollte sie nutzen.

Bestandsaufnahme. Diesmal nicht das Leben, sondern

der Körper – und das war hart. Vor allem, wenn man morgens völlig nackt und ungeschminkt vor den Spiegel trat. Sechsunddreißig Jahre alt, zu hager für betont weibliche Kleidung, jedenfalls war ihr Busen zu klein. Paul hatte ihr vor Jahren eine Brustvergrößerung schenken wollen, aber da sie den Verdacht hatte, dass er sich die eher selbst schenken wollte, verzichtete sie darauf. Inzwischen war sie froh darüber. Zumindest standen ihre Brüste noch wie eine Eins und brauchten keine Stütze. Sie drehte sich um die eigene Achse. Gut, sie war mit eins sechsundsiebzig recht groß und ihre Figur noch gut in Schuss, wenn man nicht so ganz genau hinsah. Sie sah die kleinen Veränderungen an Bauch, Po und Oberschenkeln, aber Männer verloren Haare – was war schlimmer? Sie hatte fülliges braunes Haar, das sich natürlich wellte und weich über ihre Schultern fiel. Sie mochte ihr Haar, das gut zu ihren smaragdgrünen Augen passte. Sie fuhr sich mit dem Zeigefinger über die Lider und trat näher an den Spiegel heran. Feine Linien, erste Fältchen. Und ihre Mundwinkel zeigten nach unten, aber sie hatte auch schon lange nicht mehr richtig gelacht. Dabei lachte sie gern. Und im Normalfall sah man es ihr auch an, fand sie. Ihre Lippen waren für ein kleines Lächeln wie geschaffen – groß, aber nicht wulstig, ohne Hilfsmittel.

Clara lächelte sich zu.

Na, geht doch, sagte sie sich. Jetzt noch ein bisschen Bräune – irgendwie hatte sie in diesem Sommer nie Muße dazu gehabt – und dann der volle Spaß am Leben, und sei es Arenal.

Ihr Handy piepste, und sie sah, dass ihre Mutter ihr einen schönen Tag wünschte. Nach dem Frühstück würde sie mal kurz anrufen, nur so, um Katies Stimme zu hören. Die vermisste sie schon, ihr fröhliches Gegacker und ihre wilden Einfälle. Obwohl die Kleine auch stiller geworden war, seitdem Paul kaum noch Interesse an ihr zeigte. So oft wie in den letzten Wochen war sie noch nie mit ihrem Kind im Zoo gewesen – wenn auch nur, um sie von der Trennung und den Fragen nach ihrem Vater abzulenken. 2500 Euro hatte sich Clara noch wenige Monate zuvor die Patenschaft für ein Okapi kosten lassen. Jetzt bescherte ihnen diese Tat ganzjährig freien Eintritt und das Gefühl, einen triftigen Grund für den Besuch zu haben. Schließlich mussten sie »ihr« Okapi regelmäßig sehen. Katie war begeistert und konnte sich an den dunklen Minigiraffen aus den Regenwäldern des Kongos nicht sattsehen. Und sie fand auch mühelos *ihren* Knuffi heraus, während für Clara alle Tiere gleich aussahen.

2500 Euro. Clara schlug sich vor dem Spiegel mit der flachen Hand an die Stirn. Wie gut könnte sie das Geld jetzt gebrauchen! Dem Zoo war natürlich geholfen. Trotzdem. Im Rückblick hätte es auch eine Schildkröte für 50 Euro getan.

Sie fuhr sich mit beiden Händen durchs Haar und drehte sich noch einmal um ihre eigene Achse. Gut, knusprig jung war sie nicht mehr, aber was für eine Rolle spielte das? Männer interessierten sie nicht, sie wollte auf neue Gedanken kommen, eine Idee entwickeln, gestärkt nach Köln zurückkommen. Einen Mann würde sie höchstens leiden lassen – Rache für den anderen.

Was für ein Quatsch, dachte sie und ging ins Badezimmer.

Der Weg zum Strand war tatsächlich lang. Ihre große Badetasche war für diesen Marsch zu schwer, und außerdem fand Clara kein einziges Einkaufszentrum. Ganz offensichtlich hatte sie den falschen Weg gewählt. Aber ein kleines Geschäft voller Badehosen, Schwimmflügel und Strandmatten hielt auch gekühlte Getränke bereit. Und Postkarten. Clara warf einen Blick darauf und wollte sich lieber nicht vorstellen, dass sie all das hier sehen würde. Bierlaune und dicke Busen, das war nicht ihr Ding, auch wenn es witzig rüberkommen sollte. Sie fand es grauslich. Vielleicht war sie schlicht zu nüchtern für solche Späße. Ob mit oder ohne Alkohol.

Etwas misstrauisch näherte sie sich dem Meer. Bisher waren ihr noch keine lärmenden Horden entgegengekommen, das stimmte sie zuversichtlich. Vielleicht war ja alles viel harmloser, als sie befürchtete. Sie überquerte die letzte Straße, und nun lag er vor ihr, der berüchtigte Strand von Arenal. Er war lang, breit und der Sand offensichtlich feinkörnig – und so weit das Auge reichte, war kaum jemand zu sehen. Das erstaunte sie.

»Balneario 10« las sie, aha, das war der bevorzugte Strandabschnitt ihrer Zimmernachbarn. Und *Ballermann 6*, diese Partyecke, von der man immer hörte, musste dann doch wohl ziemlich in der Nähe sein?

So genau wollte Clara es überhaupt nicht wissen. Sie war vom leeren Strand angenehm überrascht, ging an einem kleinen Kiosk vorbei bis zu einer niedrigen Steinmauer, die den Strand zu den Gehwegen hin abgrenzte, und schaute sich um. Einige Liegestühle, allesamt frei, einige Sonnenschirme mit runden Bastdächern, alles wirkte sauber und gepflegt. Clara zog die Schuhe aus und lief durch den warmen Sand. Welch ein schönes Gefühl, sofort spürte sie ihren Launepegel steigen. Dann schaute sie sich nach einem Liegestuhlanbieter um und rückte, nachdem sie keinen hatte ausfindig machen können, eine der blauen Liegen in den Schatten eines Schirms. Und schon wenige Minuten später hielt sie es nicht mehr aus und lief zum Meer. Was für ein Gefühl. Sie ließ sich einfach fallen, machte sich keine Gedanken über ihre einsame Badetasche, gab sich den Wellen und ihrem Gefühl im Hier und Jetzt hin. Die Dünung spielte mit ihr, sie ließ sich treiben, dann wieder schwamm sie gegen die sanften Wellen an, tauchte durch sie hindurch, schluckte Salzwasser, lachte und tauchte wieder. Sie fühlte sich wie neugeboren und als ob es auf der Welt für sie keine Probleme geben könnte. Ihr Lebensblatt war weiß, alles stand auf Anfang. Und tatsächlich war ihre Tasche noch da, als sie frisch geduscht zu ihrer Liege zurückkam. Sie zog sich ihr orangefarbenes Badetuch zurecht, und während sie sich sorgfältig eincremte, überkam sie eine angenehme Schläfrigkeit.

Irgendwann tauchte Clara aus der Tiefe ihres Traums an die Oberfläche, aber eigentlich wollte sie nicht so richtig und hielt sich noch an den letzten Traumfetzen fest. Es war ein angenehmer Traum gewesen, das wusste sie noch, aber die Erinnerung daran zerfloss, je mehr sie darüber nachdachte. Und dann bemerkte sie, dass die fröhlichen Stimmen gar nicht aus ihrem Traum kamen, sondern tatsächlich um sie herumschwirrten. Noch hatte sie die Augen geschlossen. Sie lag am Strand, okay. Sie war mutterseelenallein gewesen, als sie sich diese Liege in den Schatten gezogen hatte. Das schien sich geändert zu haben.

Als sie eine Männerstimme hörte, schlug sie ein Auge auf und erkannte, dass nicht sie gemeint war. Auf den vorher noch unbesetzten Liegestühlen saßen vier Frauen, und ihnen zu Füßen knieten zwei dickbäuchige Männer im Sand.

Clara blinzelte unter ihren Lidern hindurch. Die eine Frau, direkt neben ihr, war etwa Mitte dreißig und trug einen Tigerbikini, der ihre Üppigkeit kaum zu fassen vermochte. Die Haare waren eine Nuance zu blond und eine Nuance zu lang. Die andere trug dagegen konsequent Pink, selbst die Plastikhaarklammer, die ihre aufgezwirbelten Haare hielt, glänzte in derselben Farbe.

»Du bist doch Friseuse, das kannst du doch leicht machen«, sagte gerade der eine zu der Tigerlady.

»Ich bin Friseurin«, stellte sie richtig, um gleich darauf das Gesicht zu verziehen. »Aber eine Gummipuppe?«, fragte sie nach. »Das ist doch nicht euer Ernst?«

»Ja! Klar doch!« Der Kerl war Feuer und Flamme. »Für Reinhard. Du weißt doch, er hat Geburtstag. Hat er doch gestern an der Bar erzählt. Und du bist doch Profi, hör mal. Hast auch nicht viel zu tun, wir Männer ziehen sie an, du machst die Frisur und die Muschi, und dann setzen wir sie ihm ins Bett!«

Clara wurde hellhörig.

Der zweite Mann lachte: »Ja, er hat doch bisher noch keine abgekriegt!«

»Und wo holt ihr diese … Puppe?«, wollte die Pinkfarbene wissen.

»Die haben wir schon. Wir haben bei Beate Uhse zusammengelegt. Die blonde Perücke haben wir auch, die muss nur noch in Form kommen. Und die Haare um die Muschi herum müssen auch noch fachgerecht angebracht werden, aber da kennt ihr euch schließlich besser aus.« Er lachte schräg.

»Bist du noch knusper?«, fragte eine der Frauen aus dem Hintergrund.

»Ach, kommt schon, ist doch nur Spaß!«

Als die beiden Männer abzogen, berieten sich die Frauen.

»Ist doch ekelhaft, so eine Gummipuppe«, sagte die eine.

Clara setzte sich auf. Vielleicht gab es ja auch noch einen anderen Platz für ihren Liegestuhl?

»Oh«, bemerkte eine der vier Frauen, die offenbar zusammengehörten. »Aufgewacht?«

Verunsichert fragte Clara: »Hab ich Ihnen Ihren Platz weggenommen?«

Erst jetzt sah sie, dass sie wirklich sehr nahe an dem anderen Liegestuhl klebte und obendrein noch das einzige Schattenplätzchen unter dem Bastsonnenschirm belegt hatte.

»Kein Problem«, sagte die Frau, die in einem dunkelblauen Badeanzug verhältnismäßig unauffällig war. »Der Strand ist für alle da!«

»Ah ja«, entschlüpfte es Clara, und aus alter Gewohnheit sagte sie: »Vielen Dank, angenehm, Clara Flockheimer.«

»Kitty!« Die Frau im Tigerbikini nickte und streckte ihr die Hand entgegen, die weich und etwas feucht war.

»Das ist Flocky«, stellte sie Clara den anderen vor.

Widerwillig ergriff Clara drei weitere Hände. Lizzy war die pinkfarbene, Britta die dunkelblaue, und Tina hatte sich bisher im Hintergrund gehalten. Sie trug zu ihrer dunkelbraunen Mähne eine riesige gefakte Sonnenbrille mit einem goldenen Dior-Zeichen am Bügel.

»Und? Flocky?«, wollte Lizzy wissen. »Was bist du für eine?«

»Wie meinen Sie das?«, fragte Clara misstrauisch.

»Ja, was machst du hier allein? Oder kommt dein Typ noch?«

Clara schüttelte langsam den Kopf. Von Typen hatte sie vorerst die Nase voll. Paul mit Diana und jetzt die Gummipuppe – das gab ihr den Rest.

»Mein Typ kommt nicht«, gab sie knapp zur Antwort.

»Er hat eine andere«, grinste Kitty. »Willkommen im Klub!«

In *dem* Klub wollte sie eigentlich nicht willkommen sein, aber im Moment kam sie aus der Nummer auch nicht raus, ohne uncharmant zu sein. Und das lag ihr nicht. Also knabberte sie folgsam den Keks, den ihr Britta zum Trost für entgangene Mannesfreuden anbot.

Aber sie musste sich auch nicht groß anstrengen, denn bald plätscherte das Gespräch um sie herum weiter, und sie konnte ungestört ihren Tagträumen nachhängen. Bis Kitty fünf Pina Colada auf einem Tablett anschleppte. Mit einem freundlichen Lächeln reichte sie Clara, die sich langsam aufsetzte, eins der Gläser und schüttelte dabei mitleidig den Kopf.

»So, Flocky«, sagte sie fröhlich. »Du bist noch so blass. Entweder hast du Kummer oder arbeitest in einem Keller – das hier wird dir jedenfalls guttun«, und dann prostete sie allen zu, »und uns auch ...«

Clara nahm das Glas, dankte etwas verhalten und sah verstohlen an sich hinunter. Es stimmte. Im Vergleich zu den vier Frauen war sie wirklich noch schneeweiß, aber das tiefe Braun ihrer neuen Bekannten hielt sie jedenfalls für dermatologisch bedenklich. Zu blond, zu braun, dachte sie. Morgen lege ich mich an einen anderen Strandabschnitt.

»Hast du heute Abend schon was vor?«, wollte Tina wissen und schob sich ihre Dior-Sonnenbrille auf die Stirn. Ihre Augen waren von einem erstaunlichen Grün.

»Nein, ich bin noch zu haben«, antwortete Clara, einfach, um auch mal etwas Lustiges gesagt zu haben, aber gleichzeitig dachte sie: Lass diesen Kelch an mir vorübergehen ...

Lizzy lachte etwas zu schrill, und Kitty stieß sie mit

dem Ellbogen an. »Was haben wir heute Abend denn vor?«, wollte sie von den anderen wissen.

»Jedenfalls nicht mit diesen durchgeknallten Kegelbrüdern um die Häuser ziehen«, erklärte Britta. »Das hat mir gestern schon gereicht, und das Resultat habt ihr jetzt … ich sage nur: Gummipuppe!«

»Ja, das war doch wohl ziemlich daneben«, fiel Clara ein, die nach einigen kräftigen Zügen an ihrem Cocktail die Wirkung spürte.

Lizzy nickte. »Gummipuppe. Muschi frisieren, wer hat so was schon mal gehört?« Alle vier lachten los, und Clara konnte nicht anders, nach kurzem Aufbäumen ihres guten Geschmacks musste sie einfach mitlachen.

Aus der Nummer kam sie nicht mehr heraus. Am frühen Nachmittag warfen sich Lizzy, Tina und Britta leichte Sommertücher über, und Kitty schlüpfte in ein enges getigertes Strandkleid. Clara war gerade zum wiederholten Male im Wasser gewesen, hatte sich eingecremt und fischte nun aus ihrer großen Badetasche ein Buch heraus. Jetzt war der Moment gekommen, da sie völlig relaxen wollte. Im Liegestuhl am Strand lesen, das war eine ihrer Vorstellungen von einem perfekten Strandtag.

»Was ist?«, wollte Tina wissen und nahm ihr mit langen, dunkelbraunen Fingernägeln das Buch aus der Hand. »Hast du etwa keinen Hunger? Da hinten gibt's ein kleines Restaurant, na, sagen wir mal eine Strandbar mit allem, was das Herz erfreut. Lecker und günstig. Da kommst du jetzt mit!«

Lecker und günstig? So ganz traute Clara der Sache nicht, aber ihr Magen knurrte, das musste sie zugeben. Und lesen konnte sie auch später noch, der Tag war lang. Also schwang sie sich von ihrer Liege und reihte sich zwischen den vier Grazien ein. Allerdings fühlte sie sich in ihrem unauffälligen Leinenkleid und mit ihrer schlichten Frisur wie ein vom Himmel gefallener Meteorit unter lauter funkelnden Sternen. Aber sie war im Urlaub, hier kannte sie keiner, was sollte es also. Und sie musste zugeben, dass sie sich bei den Frauen wohlfühlte. Sie heiterten sie auf, und die feine Kölner Gesellschaft, die sie zwischen den farbenprächtigen Damen hätte ausspähen können, war weit weg.

Ein Restaurant reihte sich an das andere, dazwischen Geschäfte, deren Auslagen fast über die gesamte Breite der Gehsteige aufgebaut waren. Doch Kitty, die vorn lief, steuerte zielstrebig eine Bar mit bequemen Korbstühlen an, wo der Kellner offensichtlich schon auf sie wartete. Flugs schob er zwei Tische zusammen und schoss tausend Komplimente ab, die allesamt nicht Clara galten. Sie amüsierte sich darüber, auch über die Speisekarte, die kein einziges spanisches Gericht anbot. Pizzas, Hotdogs und verschiedene Sandwiches, das hatte sie sich schon vorher gedacht, aber günstig war es wirklich.

»Willkommen in Arenal«, sagte sie sich und bestellte eine Runde Sangria. Jetzt oder nie. Ihr Einstand war nach der Pina Colada mehr als fällig. Und vorsichtshalber eine Flasche Mineralwasser. Und zudem eine Salamipizza mit Peperoni, extrascharf.

»Extrascharf«, wiederholte der Kellner auf Deutsch, »wie Sie, Mylady!«

Clara lächelte, und die anderen nickten ihr zu.

»Na also, jeht doch!«, sagte Lizzy, und Tina rückte nur ihre Sonnenbrille nach oben.

»So siehst du schon viel besser aus, wesentlich entspannter«, meinte sie.

»Locker, Mädels, bleibt locker«, sagte Kitty, und Britta

meinte: »Isch han me schon jedach, dat du us Kölle küss, ävve su ne richtije rheinländische Frohnatur biste net!«

»Lass nur«, sagte Clara und pochte mit dem Zeigefinger auf die Tischplatte. »Gleich trinken wir auf Köln und auf euch. Seid ihr eine mallorquinische Zufallsbekanntschaft oder auch in Deutschland zusammen?«

»Wir sind das vierblättrige Kleeblatt«, sagte Britta. »Eine für alle, alle für eine. Das hat uns schon oft geholfen!«

»Vierblättriges Kleeblatt?«, fragte Clara und verzog kurz das Gesicht. »Das erinnert mich an etwas. Jetzt brauche ich wirklich einen Schluck!«

Clara stellte fest, dass sie sich veränderte. Am zweiten Tag machte ihr das Kellerrestaurant schon nichts mehr aus. Auch nicht, dass das Abendbüfett nicht ihren üblichen Erwartungen entsprach. Es war üppig, die Gerichte sahen gut aus, schmeckten aber allesamt nach Pappe. Was willst du mit deinen Ansprüchen, sagte sie sich, allen gefällt es. Allen schmeckt es. Was erwartest du für sieben Tage Hotel inklusive Flug für 500 Euro? Paul konnte für ein einziges Essen 500 Euro hinlegen, und das war auch nicht jedes Mal eine kulinarische Offenbarung.

Sie hatte sich eine Flasche Brandy und den Nachbarn als Andenken einen gusseisernen Salamander gekauft. Ihr Zimmer war ihr inzwischen vertraut, sie fühlte sich fast schon heimisch. Und auch die kahle Baufläche vor dem Balkon, die ihr in der ersten Nacht wie ein weiträumiger Golfplatz vorgekommen war, hatte ihre Reize. Eine dermaßen große Bauruine bekam man schließlich nicht jeden Tag zu sehen, zumindest nicht in Köln. Sie wurde langsam braun und hatte sich eine lässige Tunika für zwölf Euro gegönnt. Und sie hatte sich nur am ersten Abend gewehrt, mit dem »Kleeblatt« die Nacht zu erobern. Am zweiten Abend schon hatte sie nachgegeben und in der Schinkenstraße eine schlechte Pizza gegessen und eine Sangria mit Röhrchen aus einem Weizenglas getrunken. Wenn schon, denn schon, sagte sie und fand auch den *MegaPark* mit seinen Go-go-Girls und der riesigen Großbildleinwand interessant, und auch die typisch deutsche Disco *Oberbayern* mit Stargast Costa Cordalis hielt sie nicht vom Tanzen ab. Sie war gerade dabei, eine zweite Welt, ein zweites Ich zu entdecken. Doktor Clara Flockheimer, sagte sie sich bisweilen, bist du das überhaupt noch?

Für den dritten Tag hatte sie sich eine Inselrundfahrt vorgenommen – und weil die anderen abwinkten und sie für einen Leihwagen kein Geld hatte, meldete sie sich in ihrem Hotel für eine Busrundfahrt an. »Mallorca von seinen schönsten Seiten«, das klang doch vielversprechend. Die schönsten Seiten kannte sie zwar schon, aber jetzt, am dritten Tag, fühlte sie sich der Sache gewachsen. Sie würde in kein Jammertal fallen und nicht den vergangenen Zeiten nachtrauern. Sie würde einfach die Schönheiten der Insel genießen, ganz so, wie es auf dem Plakat stand.

»Da wirst du uns direkt fehlen«, sagte Kitty, was Clara reizend fand. Wann hatte das zuletzt jemand zu ihr gesagt? Sie konnte sich nicht erinnern – ihre Mutter vielleicht, als sie damals nach dem Abitur von zu Hause auszog?

Um zehn Uhr sollte gestartet werden, um zwanzig nach zehn bereute sie ihren Entschluss schon. Der Bus war gut gefüllt, als er endlich kam, und die lange Menschenschlange, in die sie sich einreihte, war auch nicht gerade ihr Fall. Ihre erste Reaktion war, umzudrehen. Aber dann beherrschte sie sich. Da machst du jetzt einfach mit, sagte sie sich. Rein ins Leben, und schon saß sie in der dritten Reihe auf einem Fensterplatz. Na also, freute sie sich, sofort zeigen sich die ersten Erfolge. Zudem schien die Frau, die sich neben sie setzte, auch nicht unsympathisch zu sein.

Die Reiseleiterin sprach ein etwas spezielles Deutsch und war nicht ganz so einfach zu verstehen, aber Clara hätte sowieso am liebsten Musik gehört und bedauerte, dass sie ihren MP3-Player nicht mitgenommen hatte. Sie fuhren am Meer entlang in Richtung Palma. Das war das Nächste, was sie tun wollte: einmal ein bisschen durch Palma zu streifen. Aber würde sie an all den teuren Läden vorbeikommen? Wie würde es sein, Kleidungsstücke im Schaufenster zu sehen, ohne sie kaufen zu können? Es würde sein wie früher, dachte sie. Als Studentin hatte sie das auch gekonnt – mit wenig auskommen und mit wenig zufrieden sein. Nur fühlte sich das jetzt, mit sechsunddreißig Jahren, anders an.

Sie beschloss, nicht weiter nachzudenken. Der Bus war nach Palma abgebogen, und sie bewunderte die prachtvolle Kathedrale mit dem Königspalast. Welch eine wunderbare Vielfalt an Formen, Facetten, Türmchen und Materialien. Clara konnte sich an der gotischen Architektur der Kathedrale nicht sattsehen, der Bus fuhr ihr viel zu schnell. Sie würde wiederkommen müssen, um jedes Detail aufzunehmen. Der Entschluss gefiel ihr, sie hatte ein Ziel. Irgendwie waren ihr im Lauf der Jahre ihre Ziele abhandengekommen, dachte sie plötzlich. Sie war mitgeschwommen. Hatte sich im Strom der satten Tage treiben lassen, ganz so, als wäre es gar nicht ihr Leben, sondern das einer anderen. Eines, mit dem sie nichts zu tun hatte, außer dass sie es irgendwie angenehm gestaltete. Mit ihrem Kunstverstand, mit ihrem Geschmack, ihrem Charme, ihrem Körper – aber wo war sie eigentlich selbst geblieben?

Sie starrte auf die Gebäude, die an ihr vorüberglitten, und hörte den Erläuterungen der Reiseleiterin zu, ohne ihren Sinn zu begreifen. Katie tauchte vor ihr auf. Ihr hübsches Gesicht, ihre fröhliche Art. Was würde kommen? Sie hatte die Trennung noch nicht verstanden, aber sie konnte es ja auch nicht begreifen. Und wie sollte sie es ihr erklären? Zunächst dachte Katie wohl, es sei alles ein großes Spiel. Bei der Omi einzuziehen, das fand sie irgendwie lustig. Vier kleine Zimmer, so nah war sie ihrer Mutter noch nie gewesen. In der Nacht teilten sie sich die ausziehbare Coach, und am Tag fanden sie völlig neue Spielplätze, die ihren großen Garten mit der eigenen Schaukel wunderbar ersetzten. Für Katie gab es jede Menge Neues zu sehen, und offensichtlich fand sie es auch schön, abends mit der Omi in der Küche zu werkeln. Noch war sie klein, und das Leben war ein einziges Spiel für sie. Was würde werden, wenn sie verstand, dass sie gar nicht mehr dorthin zurückkehren würden, was einmal ihr Zuhause gewesen war? Dass dort eine neue Frau eingezogen war, die sie möglicherweise nicht haben wollte?

Clara merkte, dass sie ihre Nase an der Scheibe platt drückte, so angestrengt schaute sie in ihr Leben. Sie lockerte sich etwas und versuchte, die Halsmuskeln zu entkrampfen. Entkrampfen, dachte sie, genau, das war das richtige Wort. Sie musste ihr Leben entkrampfen.

Das hatte Paul auch gesagt.

»Sieh's doch locker. Sie bedeutet mir nichts, sonst hätte ich sie ja nicht mit nach Hause genommen, sondern irgendwo versteckt. In einer kleinen Eigentumswohnung vielleicht. Aber so …?«

Die Logik erschloss sich Clara nicht.

Sie war mit Katie geflüchtet, hatte sich stundenlang in Köln herumgetrieben, voller seltsamer Gedanken. Hatte sie das wirklich gesehen? Konnte so etwas möglich sein? Wie sollte sie mit dieser Situation umgehen? Ihre Nackenhaare hatten sich aufgestellt, und sie wusste, dass es keinen Weg zurück gab. Sie konnte ihn nicht mehr berühren, zu lebhaft sah sie ihn zwischen den Schenkeln dieser Frau knien. Und über diese Bilder schob sich der Ärger. Wann hatte er das zuletzt bei ihr gemacht? Bei ihr spielte er den Pascha, den überarbeiteten Mann, der sich auf den Rücken warf und bedienen ließ. »Du schläfst ja nicht mehr mit mir…«, dabei machte er sich nicht einmal die Mühe, zu ihr hinüberzugreifen, sie beim Einschlafen zu kraulen oder ihr einen Guten-Morgen-Kuss zu geben. Für Zärtlichkeiten war sie so verantwortlich wie für die stilgerechten Möbel im Haus. Fühlte er sich eine Weile vernachlässigt, machte er es ihr zum Vorwurf, ohne selbst Initiative zu zeigen.

Es war vorbei.

Möglicherweise länger, als ihr je klar gewesen war.

Aber wenn es tatsächlich vorbei war, stellte sich die Frage umso drängender: Was jetzt? Von welchem Geld leben? Und was war mit Katie? Wie konnte sie sie trösten, und wie konnte sie ihr weiterhin das Leben bieten, das sie immer gewohnt war?

Gar nicht, hatte sie anfangs trotzig gedacht. Dann kauft man statt eines einzigen Kleidchens für 100 Euro eben eine ganze Ausstattung. Auch das musste gehen. Andere schafften das schließlich auch.

Dann sah sie sich wieder in diesem kleinen Eiscafé sitzen, in das sie sich geflüchtet hatte. Sie hatte noch 40 Euro in der Tasche gehabt, und fast hätte sie darüber gelacht. 40 Euro. Plötzlich erschien ihr das Leben in einem ganz anderen Licht. Leichter würde es nicht, das war ihr in diesem Moment klar geworden.

Sie beobachtete ihre Tochter, die glücklich ihren bunten Eisbecher löffelte.

»Das ist aber schön heute, Mami«, strahlte sie.

Und das gab ihr den größten Stich. War es an anderen Tagen weniger schön? War sie zu sehr in ihrer eigenen Welt gefangen, um die Welt ihrer Tochter zu sehen?

»Das freut mich, mein Schatz«, hatte sie geantwortet und mit den Tränen gekämpft. Was sollte werden? Wo würden sie heute übernachten?

Gegen acht rief sie ihre Mutter an.

»Mutti, erschrick nicht. Aber hast du heute Platz für uns beide zum Übernachten? Es ist etwas passiert …«

Ihre Mutter war pragmatisch wie immer. Sie fragte sich, ob sie auch einmal so eine unerschrockene Mutter abgeben würde.

»Dann kommt. Ich richte das Gästebett.« Das war alles. Und als sie eine halbe Stunde später ankamen, hatte Ellen eine kleine Brotzeit gerichtet und ließ sich nichts anmerken. Erst nachdem Katie selig unter der dicken Daunendecke auf der Ausziehcouch eingeschlafen war, kam der eine Satz: »Was ist los?«

Obwohl Clara sich geschworen hatte, es nicht zu tun, tat sie es trotzdem: Sie heulte Rotz und Wasser. Und konnte kaum aufhören.

Und eigentlich musste sie danach nichts mehr erzählen, Ellen nickte nur.

»Gehst du zurück?«, wollte sie wissen.

»Ich denke nicht.«

»Und was soll werden?«

Schulterzucken.

Ellen machte eine Flasche Rotwein auf und hob das Glas. »Eigentlich habe ich bisher immer auf euer Glück getrunken«, sagte sie ernsthaft. »Vielleicht hat der Rotwein nichts getaugt.«

Clara musste unter Tränen lachen und wischte sich mit dem Handrücken unter der Nase entlang.

»Na, na, Frau Doktor«, sagte ihre Mutter und reichte ihr eine Papierserviette. Und ihre Mutter hatte recht, sie war selbst jemand, nicht nur die Lebensgefährtin von Paul, dem Immobilienkönig. Doch was fängt man mit einem Doktortitel an, wenn man so viele Jahre aus dem Geschäft ist?

»Morgen sprichst du jedenfalls mit ihm«, entschied ihre Mutter. »Irgendwas muss er schließlich dazu sagen. Und du auch!«

Um Mitternacht piepste ihr Handy. »Wo steckt ihr? Warum kommt ihr nicht nach Hause?«, las sie Pauls Kurznachricht laut vor.

»Der hat Nerven«, sagte Ellen. »Gut, dass ihr nicht geheiratet habt, der ist ja völlig blöd!«

»Oder schlecht, dass wir nicht geheiratet haben«, antwortete Clara. »Ich habe ja überhaupt keine Ansprüche. Ich war nicht mal als Innenarchitektin bei ihm angestellt – das wollte er ganz zu Anfang mal aus steuerlichen Gründen –, aber irgendwie hat er es sich dann anders überlegt.«

»Aber das Kind hat rechtliche Ansprüche. Sprich morgen mit ihm.«

Clara tippte in ihr Handy: »Wir sehen uns morgen« und drückte auf *Senden.*

Clara wachte aus ihren Tagträumen auf, als der Bus über eine Bodenwelle schaukelte. *Puerto Portals* las sie auf einem Wegweiser und erinnerte sich an den Hafen mit den Luxusjachten, den hübschen, exklusiven Läden und den ausgesuchten Restaurants. Sie hatten damals im *Tristán* bei Zwei-Sterne-Koch Gerhard Schwaiger geschlemmt, und sie hatte in einem kleinen Geschäft unter den Arkaden sündhaft teure Schuhe erstanden. Stiefeletten aus sandfarbenem Wildleder. Die hegte und pflegte sie heute noch. Clara schloss die Augen. Sie wollte nicht darüber nachdenken. Die Vergangenheit war vorbei. Aber sie konnte die Bilder nicht verdrängen. In einer Kinderboutique hatten sie Katie einen kleinen Bikini gekauft. Sie war zwei gewesen und unglaublich stolz auf das silbrige Höschen mit dem aufgesteppten Seestern. Unwillkürlich musste Clara lächeln, vor allem bei dem Gedanken an Pauls Ratlosigkeit, als Katie das Höschen nicht mehr ausziehen und direkt an den Strand wollte, wo es in Puerto Portals doch gar keine Bademöglichkeit gab. Und die kleine Katie zog in dem Geschäft alle Register, vom Betteln über Schluchzen bis zum zornigen Aufbegehren. Paul versuchte es mit weitschweifigen Erklärungen, aber schließlich erlöste Clara ihn und die Verkäuferin, zog Katie zu ihrer neuen Bikinihose einfach ein T-Shirt und ihre Sandalen an und verließ mit dem fröhlich hüpfenden Kind an ihrer Seite die Boutique.

Sie war froh, dass der Bus auf den kleinen Abstecher zum Hafen verzichtete. Sie wollte die vielen Jachten, den Luxus und den Prunk gar nicht sehen.

Als sie am ersten Morgen nach ihrer Flucht ohne Katie nach Hause fuhr, stand sein Wagen vor der Tür. Sie holte tief Luft. War diese Frau noch bei ihm? Würde er sich eine solche Dreistigkeit leisten? Sie war sich nicht sicher. Im Moment hatte sie das Gefühl, dass sie diesen Mann überhaupt nicht mehr kannte.

Sie öffnete die Haustür leise und fühlte sich dabei wie eine Einbrecherin. Nichts war mehr wie am Tag zuvor, alles hatte sich verändert. Nur er nicht. Das sah sie gleich, als er, wie immer die Krawatte im Gehen bindend, die breite Treppe aus dem ersten Stock in die Halle herunterkam.

»Na, schön, dass du dich auch mal wieder sehen lässt«, sagte er vorwurfsvoll und blieb vor ihr stehen. »Wo hast du denn die ganze Nacht gesteckt?«

»Angriff ist wohl die beste Verteidigung«, antwortete sie und fühlte ein feines Zittern. War es Angst? War es Wut? Sie konnte es nicht sagen.

»Nun werd nicht albern. Ein kleines Mädchen, eine junge Frau, die neugierig war.«

»Aha. Und du hast ihre Neugierde befriedigt.«

Paul stand vor ihr und zog die Krawatte fest. Er hatte sich frisch rasiert, seine Züge waren unbewegt. Ein gut aussehender dunkelhaariger Mann Ende dreißig. Groß, schlank und mit einem Gesichtsausdruck, der der Welt zeigte, dass er es geschafft hatte. Er sah aus wie immer.

Er war ihr völlig fremd.

»Paul. Du hast keine Neugierde befriedigt, sondern eine Frau. In unserem Haus, in unserem Bett. Tut mir leid, das ist ein Vertrauensbruch, damit kann ich nicht umgehen.«

Seine Mundwinkel glitten leicht nach oben, leicht spöttisch, so als müsse man jemandem, der ein wenig begriffsstutzig ist, etwas Kompliziertes erklären, das er ja doch nicht verstehen würde. »Es ist passiert. Einfach passiert. Da war nichts dabei!«

»Nichts dabei?« Clara wusste nicht, was sie darauf erwidern sollte. »Wie kannst du nur so anmaßend sein? Was wäre, wenn ich da oben mit einem Kerl gelegen hätte? Hätte ich dann auch nur seine Neugierde befriedigt?«

»Das ist etwas ganz anderes.«

»Ach so!« Sie musste an sich halten. »Und warum?«

»Weil das mein Haus ist.«

Das war der Moment, in dem sie sich umdrehte und hinausging.

Die Reiseführerin bot gekühlte Getränke an und riss sie aus ihren Gedanken. Ihre Sitznachbarin bestellte einen Piccolo, und Clara tat es ihr nach. Ein Glas Sekt, das war nicht schlecht. Vielleicht ein bisschen früh, aber es verscheuchte die bohrenden Gedanken. Ihre Nachbarin stieß mit ihr an, und Clara hoffte, dass sie es dabei bewenden lassen würde – sie hatte schlicht keine Lust auf ein Gespräch.

»Das ist einfach eine wunderschöne Insel«, sagte sie, um klarzustellen, dass sie weiterhin lieber stumm aus dem Fenster schauen wollte.

»Sí, sí«, sagte die Frau, und Clara atmete erleichtert auf. Die Sprachbarriere würde ein Übriges tun. Doch warum hatte sich die Frau in einen deutschen Bus gesetzt?

Clara warf ihr noch einen kurzen Blick zu, dann entschied sie sich, das nicht so genau wissen zu wollen. Andratx mit einem Abstecher zum Hafen, in Valldemossa die Besichtigung des Klosters mit den beiden Wohnzellen, in denen Frédéric Chopin und George Sand den feuchtkalten Winter 1838/39 verbracht hatten, das reizvoll gelegene Dorf Deià und dann die Rückfahrt über Sóller, das war die vorgesehene Ausflugsroute.

Port d'Andratx bescherte ihr neue Erinnerungen, denn dort hatte sich Paul, kurz nachdem sie sich kennengelernt hatten, eine Wohnung kaufen wollen. Damals war er noch Architekt gewesen und fand, dass sie das Haus gemeinsam gestalten könnten. Und sie hatten tatsächlich Pläne gemacht, doch verwirklicht wurden sie nie. Paul landete einen großen Überraschungscoup mit einer Bankimmobilie, schwenkte daraufhin ganz zum Immobilienmakler um, und sie wurde schwanger. Das war's. Doch wenn sie sich die Bucht jetzt so anschaute, war sie froh darüber. Die Bucht war noch immer schön, aber beide Hänge waren mittlerweile so mit Neubauten übersät, dass der alte Reiz dahin war.

Die erste Zeit nach ihrem Auszug aus dem Haus hatte sie eigentlich gar nicht so schlimm gefunden. Es tat ihr sogar gut, Paul Adieu gesagt zu haben, ihm zu erklären, dass sie seine Haltung nicht akzeptieren könne, sich ungeliebt fühle und deshalb gegangen sei. Es gab Meinungsverschiedenheiten wegen Katie, Paul wollte sie behalten und eine Haushälterin engagieren, die die Kleine versorgen sollte, aber dann wurde auch ihm klar, dass es möglicherweise nicht nur um Versorgung ging, sondern auch um Zeit, Liebe und Engagement. Sein Anwalt hatte ihm schließlich erklärt, dass er für Katie monatlich 860 Euro zu zahlen habe. Das tat er. Für Clara zahlte er nichts, denn sie war ja gegangen.

Und sie war schließlich gut ausgebildet; einen neuen Job zu kriegen konnte nicht so schwer sein.

War es aber doch. Von Woche zu Woche wuchs ihre Angst, es nicht mehr zu schaffen. Sie war zu lange aus dem Beruf heraus und für viele Jobs überqualifiziert. Und zudem in Köln aus der Gesellschaft gerutscht. Einfach nicht mehr existent, als ob es sie nie gegeben hätte. Vergessen ihre großen Partys, die sie für die Kölner Society inszeniert hatte, vergessen die vielen Flaschen Champagner, die sie aufgetischt hatte. Keine Einladungen der alten Freunde mehr, und wenn man sich in der Stadt zufällig begegnete, ein unangenehmes Bauchgefühl. »Ach, geht es dir gut? Ja, weißt du, entschuldige, aber ich habe es eilig … so viel zu tun, du weißt ja, wie das ist …« Und manchmal spürte Clara sogar so etwas wie Häme. War es Schadenfreude, dass sie, die verwöhnte Clara, die nichts anderes zu tun hatte, als durch die Welt zu reisen, um Kunst für das eigene Haus einzukaufen, aus ihrem warmen und sicheren Nest gefallen war? Tat dieser Gedanke dem einen oder anderen sogar gut? Clara hatte bei dem Verdacht ein leichtes Frösteln empfunden. Die Gesellschaft hatte sich auf Pauls Seite geschlagen. Und in den Klatschblättern tauchte nun Diana an Pauls Seite auf. Clara war abgeschrieben.

Sie trank einen heftigen Schluck warm gewordenen Sekt aus ihrem Plastikbecher, um die Gedanken zu verscheuchen, als sie im Vorbeifahren das große Werbeplakat eines Immobilienmaklers sah. *Exklusive Villen und Eigentumswohnungen* las sie, aber der Rest wurde durch einen entgegenkommenden Laster verdeckt. Sie schenkte sich nach, prostete ihrer Nachbarin zu und grübelte. Irgendetwas hatte in ihrem Kopf aufgeblitzt, sie kam nur nicht drauf, was es war. Die Schaukelei auf der schmalen, kurvigen Straße in Richtung Valldemossa bekam ihr nicht so gut, und als sie ausstiegen, um in das Kloster zu gehen, setzte Clara sich auf eine einsame Bank in den Schatten eines Olivenbaums. In dem Moment wusste sie es: Immobilien. Vielleicht war das auch eine Möglichkeit auf Mallorca. Wer exklusive Immobilien verkauft, arbeitet höchstwahrscheinlich mit einem Innenarchitekten zusammen. Leute mit Geld wollten sich doch nicht ihre Feriendomizile selbst einrichten – sie wollten es schön, luxuriös, aufwendig und vorzeigbar haben, ohne sich selbst kümmern zu müssen. Clara musste Luft holen, um sich zu beruhigen, so aufgeregt war sie plötzlich. Das war vielleicht ihre Chance! Sie musste sich dieses Plakat noch einmal anschauen. Genau anschauen.

Am liebsten hätte sie den Bus in die andere Richtung entführt, aber um ihre Nerven zu beruhigen, rief sie während der nächsten Pause ihre Mutter an, und die rief sofort Katie herbei.

»Stell dir vor, Mami, wir sind im Zoo. Und Knuffi ist gewachsen, er ist total süß!« Sie sprühte vor Begeisterung. »Wann kommst du?«

Das war die Frage, die sie am meisten fürchtete. Eine Woche war für eine Vierjährige ein so unsagbar schwer vorstellbarer Zeitraum.

»Siehst du, Schätzchen, ich bin ja erst drei Tage weg. Du kannst doch schon bis sieben zählen, dann bin ich wieder da. Das ist wie an Weihnachten, da haben wir doch auch immer gezählt, erinnerst du dich? Jeden Tag war es ein Tag weniger bis Heiligabend.«

»Ja, aber da liegt dann doch Schnee. Willst du so lange wegbleiben, bis Schnee liegt?«

Clara hatte sich auf eine kleine Steinmauer gesetzt, während die anderen Fahrgäste in alle Richtungen ausgeschwärmt waren. Nun sah sie, wie der Busfahrer näher kam, aber wohl noch Abstand hielt, weil sie telefonierte. Sie lächelte ihm zu, was er offensichtlich als Aufforderung verstand.

»Nein, meine Süße, ich komme viel, viel früher. Unternimmst du denn viel mit Oma?«

Er hatte eine lässige Jeans an, und sein T-Shirt verriet stramme Brustmuskeln, und jetzt drehte er sich auf der Steinmauer eine Zigarette, deren Ende er gegen seine Schuhsohle klopfte. Clara schätzte ihn auf Ende zwanzig und fragte sich, was er wohl von ihr wollte. Er sah gut aus. Ein Junge für eine Nacht, dachte sie spontan. Aber sie schüttelte den Gedanken gleich ab.

»Ja, Omi kocht immer alle meine Lieblingsessen.«

»So? Was denn?«

»Spadetti!«

Clara musste lächeln. So perfekt Katie sonst auch sprach, dieses Spadetti hatte sie aus ihrer Kleinkinderzeit herübergerettet, und Clara korrigierte sie nicht. Es war wie der noch flauschige Bauch bei einem Katzenbaby.

»Jeden Tag Spaghetti?«

»Ja, und ich muss auch keinen Salat und kein Gemüse essen, solange du nicht da bist!«

Schlau, dachte Clara. Damit hatte Ellen sie natürlich auf ihrer Seite, und wahrscheinlich war ihre Rückkehr auch gar nicht so eilig.

»Und immer eine andere Soße?«

»Immer Spadetti mit Tomatensoße – aber Mami, ich muss jetzt Schluss machen, Knuffi will noch mit mir spielen, und nachher bekomme ich ein Eis.«

»Ah ja, gut, das verstehe ich.«

Die braunen Augen des Busfahrers ruhten auf ihr. Unwillkürlich rückte sie ihre kurzärmelige Sommerbluse zurecht.

Hey, Clara, sagte sie sich. Ein Busfahrer? Bisher musste jeder halbwegs interessante Anwärter zumindest ein abgeschlossenes Studium haben.

Er lächelte, und seine Lippen entblößten weiße Zähne mit einem Schönheitsfehler: Der rechte Schneidezahn stand etwas schräg. Niedlich, fand sie.

»Clara?« Das war ihre Mutter.

»Ja? Bei euch scheint ja alles perfekt zu laufen!«

»Sie ist ja auch ein kleiner Schatz. Wenn es so weitergeht, darf sie ihren Knuffi bald aus dem Zoo mitnehmen, und dann haben wir ein dressiertes Okapi zu Hause. Inzwischen kommt das Tier schon ans Gitter, wenn sie seinen Namen ruft …«

Clara musste lachen. Eine kleine Giraffe. Warum nicht, mal was anderes. »Gut, ich bin froh, dass es euch gut geht. Hier ist auch alles in Ordnung, und eben kommt ein ziemlich gut aussehender junger Mann auf mich zu, der vermutlich Feuer will.«

»Was du ihm auch geben wirst?«

»Selbstverständlich.«

Er wollte tatsächlich Feuer, und er sprach so gut Deutsch, dass Clara sich fragte, was sie alles so lauthals über ihn gesagt hatte.

Er hatte vier Jahre in einem Berliner Restaurant gearbeitet und plante jetzt seine Zukunft auf Mallorca.

»Als Busfahrer?«

Er lachte. »Nein, damit verdiene ich nur Geld. Und nachts bin ich Türsteher in einer Disco. Ich sammle Geld, und dann steige ich irgendwo ein oder mache selbst etwas auf. Ich habe es nicht eilig.«

Das war ein Satz, den hatte sie seit Jahren nicht mehr gehört. In Deutschland hatten es selbst die Rentner eilig.

»Und Sie?«, wollte er wissen. »Wieso sind Sie nicht mit den anderen mit? Deià ist schön – oben das Hotel *La Residencia* mit dem Restaurant *El Olivo*, das sollten Sie sich anschauen. Wenn ich mein Geschäft gründe, werde ich dort essen gehen. Das wäre so meine Art, diesen Moment zu feiern.«

Clara staunte. Busfahrer und Türsteher – und dann so etwas. Das *Residencia*, sie war damals von dem Meisterwerk aus Natursteinen selbst beeindruckt gewesen. Und Paul fand das Haus so spannend, weil es von einem deutschen Architekten gebaut worden war.

Aber das war vorbei. Sie hob den Kopf und lächelte den Fremden an. »Es muss ja nicht das *Olivo* sein, aber vielleicht kann man hier um die Ecke ein Glas Wein trinken und ein paar Tapas dazu essen? Meinen Sie, die Zeit reicht?«

Donnerwetter. Da nagte sie am Hungertuch, aber lud trotzdem wildfremde Kerle ein. So schlimm konnte es also doch noch nicht sein.

»Locker«, sagte er und zuckte die Achseln. »Zumal auch die anderen einen Restaurantbesuch auf dem Programm haben.«

Sie hätte sich gern irgendwo draußen hingesetzt, aber er ging zielstrebig in eine kleine, dämmrige Bar, die eine Handvoll Tische hatte und eine Theke, in deren Auslage Tapas waren. Er führte sie an den einzigen Fenstertisch und lief dann direkt weiter durch einen Perlenvorhang in die Küche. Clara hörte ein lautes, freundschaftliches Gespräch. Dann kam er wieder zurück und setzte sich grinsend an ihren Tisch.

»Okay, ich war in der Küche. Wir bekommen etwas Anständiges … nicht diesen Touristenfraß hier«, er machte eine wegwerfende Handbewegung zur Theke hin.

Aha. Für Clara hatte dieser Touristenfraß zumindest von ihrem Platz aus ziemlich lecker ausgesehen. Aber sie war gespannt auf das, was nun kommen würde. Ein kahlköpfiger Mann trat aus der Küche, wischte ihren Tisch, stellte niedrige Wassergläser und eine Karaffe Wein hin, verschwand wieder und kam mit zwei weißen Tellern zurück. Gleich darauf brachte er zwei feuerfeste Tonschalen, eine mit Fleischbällchen in Tomatensauce und eine mit Chorizo in Rotwein, eine feste und grobkörnige Paprikasalami. Dazu Eier-Knoblauch-Brot, gefüllte Teigtäschchen und einen großen Teller mit aufgeschnittenem Schinken und Salami, garniert mit Oliven und Silberzwiebeln. Weißbrot und eine kleine Sauciere mit Aioli folgten. Clara saß sprachlos davor. Es war wie ein Tischleindeckdich. Ihr mallorquinischer Verehrer, von dem sie noch nicht einmal den Vornamen kannte, sah sie mit einem leichten Lächeln an und hob dazu eine Augenbraue. »Reicht es nicht?«

»Doch, ich glaube schon!« Sie zwang sich, nicht an die Rechnung zu denken, und lächelte ihm zu. »Phantastisch.«

»Tja«, er hob das Glas, beugte sich vor und schaute sie verschwörerisch an. »Und das Beste kommt noch ...«

»Ah ja?« Sie spürte selbst, dass es zögerlich klang. Dabei wollte sie überhaupt nicht so erscheinen, nicht wie eine übervorsichtige Mutter von sechsunddreißig Jahren, die sich eben von dem Vater ihrer Tochter und somit von allen Männern dieser Welt getrennt hatte.

Aber ein Busfahrer? Sie schaute ihn an. Und dann noch ein so junger?

»Und was ist das Beste?«, fragte sie betont forsch.

»Im Hinterhof wird soeben für unsere Gruppe gedeckt. Die anderen bekommen Sardellen, Tortilla, Tomaten in Olivenöl und Chorizospieße und zahlen außerdem unsere Rechnung!«

Sie musste lachen. »Das ist wirklich toll!«

»Ja«, er lachte ebenfalls. »Und wenn Sie heute Abend in meine Disco kommen, gibt es den Nachtisch!«

»Den Nachtisch?«, wiederholte sie fragend und fand sich dabei selbst absolut daneben.

»Bloody Mary, Grüne Witwe, Kamikaze, Poison?«

Sie überlegte kurz. »Eigentlich wollte ich den Abend überleben ... aber was soll's!«

Er grinste, und sein schiefer Zahn erschien ihr dabei unglaublich erotisch. Jetzt geht es los, dachte sie. Clara, Clara, du wirst doch nicht ...?

Sie strich sich die Haare hinters Ohr.

»Du bist hübsch«, sagte er und streckte ihr die Hand hin. »Ich heiße Andrés.«

»Clara.« Sie erwiderte seinen Händedruck. Er zog sie leicht über den Tisch zu sich, und sie spürte seine Lippen auf ihren. Feste, warme Lippen, die sich nicht öffneten, aber trotzdem nach mehr schmeckten. Ihr wurde heiß.

»Schön«, sagte er und ließ sie wieder los. »Dann kommst du also heute Abend?«

Sie nickte, aber dann fiel ihr etwas ein. »Geht ja gar nicht«, sagte sie impulsiv, »ich bin schon verabredet.«

Er steckte sich ein Fleischbällchen in den Mund und wartete ab.

»Ja«, verhaspelte sich Clara. »Mit vier Frauen. Ich habe sie am Strand kennengelernt – und wir gehen abends immer … gemeinsam … ich kann jetzt nicht …«

»Dann bring sie mit«, sagte er, nahm einen Zahnstocher vom Teller, spießte ein Fleischbällchen auf und hielt es ihr vor den Mund. »Die Disco ist groß genug.«

Clara biss zu.

Genau, dachte sie. Und überhaupt – wann war sie zuletzt in einer Disco gewesen? Und was zog man da überhaupt an?

Kitty brachte es auf den Punkt. »Hey«, sagte sie. »Wenn er doch schon Einheimischer ist, warum konnte er dir nicht sagen, was auf dem Plakat stand?«

»Oder wenigstens noch einmal daran vorbeifahren?«, fügte Tina an.

Sie hatten sich zum Sundowner an Claras Hotelswimmingpool getroffen. Umsäumt von Palmen, hatte er vor allem eine nette kleine Strandbar mit gut gemixten Cocktails.

»Er meinte, es gebe zahlreiche Immobilienmakler und an dieses Plakat speziell könne er sich nicht erinnern, aber bei seiner nächsten Runde würde er darauf achten.«

»Ja, klar, dann hat er einen Grund, dich wiederzusehen.« Lizzy rekelte sich in ihrem Korbstuhl. Heute war sie ganz in Rosé, rosa Strandkleid, Flipflops und Ohrringe. Selbst ihr Drink passte.

»Er ist sowieso der Meinung, dass wir heute in seine Disco kommen sollen ...«

»Wir?« Kitty warf ihr einen Blick aus halb geöffneten Augen zu. »Der meint doch wohl eher dich. Was ist es denn für ein Typ? Ein Inselgigolo?«

»Ein was?« Clara zog am Röhrchen ihrer Pina Colada.

»Na, einer der Jungs, die sich was nebenbei verdienen.« Lizzy zuckte die Schultern, als sei Clara von vorgestern.

»Du meinst einen Stricher?« Clara war leicht entsetzt, versuchte es aber zu kaschieren.

»Quatsch, Stricher ...« Tina schob ihre unvermeidliche Sonnenbrille hoch. »Das sind keine Stricher, das sind Jungs, die sich gern ein bisschen verwöhnen und aushalten lassen und den Damen einen netten Urlaub bescheren. Begleitservice trifft es besser.«

»Na ja«, Clara setzte das Glas ab, »dann ist es also schon so weit, dass ich dafür bezahlen muss.«

»Du musst ja nicht.« Britta zwinkerte ihr zu. »Aber zurück zum eigentlichen Thema. Was hatte es mit diesem Schild denn nun auf sich?«

Clara setzte sich etwas zurück und musterte die vier Frauen, die sich in ihren Stühlen zurechtsetzten und offensichtlich auf eine längere Ausführung warteten.

»Also, ich heiße ja nicht wirklich Flocky, so nennt nur ihr mich, und ich bin nicht nur verlassene Mutter, sondern habe auch einen Beruf. Und sogar einen Doktor in meinem Beruf«, sie winkte ab, weil sie sah, dass Tina zu einer Frage ausholte, »nein, keine Kinderärztin, ich bin Innenarchitektin. Der Doktor nützt mir aber nichts, ich erwähne es nur der Vollständigkeit halber.«

»Aha«, nickte Lizzy.

»Ja. Und weil mich in meinem Alter und mit meinem Doktor keiner mehr haben will, weil ich zu alt und überqualifiziert bin für einfache Jobs in einem Innenarchitekturbüro ...«

»Du bist doch erst sechsunddreißig«, unterbrach Kitty sie, »was soll ich da sagen ...«

»Pscht«, machte Britta.

»Kurz, weil mich offensichtlich keiner mehr einstellen will, muss ich mich selbstständig machen.«

»Klar!«, meinte Tina.

»Und da fiel mir eben dieses Plakat auf. *Exklusive Villen und Eigentumswohnungen.* Und was braucht einer, der so eine exklusive, aber nackte Immobilie an einen reichen Menschen verkauft? Na?«

Britta nickte. »Gar nicht blöd. Und du möchtest jetzt an diesen Immobilienmenschen ran.«

»Kann man doch versuchen, oder was meint ihr?«

Eine nach der anderen nickte. Lizzy spielte mit einem Flipflop, der an ihrem großen Zeh hing.

Kitty runzelte die Stirn. »Ich wollte mich auch schon mal selbstständig machen, aber ich habe das Geld nicht zusammengekriegt«, erklärte sie. »So ein Friseurgeschäft ist teuer!«

»Ja, das ist mein Vorteil. Ich brauche nur meinen Kopf, einen Laptop, ein paar Verbindungen und ... einen Auftrag!«

Alle vier schwiegen und schauten sie an.

»Wo ist das Problem?«, wollte Britta wissen.

»Na ja, liegt doch auf der Hand: Ich muss dieses Plakat noch einmal sehen und mir den Namen und die Telefonnummer aufschreiben.«

»Glaubst du, das ist so ein wichtiges Plakat? Kann man da nicht in jedes Telefonbuch schauen?« Tina zog geräuschvoll an ihrem Röhrchen.

»So groß und gut gemacht, war es jedenfalls teuer. Im Telefonbuch finde ich bestenfalls eine Anzeige, die jeder schalten kann.«

»Da ist was dran«, sagte Kitty.

»Vielleicht ist es aber auch nur ein Wunschtraum«, fügte Lizzy an und wirbelte ihren Flipflop so durch die Luft, dass er auf dem Nebentisch landete.

Clara fuhr herum, der Tisch war nicht besetzt, und alle mussten lachen. Der Badeschlappen sah mit seiner rosafarbenen Plastikblume aus wie ein exzentrischer Tischschmuck. »Mit euch …« Clara schüttelte lachend den Kopf.

»Ja? Was wollen uns Hochwohlgeboren sagen?«, stichelte Tina.

»Das kannst du dir schenken«, sagte Clara. »Wahrscheinlich hat jede Einzelne von euch ein gesicherteres Leben als ich. Meines ist im Moment eine Mischung aus Verlust, Hoffnung und Angst vor der Zukunft.«

»Die habe ich auch«, beteuerte Lizzy. »Jeden Tag. Nur hier habe ich keine Angst. Hier, mit euch, fühle ich mich geborgen.«

Kitty stupste sie. »Ach, komm. Du hast die vierzig geschafft, du wirst auch noch die fünfzig schaffen.«

»Ich glaube, Angst ist heute ganz normal. Man weiß doch morgens nicht, ob man den Job abends noch hat, ob die Wohnung verkauft wird, das Gesparte futsch ist, die

Krankenkasse aufschlägt und du vielleicht gerade den einen Zahn, der dich ein Vermögen kosten wird, nicht versichert hast. Nichts weiß man mehr. Nicht mal, ob wir uns diesen Urlaub im nächsten Jahr noch leisten können ...«

» ... und wenn wir auf allen vieren herkrabbeln müssen«, warf Britta ein, »den werden wir uns nicht nehmen lassen.«

»Wie lange macht ihr das überhaupt schon?«, wollte Clara wissen, der plötzlich einfiel, dass sie gar nicht wusste, wo die Frauen genau herkamen und warum und wie lange sie immer hier waren.

»Weight Watchers«, sagte Kitty und schaute schuldbewusst an sich hinunter. »Wir waren alle mal im Schnitt zehn Kilo schwerer und haben uns dann mit einem Ausflug nach Mallorca belohnt. Der Ausflug ist geblieben«, sie grinste schräg, »das eine oder andere Kilo ist wiedergekommen ... nur bei Tina nicht. Die isst wie ein Scheunendrescher und hält ihr Gewicht.«

»Ich jogge«, sagte Tina in entschuldigendem Ton. »Zumindest zu Hause. Hier natürlich nicht.«

»Und ihr seid alle Rheinländer?«

»Voll und janz aus Kölle!«

Kitty schaute sie an. »Aber so groß ist Köln doch nicht, und es wundert mich, dass wir uns noch nie gesehen haben.«

Clara vermied, darauf etwas zu sagen. Sie sah ihr voriges Leben wie durch einen Schleier. Was war ihr früher wichtig gewesen? Worum war es ihr überhaupt gegangen? Um die richtige Wohngegend, um den richtigen Fuhrpark, den Golfklub, die Accessoires, um den richtigen Personal Trainer, um die richtigen Labels, die richtigen Kulturevents, Benefizveranstaltungen, Society-Einladungen und den richtigen Caterer, den richtigen Champagner und nicht zuletzt um den richtigen Schönheitschirurgen! Aber was war in ihrem Leben wirklich richtig gewesen? Sie wusste es nicht mehr. Irgendwie waren ihr die Bilder durcheinandergeraten, wie in einem Kaleidoskop.

»Was ist jetzt mit diesem Schild?«, holte Britta sie in die Gegenwart zurück. »Wo ist das Problem?«

Clara brauchte einige Sekunden, um wieder da zu sein. »Ich müsste hinfahren ...«, sagte sie dann und verzog das Gesicht.

»Häste dinge Führersching avjejovve?«

Sie schüttelte stumm den Kopf.

»Hm.« Lizzy schaute ihre Freundinnen an. »Die Welt kann so ein Leihwägelchen ja nicht kosten. Und wenn wir alle zusammenlegen, käme es für jede von uns nicht so teuer. Und wir wollten uns doch schon immer mal so ein Plakat anschauen, oder nicht?«

Alle nickten, und Clara wusste nicht, wo sie hinsehen sollte. Sie spürte nur, wie die Tränen in ihr hochstiegen.

Andrés' Disco lag nicht direkt an der Meile. Clara war auch gar nicht mehr sicher, ob sie dort überhaupt hinwollte. Als sie sich umzog, kam sie sich albern vor. Sie hatte überhaupt nichts für eine Disco dabei. Schließlich zog sie ein schmales schwarzes T-Shirt an mit paillettenbesetzten Spaghettiträgern und einem tiefen Ausschnitt. Sie hatte auch schon etwas Farbe bekommen, das T-Shirt sah gut aus, das musste sie selbst zugeben. Aber um nicht aufgedonnert zu wirken, schwächte sie das Nobelteil mit einer Jeans ab. Dazu ein schwarzer geflochtener Gürtel mit einer silbernen Schnalle und halbhohe, offene Schuhe. Sie war gespannt, was die anderen aus sich gemacht hatten.

Ihre Hotels lagen nur zwei Straßen auseinander, und Clara musste grinsen, als sie die Mädels sah. Kitty war die perfekte Tigerlady, Lizzy der blonde Marilyn-Monroe-Traum, Tina die coole Braut in schwarzem Leder, und Britta hatte eine dunkelblaue Bluse zu einer weißen Hose gewählt. »Stark seht ihr aus«, erklärte Clara und erkannte sich selbst nicht mehr. Vor wenigen Tagen hätte sie sich sofort aus dem Staub gemacht.

»Aber du auch«, nickte Kitty. »Dein Don Juan wird Augen machen!«

Zuerst mussten sie die Disco finden, das war im Gewirr der Straßen gar nicht so leicht. Aber dann entspannte sich Clara etwas, die Häuser in dieser Straße waren nicht ganz so grellbunt erleuchtet, und die Disco sah gut aus – der schmale Weg zum Eingang führte durch einen großen Vorgarten, der dezent, aber genial beleuchtet war. Palmen, Lichtsäulen und geflochtene Sessel mit hellen Polstern waren einladend arrangiert worden, und offensichtlich war die Disco beliebt, überall standen kleine Menschengrüppchen, und auch die meisten Sitzplätze waren schon besetzt. Clara schaute sich um und fand, dass es sehr angenehm nach Orangen roch.

»Na, das ist doch was«, sagte auch Lizzy und platzierte sich in einen freien Sessel neben ihnen.

»Willst du wirklich hier draußen sitzen?«, fragte Tina skeptisch. »Wollen wir nicht rein? Abtanzen?«

»Da musst du dich erst anstellen, schau doch mal zum Eingang«, gab Lizzy zur Antwort.

Tatsächlich. Die Gruppen, die dort standen, taten dies nicht aus purem Vergnügen, sondern warteten auf Einlass.

»Ach du je«, sagte Clara.

»Was heißt denn da *ach du je*, Doktor Flocky?«, zog Kitty sie auf. »Kennst du den Knaben, oder kennst du ihn nicht?«

»Und wenn er jetzt gar nicht draußen steht?« Clara war das alles ein bisschen unangenehm.

»Und wenn … und wenn … los jetzt«, erklärte Kitty. »Ihr bleibt da, besetzt die Sessel, man kann ja nie wissen, und wir forschen mal nach Mister Beau!«

Clara ging mit gemischten Gefühlen mit. Was, wenn er jetzt gar nicht da war? Oder noch schlimmer, wenn er sie nicht erkannte oder nicht mehr kennen wollte? Clara, beruhigte sie sich, wo ist dein Selbstbewusstsein geblieben? Nur weil dich einer betrügt, bist du doch immer noch begehrenswert.

Sie gingen an der Schlange vorbei, und kurz vor dem Eingang schubste Kitty Clara nach vorn. »So, it's your turn!«

Und da stand er. Das Licht, das durch den Eingang ins Freie fiel, ließ seinen weißen Hemdkragen über seinem dunklen Pullover bläulich schimmern, und seine Zähne blitzten unnatürlich hell auf, als er sie sah. Clara spürte ein unbestimmtes Gefühl in sich aufsteigen. Irgendetwas zog sie an. War es die Art, wie er so selbstverständlich dastand, breitbeinig, die Arme verschränkt und seiner Macht bewusst? War es das? Sie konnte es nicht benennen, aber trotzdem fühlte sie etwas wie Stolz, als er auf sie zukam, sie kurz an beiden Oberarmen fasste, ihr rechts und links einen Begrüßungskuss auf die Wangen drückte und sie unbekümmert anlächelte.

»Schön, dass du da bist«, sagte er.

»Danke.« Clara zögerte. »Das ist Kitty«, sagte sie dann, »und die anderen Mädels sitzen noch dahinten.«

»Dann hol sie.« Andrés reichte Kitty die Hand zur Begrüßung.

Clara blinzelte ihr im Weggehen zu. Fast gleichzeitig aber spürte sie eine leichte Berührung an ihrem Oberarm und drehte sich um. Andrés fuhr mit zwei Fingern über ihre Haut, was Claras erotische Reizleitung sofort in Alarmbereitschaft versetzte. Das Kribbeln war schön, fand sie. Fast zu schön.

»Ihr könnt direkt vor zur Bar«, erklärte er und lächelte ihr zu, »dort habe ich für euch reserviert. Pablo weiß Bescheid, er ist der Barchef.«

»Danke. Ich weiß gar nicht, was ich sagen soll«, erwiderte Clara.

Sein Lächeln bekam spöttische Züge. »Das glaubst du doch selbst nicht«, sagte er. »Du bist doch eine Frau.«

Stimmt, dachte Clara. Und was mache ich jetzt als Frau, wenn meine Hormone mit mir durchgehen? Sie dachte kurz an Paul. Vielleicht war so ein One-Night-Stand ja auch menschlich? Vielleicht hatte sie doch überreagiert?

Sie schaute Andrés in die Augen.

Egal. Paul wollte sie nicht zurückhaben. Den hier wollte sie vielleicht schon. Zumindest für eine Nacht.

»Da sind wir!«

Clara drehte sich nach ihren Freundinnen um und musste grinsen. Sie sahen schon etwas bizarr aus – und offensichtlich fanden das alle anderen auch, denn alle schauten her.

Und alle machten bereitwillig Platz, als Andrés sie nun zum Eingang winkte und mit einer eleganten Handbewegung einließ. »Die denken jetzt, ihr seid irgendwelche Schickimickis aus Deutschland, und rätseln, ob vom Fernsehen, Theater oder Sport.« Er grinste. »Ich werde ihnen sagen, dass ihr die Jury der nächsten DSDS seid.«

»Das entspricht ganz meinem Niveau«, murmelte Clara.

Und Lizzy hinter ihr lachte laut los: »Meinem auch«, rief sie. »Also schick sie ruhig her!«

Der Raum spielte mit dem Kontrast aus üppigen schwarzen Stoffen und modernen klaren Linien, viele davon als Leuchtelemente eingesetzt. Dass man hier keine einfache Cola für fünf Euro haben konnte, war Clara sofort klar. In ihr meldete sich sofort die Innenarchitektin, und sie musste zugeben, dass Andrés der Türsteher einer besonders edlen Disco war. Der Tresen der Bar war aus angestrahltem mattem Glas, das auf die Wand mit ihren üppigen schwarzen Seidentüchern ein geheimnisvolles Licht warf. Der Stoff war so drapiert, dass er die einladenden Sofas und kleinen Tischrunden in kleine Separees unterteilte und eine intime Atmosphäre schuf. Dahinter lag die Tanzfläche, in mehreren Ebenen angelegt. Eine Lichtorgel zappelte über tanzende Gestalten, und Clara fand es einen gelungenen Schachzug – man sah zu den Tanzenden hinauf, nicht hinunter. Lange Beine wurden noch länger, kurze Röcke noch kürzer, und jeder fühlte sich wie auf seiner eigenen Bühne und präsentierte sich auch so.

»Scharf«, sagte Kitty.

Clara fragte sich für einen Moment, ob sie sich in ihrem Tigeroutfit nicht deplatziert fühlte. Soweit sie es auf den ersten Blick beurteilen konnte, trugen die Frauen hier Schwarz. Sexy, figurbetont, unendlich hohe Schuhe mit Riemchen um die Fesseln und allen Anzeichen eines teuren, unbeschwerten Lebens. Und sie waren jung. Viel zu jung für diesen Luxus.

Waren sie in ein Edelbordell geraten?

Nein, so sah das hier nicht aus.

Clara ging zur Bar vor. Tatsächlich, fünf Sitze waren für sie reserviert worden. Richtig gute Plätze, etwas seitlich, mit Blick auf die Sitzgruppen, aber auch auf die Tanzfläche.

Lizzy schob sich mit dem Hintern auf den Barhocker hinauf und strich sich den Rock glatt. »Verschärft«, sagte sie. »Hier waren wir ja noch nie!«

Clara schaute zu den Sitzgruppen. Sie waren alle gut besetzt, auf den Tischen standen silberne Sektkühler. Das verhieß nichts Gutes. Dann warf sie einen verstohlenen Blick zur Bar. Cocktails, Longdrinks, Champagner. Kein Saft, kein Bier, keine Limo. Oh je.

»Okay, Sie sind Clara?« Die Stimme riss sie aus ihren Gedanken und ließ sie aufblicken. Ein gut aussehender Spanier schaute sie über den Tresen hinweg an. Vielleicht ein bisschen zu gut aussehend, dachte sie. Ein Beau, der morgens vor dem Spiegel mehr Zeit braucht als sie.

»Ja«, antwortete sie. »Und Sie Pablo?«

Er antwortete nicht, sondern schenkte ihr nur ein kleines Lächeln. Oh, mein Gott, dachte sie. So viel Aufhebens, wo es hier doch vor Schönheiten nur so wimmelte.

»Andrés hat Sie angekündigt«, und mit diesen Worten stellte er einen Sektkübel mit klirrenden Eiswürfeln und fünf Champagnergläser auf die Theke.

Clara starrte ihn an, und dann schaute sie nach rechts, wo sich ihre Freundinnen nebeneinander auf den Hockern platziert hatten – bis auf Britta, die direkt neben ihr stand.

»Champagner«, sagte Britta leise, »das ist nicht drin. Das können wir uns doch gar nicht leisten!«

Ein sanftes »Plopp« ließ sie beide zu Pablo schauen. Gewandt hatte er den Korken aus einer Flasche Pommery gedreht und schenkte bereits das erste Glas ein.

Entsetzlich, dachte Clara. Wie kommen wir aus dieser Nummer wieder heraus?

Tina hatte ihre Sonnenbrille in die Haare hochgeschoben und blickte gut gelaunt herüber.

»Da hast du aber einen tollen Verehrer«, sagte sie über Lizzys und Kittys Köpfe hinweg.

Clara hatte das Gefühl, rot anzulaufen. »Oh, nein«, wollte sie schnell richtigstellen.

»Oh, ja«, schnitt Pablo ihr das Wort ab und reichte das erste Glas. »Beste Grüße von Andrés, Sie mögen sich gut unterhalten.«

Clara nahm das Glas mit gemischten Gefühlen. Sie war zunächst froh, dass die Rechnung geklärt war. Aber es schrillten auch sämtliche Alarmglocken. Andrés verdiente sich sein Geld mühsam mit Busfahren und Türstehen. Champagner kostete ein Vermögen, selbst wenn er günstige Konditionen bekam. Durfte sie das überhaupt annehmen?

Sie hielt ihr Glas, während sie zuschaute, wie Pablo die restlichen Gläser füllte und an die Frauen verteilte. Dann nickte er ihnen mit einem kleinen, geheimnisvollen Lächeln zu und sagte: »Wohl bekomm's!«

»Wohl bekomm's?« Clara wiederholte es leise und wunderte sich über den antiquierten Ausspruch. Aber wer weiß schon, wo er das gelernt hat, dachte sie.

»Sastrowje«, hörte sie. Sastrowje? Das hörte sich nun auch nicht unbedingt spanisch an. Sie drehte sich um. An einem der Tische hinter ihr hob ein unscheinbarer Mann sein Glas. Zwei bildhübsche junge Frauen lachten glockenhell, und die eine rief etwas, worauf der Unscheinbare kurz, aber herrisch zum Tresen winkte. Pablo lief sofort hin.

Clara kannte so etwas. Schmerzlich wurde ihr bewusst, dass sie in ihren Kreisen auch so aufgetreten waren. Laut und bestimmend. Sie hatten sich als was Besseres gefühlt, genauso, wie die das jetzt auch taten. Ein Wink, und der Angestellte hatte zu laufen. Leicht angewidert drehte sie sich weg. Sie wollte nicht mit ihrer Vergangenheit konfrontiert werden, in der ihr purpurnes Mäntelchen der Kultur nur die gleiche Gier, die gleiche eitle Zurschaustellung, das gleiche Elitegehabe verdeckte.

Alle Neureichen waren doch gleich. Sie mussten zeigen, was sie hatten, um gesehen zu werden. Und sie mussten sich Prominente kaufen, um abgelichtet zu werden, neben ihnen in den bunten Blättern aufzutauchen. Armselig.

Ihr Leben war armselig gewesen.

Sie zog den Kopf ein.

»He, was ist mit dir?« Lizzy hielt ihr das Glas zum Anstoßen hin. »Das ist doch bombastisch. Hast du das gesehen? Die dort drüben lassen sich eine riesige Dose Kaviar servieren. Kaviar! Möchte nicht wissen, was der kostet!«

Clara schaute kurz hinüber. Auf einem silbernen Gestell, in Eiswasser schwimmend, ruhte die Dose mit den schwarzen Fischeiern. Sie schaute schnell wieder weg. Wenigstens wollte sie sich nicht auch noch zum lüstern glotzenden Publikum degradieren.

»Ja«, sagte sie zu Britta, »hier wird richtig was geboten.«

Britta verzog kurz den Mundwinkel. »Wie in einer Fernsehsoap. Jetzt bestellt der Tisch daneben auch. Und ich möchte mal wetten, diese Dose muss noch größer sein.«

»Jetzt weiß ich auch, warum hier die Tanzfläche erhöht ist.« Clara musste lachen. »Jeder will der Größte sein.«

»Mit dir kann man weggehen!«

Sie lachten beide, und Clara hätte die feine Berührung in ihrem Nacken fast nicht bemerkt, wenn sie nicht Brittas Blick gesehen hätte. Ein Schauer fuhr ihr über den Rücken, und seine Stimme an ihrem Ohr tat ein Übriges. »Hochgesteckte Haare stehen dir, das zeigt deinen schönen, verletzlichen Nacken.«

Sie drehte sich nach ihm um. »Ich bin nicht verletzlich«, sagte sie.

»Jeder Mensch ist verletzlich. Die Kunst besteht darin, es auch zuzugeben.«

Clara sagte nichts mehr. Er hatte recht. Sie war verletzlich. Sehr sogar. »Vielen Dank für diese Überraschung.« Sie hielt ihr Glas hoch. »Ich wollte dich in nichts hineinmanövrieren.«

Andrés lächelte, und das Licht der milchigen Glasbar gab seinen Zügen etwas Unwirkliches. »Keine Sorge«, sagte er und schaute kurz zu Pablo über den Tresen, der ihm mit einem leichten Nicken ein volles Glas reichte. »Ich tu nur, was ich kann!« Er hob sein Glas, prostete erst ihr und dann den anderen zu. »Das hier kann ich«, sagte er, bevor er trank.

Tina hielt ihr Glas noch in der Hand und blinzelte zu ihm hinüber. »Wo kommen all diese Menschen her?«, fragte sie und machte eine ausschweifende Handbewegung. »Am Strand sieht man solche Mädchen nicht. Und die Männer …« Sie schaute sich noch einmal um. »Keine Ahnung. Irgendwie Durchschnitt, und trotzdem tun sie, als gehörte ihnen die Welt.«

Andrés musste lachen. »Genau davon ist so ein reicher Russe überzeugt. Und wahrscheinlich stimmt es sogar …« Er trank noch einen Schluck. »Heute Abend sind hier jedenfalls etliche Millionen versammelt.« Er schaute noch einmal. »Eher Milliarden, Kirilenko ist auch hier. Sie finden die Disco spaßig. So im Proletenviertel von Arenal Champagner zu trinken und Kaviar zu essen hat einen gewissen Reiz. Tagsüber hängen sie auf ihren Jachten herum oder lassen sich mal kurz nach Ibiza zu der Jacht eines Freundes fliegen. Oder sonst wohin.«

Clara schüttelte den Kopf. »Ich wusste überhaupt nicht, dass es auf Mallorca Russen gibt. Ich dachte immer, die Insel sei in deutscher Hand.«

Andrés legte seinen Zeigefinger auf ihre Nase. »Sehr viele Deutsche wohnen in Arenal, ziemlich viele in günstigen Fincas, manche in Golfhotels und nur sehr wenige in großen Villen. Bei den Russen ist es umgekehrt.«

Lizzy hatte sich umgedreht und schaute sich die Männer der Reihe nach genau an, die sich an ihren Tischen prächtig unterhielten und ihr nicht einen Blick schenkten.

»So sehen also russische Millionäre aus«, sagte sie schließlich seufzend. »Und wir unterhalten Suppenküchen in Sankt Petersburg. Wie passt denn das zusammen?«

»Das zeugt von russischer Mentalität.« Andrés zuckte die Schultern. »Wer es nicht schafft, ist selbst schuld!«

»Denkst du auch so?«, wollte Tina wissen.

»Ich werde es schaffen. Da bin ich ganz sicher.«

Die Unterhaltung wurde schwierig, weil die Musik noch lauter dröhnte, und Clara sah auch, warum. Einige der Mädchen hatten sich erhoben, stiegen die breiten Stufen zur Tanzfläche hinauf und begannen am Rand der Fläche miteinander zu tanzen, sodass man sie gut sehen konnte. Clara empfand es wie ein Schautanzen, aber sie musste zugeben, dass sie alle sehr gut gebaut waren und sich noch besser zu bewegen wussten.

Auch Kitty und Lizzy schauten gebannt zu.

»Das machen die doch nur für diese Typen da«, sagte Britta leise. »Sie kurbeln ihren Marktwert an. Oder was meinst du?«

Clara zuckte die Achseln. »Sie werden schon wissen, warum sie sich mit so unattraktiven Männern abgeben. Liebe wird es nicht sein.«

»Ein bisschen Prada, ein bisschen Gucci.« Kitty schnalzte mit der Zunge. »Ist doch auch nicht schlecht …«

»Hast du Ambitionen?«, wollte Clara wissen und dachte, dass Kitty für diese Konkurrenz gut zwanzig Jahre zu alt, fünfzehn Kilo zu schwer und zehn Zentimeter zu klein war. Aber die blonde Haarfarbe kam hin.

»So ein russischer Patriarch …«

»Oligarch, meinst du wohl.«

»Ist ja egal, Hauptsache, er hat Geld und kann mich verwöhnen. Wer kann das schon. Ich jedenfalls habe mein Leben lang noch keinen gefunden.«

»Ich auch nicht!« Kitty hatte auf dem Barhocker Mühe mit ihrem kurzen Rock, der ihre braunen Oberschenkel unvorteilhaft breit erscheinen ließ. Immer wieder zupfte sie an ihm oder strich ihn glatt.

»An Ihrer Figur liegt es jedenfalls nicht«, sagte Andrés, der sie beobachtet hatte. »Diese Mädchen sind nur schmückendes Beiwerk. Zu Hause haben die Männer gern etwas Handfestes und für die Öffentlichkeit eine gewisse Prominenz. Also hat jede Frau eine Chance.«

Clara schüttelte sich. »Aber ich beispielsweise will gar keine Chance haben. Ich freue mich über das Glas Champagner und die gute Musik. Und da oben tanzt ja nicht nur schmückendes Beiwerk, sondern auch ganz normales Publikum – und deshalb gehe ich da jetzt hin!«

»Gute Idee, ich komm mit!« Tina rutschte von ihrem Hocker herunter.

Andrés nickte Clara zu. »Okay, ich muss wieder raus. Also bis gleich.« Er beugte sich zu ihr vor. »Und nicht weglaufen, meine Schöne! Ich würde dich sowieso finden!«

Clara spürte wieder eine Gänsehaut. Aber woher kam sie? Machte er sie an, oder machte er ihr Angst? Sie schüttelte die Gedanken ab und ließ sich in die Musik fallen. Das war leicht, denn der Rhythmus war hart und gleichbleibend, wenn sie die einzelnen Songs auch nicht kannte. Nach einer Weile spürte sie, wie sie eins mit sich wurde und alle Gedanken verflogen. Es war wie beim Sex, irgendwann war man nur noch bei sich selbst.

Ihr war heiß, als sie nach über einer halben Stunde zu ihrem Platz zurückkam. Alle Barhocker waren leer, offensichtlich waren auch die anderen zum Tanzen gegangen. Zur Abkühlung griff Clara mit beiden Händen in den Sektkübel und ließ sich die Eiswürfel über das Gesicht gleiten. Einer rutschte weiter in den Ausschnitt und glitt auf einer Wasserspur zwischen ihren Brüsten entlang bis zum Bauchnabel.

»Sehr erotisch«, sagte eine Stimme neben ihr. Es war Andrés, der sie beobachtet hatte.

Clara holte tief Luft. Auch er sah erotisch aus. Sein Gesicht, der schiefe Zahn, der im Licht schimmerte, seine schwarzen Haare. Am liebsten hätte sie sich mit ihm nackt unter eine Dusche gestellt und seinen Körper gespürt, der in ihren Gedanken braun gebrannt und muskulös war.

Aber jetzt kam ihre Vorsicht zurück, ihre altbekannte Vorsicht. Sie ärgerte sich darüber. War sie denn immer nur Kopfmensch? Sie wollte sich auch einmal gehen lassen, in einen Rausch geraten, Dinge machen, von denen sie sich später nicht vorstellen konnte, dass es tatsächlich sie gewesen war. Sie, Doktor Clara Flockheimer, Mutter einer vierjährigen Tochter, promoviert, kunstbeflissen, zurückhaltend. Sie wollte einmal mittendrin sein. Nicht bloß außen vor.

»Du schaust mich an, als gäbe es kein Morgen«, sagte Andrés mit schräger Kopfhaltung.

»Es gibt kein Morgen«, sagte sie. »Es gibt immer nur ein Jetzt. Morgen könnten wir schon tot sein.«

Er schenkte ihr einen Blick, der ihr durch Mark und Bein ging. »Ich hoffe nicht«, sagte er mit rauer Stimme.

»Sei mir nicht böse, aber ich muss heute früher ins Bett.« Britta trat neben sie und schaute sie entschuldigend an. »Irgendwie bin ich heute nicht so gut drauf. Trotz des feinen Champagners.« Sie schenkte Andrés ein zaghaftes Lächeln. »Da wollte ich sowieso noch fragen …«

»Da gibt es nichts zu fragen, Sie waren meine Gäste, ich habe mich über Ihren Besuch gefreut. Pablo auch.« Er wies mit einer leichten Kopfbewegung zum Barkeeper, der gerade drei Gläser frisch nachfüllte und auf den Tresen stellte.

Das konnte nicht mehr mit rechten Dingen zugehen, dachte Clara, das musste wieder eine neue Flasche sein.

»Vielen Dank, aber eigentlich …«, wehrte Britta ab.

Clara konnte verstehen, dass sie sich hier nicht wohlfühlte. Sie passte nicht in die Umgebung von schwarzer Spitze und schwarzer Seide, Designermöbeln und zur Schau gestellter Schönheit. Sie war eher der Typ, der Champagner in einer gediegeneren Atmosphäre genießen würde.

»Dieses Gläschen noch«, sagte Andrés, nahm ihre Hand und hauchte einen Handkuss darauf.

Clara wollte es kaum glauben. War das jetzt Show oder echt? Brittas Gesichtszüge jedenfalls begannen sich zu verändern, sie lächelte, die Mundwinkel gingen nach oben, und ihre Augen glänzten.

»Na, gut«, sagte sie kokett, »aber nur dieses eine, dann gehe ich wirklich.«

Auch Lizzy und Kitty kamen von der Tanzfläche zurück, nur Tina tanzte weiter.

»Wie im Boxring«, erklärte Kitty schnaufend und zog ihr Tigeroutfit zurecht.

»Sind sie dir etwa an die Wäsche?«, wollte Lizzy prustend wissen und kassierte einen Rippenstoß von Kitty.

»Ich glaube eher, einer geht gerade Tina an die Wäsche. Die hat da so einen Typen aufgetan … nee, ich weiß nicht …« Kitty schüttelte skeptisch den Kopf.

»Hier sind alle harmlos«, sagte Andrés und begann die Gläser zu verteilen, die sich wie von Zauberhand um zwei weitere vermehrt hatten.

»Na, denn«, sagte Clara und stieß reihum an. »Vielen Dank für den schönen Abend«, fügte sie nur für Andrés an.

»Für die Nacht danke dann ich«, sagte er leise, und seine Augen hielten ihre fest.

Um zwei Uhr brachen sie auf. Andrés hatte ein Taxi rufen wollen, aber sie bestanden auf einen kleinen Spaziergang durch die Nacht. »Es wird uns guttun«, sagte Britta, die schließlich doch bis zum Ende ausgehalten hatte.

Clara hatte kurz überlegt, ob sie sich ausklinken sollte, aber sie fand es seltsam, allein wie ein Groopie an der Bar zu sitzen. Vor vier Uhr war an Dienstende nicht zu denken, hatte Andrés ihr erklärt, eher sechs. »Und morgen fährst du dann wieder Bus?«, fragte Clara leicht entsetzt. Wie konnte er so übermüdet einen Bus steuern?

»Erst um neun«, sagte er belustigt, und sie fühlte sich durchschaut. »Aber morgen Abend«, er ließ eine Gedankenpause entstehen, »habe ich frei.« Wieder kostete er eine Pause aus. »Für dich, wenn du willst«, fügte er mit einem Lächeln in der Stimme hinzu.

Was findest du denn an mir, hätte Clara ihn gern gefragt. Zwischen all den schönen Mädchen war sie doch wie eine gruftige Professorin aus Deutschland. Aber sie ließ es, verkniff sich überhaupt eine Antwort. Er küsste sie zum Abschied rechts und links auf die Wange, und als er sie mit den anderen hinausbegleitete, traute Clara ihren Augen nicht. Draußen standen noch immer Leute, die eingelassen werden wollten. Jung und älter, Frauen und Männer, alle gut gekleidet und offensichtlich mit einer Engelsgeduld gesegnet.

»Nicht zu glauben«, sagte Kitty. »Was für ein Abend!«

Das fand Clara auch.

Sie hatten sich um zehn Uhr an der Weggabelung verabredet, dort, wo die beiden Straßen, an denen ihre Hotels lagen, zu einer zusammenliefen. Clara war etwas zu früh da. Sie hatte schlecht geschlafen. Nicht nur, weil das Hotel hellhörig war und man noch die letzten Heimkehrer auf dem Flur hörte, sondern weil sie über sich nachgedacht hatte. Sie musste zu viel Alkohol erwischt haben, erklärte sie sich ihre amourösen Phantasien. Ein Mallorquiner, den sie gerade erst kennengelernt hatte. Ein – ja, fast noch ein Kind. Keine dreißig. Sie rief sich sein jungenhaftes Aussehen ins Gedächtnis. Sie hatte doch nicht ernsthaft daran denken können … oder doch? Sie hatte.

Sie saß auf einer niedrigen Gartenmauer am Straßenrand, wartete und war hin- und hergerissen zwischen Scham und Aufbegehren. So war sie richtig froh, als die vier laut lachend und redend endlich um die Ecke bogen.

»Ach«, rief Lizzy, als sie Clara sitzen sah. »Wir sprachen gerade von dir und haben eine Wette abgeschlossen. Jetzt musst du uns nur noch sagen: Hast du, oder hast du nicht? Aber sag das Richtige, damit ich gewinne. Es geht um einen Happy-Hour-Drink!«

Clara stand auf. Sie hatte kurze hellgraue Shorts und ein weißes, eng geschnittenes T-Shirt an und fühlte sich angesichts ihrer farbenprächtigen Freundinnen ziemlich blass. »Ich habe nicht«, sagte sie lapidar. »Ich habe brav allein in meinem überhitzten Hotelzimmer geschlafen.«

»Ach du je!« Tina sah sie entsetzt an. »Hey! Da hat er also ganz umsonst gebaggert, der Arme!«

»Was heißt denn da der Arme, schließlich hat Clara da auch noch ein Wörtchen mitzureden«, fuhr Britta sie an.

»Sachte, sachte«, ging Kitty dazwischen. »Es ist doch nur ein Spiel!«

»Blödes Spiel«, sagte Clara und klopfte sich den Staub von ihrem Hintern. »Wer hat denn jetzt gewonnen?«

»Alle«, grinste Lizzy. »Keine wollte so ins Risiko gehen.«

Das passte Clara nun irgendwie auch nicht. War sie wirklich so langweilig, traute ihr keiner ein heißes Abenteuer, einen One-Night-Stand zu?

»Wartet nur ab«, sagte sie trotzig.

Alle lachten.

»In Ordnung«, sagte Tina und schob ihre Sonnenbrille nach oben. »Was abwarten?«

Clara musste lachen. »Okay, gut, ich gelobe Besserung!«

Die Straße am Meer zog sich unendlich an den Balnearios, den Strandabschnitten, vorbei. »Wo hast du diese Autovermietung denn gesehen?«, wollte Clara schließlich wissen.

»Dahinten«, erklärte Lizzy. »Hinter einer Apotheke und Boutique mit unglaublich vielen Bikinis. Ein Halteplatz für Kutschen ist auch dort. Und ein Eckrestaurant.«

»Ist ja super«, sagte Tina. »Das gibt es hier überall!«

»Mut, nur Mut!« Britta schritt forsch voran, sie hatte mit ihren Sneakers auch das wandertauglichste Schuhwerk an.

»Ich glaub, ich krieg ne Blase«, stöhnte Kitty und blieb kurz stehen, um die schmalen Riemchen ihrer halbhohen Schuhe anders zu platzieren.

»Zieh sie halt aus«, empfahl Britta.

»Bist du verrückt? Wie sieht das denn aus, da mache ich doch das ganze Bild kaputt!«

»Welches Bild denn?«, frotzelte Tina, die mit ihren Flipflops schnalzend nebenhermarschierte.

»Na, he, mein Outfit! Das geht doch *gar* nicht!«

Clara bestätigte das. Aus der Tigerlady war heute eine Pythonlady geworden, und das grau-schwarz gemusterte Kleid wirkte erst mit den Schuhen. Blasen hin oder her.

»Da vorn«, rief Britta zur allgemeinen Erleichterung. Tatsächlich. Dort stand ein Schild. *Ferngespräche, Geldwechsel, Autovermietung.*

»Okay! Zusammen sind wir stark!«, erklärte Lizzy, die heute in Zartrosa fast unscheinbar wirkte. »Jetzt mieten wir uns einen Rolls-Royce, das haben wir uns verdient!«

»Hättest du dir gestern einen Russen geangelt, wäre das kein Problem.« Tina warf ihr einen betont vorwurfsvollen Blick zu.

»Na, du musst reden«, empörte sich Lizzy. »Du hast doch die ganze Zeit mit so einem dicken Typen in grauem Anzug getanzt – war das etwa kein Russe?«

»Algerischer Bauarbeiter.«

Alle lachten los.

»Kleine Verwechslung, was?«, quietschte Kitty.

»Ja, aber folgenschwer!« Tina grinste. »Er hat meine Handynummer und ruft nun ständig an!«

Lizzy schüttelte den Kopf. »Wieso gibst du dem auch deine Handynummer?«

»Ich dachte, es sei ein Russe.«

»Ach, Quatsch!« Britta schüttelte den Kopf. »Du veräppelst uns. Lass uns lieber reingehen und so ein Wägelchen mieten, die Uhr tickt!«

»Wo sie recht hat, hat sie recht«, sagte Clara, die spürte, wie ihre Aufregung zu wachsen begann. Würden sie dieses Immobilienplakat überhaupt wiederfinden? Foto, Papier und Stift hatte sie eingepackt – aber was nützte das ohne Vorlage?

Eine Frau hinter einer breiten Holztheke war mit allem Möglichen beschäftigt, es war nicht so recht klar, was genau sie tat, aber sie schaffte es, die fünf mehrere Minuten stehen zu lassen, ohne einmal zu ihnen hinzuschauen.

Lizzy hatte sich bereits eines der zahlreichen Prospektheftchen geangelt und blätterte es unkonzentriert durch, Tina wippte auf den Zehenspitzen, und Clara verlor irgendwann die Geduld. »Entschuldigen Sie«, sagte sie energisch, »wir wollten eigentlich ein Auto mieten!«

»Un momento, einen Augenblick«, bekam sie zur Antwort, ohne dass die dunkelhaarige Frau sie angeschaut hätte.

»Na gut«, sagte Clara unwillig und überlegte, ob sie jetzt auf der Stelle wieder gehen sollten. Aber wohin?

Britta hatte inzwischen die Liste der angebotenen Autos studiert, die an der Wand hing. »Ein Mini-Cabrio wäre schick«, sagte sie zu Clara.

»Für jede von uns«, erwiderte Clara.

»Was kann ich für Sie tun?«, kam die Frage so unerwartet, dass Clara zusammenzuckte. Die Augen der Mallorquinerin hatten sich auf sie geheftet.

»Ein Auto vielleicht?«, fragte Clara in unschuldigem Ton und wies auf die Liste.

»Für jede von Ihnen einen Mini? Ein Cabrio? Wir haben im Moment ein gutes Angebot, und wenn Sie ...«

»Wir hätten gern ein gutes Angebot für das Peugeot-Cabrio 307, und zwar für heute und für uns fünf!« Britta blinzelte Clara zu.

Das Interesse der Autovermieterin sank sichtlich. »Zu fünft. Aha.« Sie kramte nach einem Papier, schien es auswendig zu lernen und erklärte dann: »Da muss ich telefonieren, ob so ein Wagen noch frei ist.«

»Gut«, erwiderte Clara freundlich lächelnd, »dann tun Sie das.«

Während die Mallorquinerin telefonierte, schob Britta eine der Preislisten über die Theke zu Clara. Der Mini kostete 75 Euro, der Peugeot 60. Außerdem war er größer. Zum Zeichen des Einverständnisses nickte Clara Britta zu.

Kitty schob schmollend die Unterlippe vor. »Meinst du nicht, so ein Mini würde uns besser zu Gesicht stehen?«

»Wer von Ihnen fährt?«, wollte die Maklerin wissen. »Dann bitte den Führerschein.«

Sie schauten sich an. »Ich fahre nicht gern«, erklärte Lizzy. »Und schon gar nicht in einer fremden Gegend.«

»Ich auch nicht«, pflichtete Kitty ihr bei. »Ich bin viel zu unsicher!«

»Und ich neige wegen meines niedrigen Blutdrucks zu Ohnmachtsanfällen«, ließ Tina wissen, »das macht sich im Straßenverkehr nicht so gut.«

Alle schauten Clara an.

»Du bist doch so tough«, erklärte Tina. »Du fährst, wir schreiben das Plakat ab!«

»*Ich* schreibe«, sagte Britta. »Aber dann muss ich auch vorn sitzen, Assistentin der Geschäftsleitung sozusagen.«

»Schreiben kann ich auch«, widersprach Kitty, »außerdem habe ich die prallste Figur, das macht sich hinten nicht so gut ...«

»Ich habe keinen Führerschein dabei«, sagte Clara.

»Wie – du hast keinen Führerschein?«, wollte Tina wissen.

»Nicht dabei. Also – nicht hier. Oben in meinem Hotelzimmer schon.«

»Dann nimm das Auto, und fahr hoch«, schlug Britta vor.

»Das geht nicht!« Die Maklerin schüttelte den Kopf. »Wegen der Versicherung. Ich brauche den Führerschein, den Personalausweis und die Kreditkarte vor Abgabe des Wagens.«

»Wir zahlen bar!«

»Wenn ich zum Hotel laufe, ist der Tag rum!«

»Sie können ein Fahrrad nehmen. Kostet für den Tag 15 Euro, steht hier fahrbereit vor der Tür.«

»15 Euro? Dann nehme ich doch eher ein Taxi!«

»Für 15 Euro mehr können wir auch den Mini nehmen.«

Sie schauten sich an.

Einen Moment lang war es still. Sollte das Unternehmen Plakatwand scheitern, bevor es angefangen hatte? Ihre ratlosen Blicke wanderten zu der Maklerin.

»Wo wohnen Sie denn?«

Clara nannte ihr Hotel.

»Nun, gut«, sie nickte. »Das ist zum Laufen zu weit.« Sie fuhr sich mit beiden Händen durch ihr dichtes braunes Haar. Offensichtlich rang sie mit sich. »Nun gut, nehmen Sie das Fahrrad so. Aber schließen Sie es vor dem Hotel ab; wenn es weg ist, müssen Sie es ersetzen!«

Alle nickten und kamen dann mit guten Ratschlägen.

»Lass deine schwere Tasche hier«, bot Britta ihr an, »die musst du nicht auch noch mitschleppen. Ich nehme sie so lange.«

Clara fuhr los und suchte den richtigen Gang.

»Du findest uns im Eckrestaurant beim Cappuccino«, rief Tina ihr nach. »Aber beeil dich!«

»Es geht bergauf«, rief Clara zurück.

»Das schaffst du schon!«

Dreißig Minuten später war Clara schweißüberströmt zurück. Die Tasche bei Britta zu lassen war keine gute Idee gewesen. Der Schlüssel ihres Kleiderschranks war drin, und sie hatte ihre Brieftasche mit dem Führerschein genau dort eingeschlossen. Sie musste den Weg noch einmal machen.

»Wir trinken noch einen Cappuccino«, erklärte Kitty locker. »Macht nichts.«

Britta sorgte in der Zwischenzeit dafür, dass der betreffende Wagen bereitgestellt wurde, denn wie die Maklerin sagte, stünden die Mietwagen in einer Zentrale und keineswegs in einer so kleinen Filiale.

»Wie lange dauert das?«, wollte Britta wissen.

»Das kommt darauf an«, lautete die prompte Antwort. »Wenn nicht viel los ist, dauert es nicht lange.«

»Ist im Moment viel los?«

»Das weiß ich nicht.«

Britta runzelte die Stirn und ging zu den anderen zurück. »Wir sollten auf einer Halbtagespauschale bestehen«, sagte sie mit einem Blick auf die Uhr.

»Gibt es denn so etwas?«, fragte Lizzy.

»Bestimmt nicht«, sagte Britta trocken und bestellte die Rechnung. »Die wären ja auch blöd, schließlich wollen sie Geld verdienen.«

Weitere dreißig Minuten später hatten sie ihren Mietwagen in der Reihe der an der Straße geparkten Autos ausgemacht. Die Maklerin hatte ihnen den Typ, die Farbe und die Autonummer gesagt, nicht aber, dass die zweispurige Straße völlig zugeparkt war. »Irgendwo an dieser Straße wird er stehen, Sie werden ihn schon finden.«

Die Straße war lang, und nach den ersten dreihundert Metern ließ sich Kitty auf ein Steinmäuerchen sinken und schlüpfte aus ihren Schuhen. »Wenn ihr ihn entdeckt habt, holt mich ab«, jammerte sie und massierte ihre Zehen.

»Aber nicht, dass dich mein algerischer Bauarbeiter aufliest«, mahnte Tina.

»Ein algerischer Bauarbeiter war schon immer mein Traum.«

Sie lachten und suchten weiter. In der Zwischenzeit war es heiß geworden, und Clara drückte alle paar Meter auf den Autoschlüssel in der Hoffnung, dass sich der Wagen zwischen all den anderen selbst identifizieren würde. Zwanzig Minuten später fanden sie ihn endlich.

»Unglaublich, diese Geschäftspraktiken«, entrüstete sich Tina. »Ob sich das jeder gefallen lässt?«

»Dafür stellen wir ihn heute Abend am Hotel ab«, entschied Clara. »Dann können sie ihn sich zur Strafe selbst abholen!«

Auf der Fahrt nach Palma hatten sie ihren Ärger schon wieder vergessen. Der warme Fahrtwind fuhr durch ihre Haare und fühlte sich angenehm an auf der bloßen Haut. Dazu kam, dass die Aussicht auf das Meer und Palma grandios war.

»Sagenhaft«, erklärt Tina, die zwischen Lizzy und Kitty eingeklemmt auf der Rückbank saß. »Wir fahren gar nicht zurück, heute Abend bleiben wir in Palma in einem der Nobelläden.«

»Da brauchen wir aber noch einen Gönner oder einen Lottogewinn«, sagte Britta nach hinten.

»Ja und?«, lachte Tina. »Wir haben doch noch Zeit.«

Clara beschlich das Gefühl, dass sie zwar einen netten Nachmittag verbringen, aber niemals diese Hauswand mit dem Plakat finden würden. Hier ähnelte sich irgendwie alles, und vor allem gab es plötzlich viel mehr Straßen, Kreisverkehre und Möglichkeiten, sich hoffnungslos zu verfahren. Vom Bus aus sah das alles so leicht aus. Sie hätte Andrés nach einer genauen Wegbeschreibung fragen sollen. Warum glaubte sie bloß immer, dass alles schon irgendwie gehen würde? Das war ein verhängnisvoller Fehler. Hier kannte sie sich jedenfalls überhaupt nicht mehr aus.

»Blickst du es noch?«, fragte Tina von hinten.

Und Lizzy quietschte: »Achtung, da kommt einer aus einer Ausfahrt!«

»Den sehe ich«, winkte Clara ab und verkniff sich ein: »Dann fahr eben selbst!«

»Findest du nicht, dass du ein bisschen zu schnell fährst?«, monierte Kitty, was Britta mit einem »Die anderen sind schneller« abbügelte.

»Wo ist dieses Plakat jetzt?«, wollte Tina wissen.

Britta pochte mit dem Zeigefinger auf die winzige Landkarte, die sie aus dem Handschuhfach gezogen hatte und die sie schon die ganze Zeit mühsam zu entziffern versuchte. »Wir sind schon richtig«, sagte sie. »Der Weg nach Port d'Andratx muss es sein, und den haben wir!«

Clara war sich nicht so sicher, ob es da nicht tausend verschiedene Wege gab, aber sie konzentrierte sich aufs Fahren und sagte nichts.

»Du, der Tank ist ja halb leer«, rief Lizzy da plötzlich. »Haben die uns betrogen, oder schluckt die Karre so viel?«

Clara suchte mit den Augen die Armaturen nach der Tankanzeige ab. Das wäre ja ein Ding! »Du meinst die

Temperaturanzeige, die steht schon richtig in der Mitte«, beruhigte sie sie, und dann, beim Aufblicken, war das Plakat da. Sie fuhren genau darauf zu, und augenblicklich erkannte sie auch die Fassade des Möbelhauses wieder, das ihr beim letzten Mal aufgefallen war, weil es einen deutschen Namen trug.

»Da, hier ist es!«, rief sie und stupste Britta an, die sofort nach ihrem Stift griff. »Schnell, schreib auf!«

»Halt an! So rasch geht das nicht.«

»Ich kann hier nicht anhalten.«

Tatsächlich gab es keine Möglichkeit, der Verkehr war zu dicht. Auf gut Glück bog sie nach rechts ab.

»Rechts – rechts – rechts«, sagte sie zur Erläuterung, »das müsste klappen! So kommen wir zurück auf die Straße.«

Aber schon die nächsten Straßen waren Einbahnstraßen, und irgendwann hatte sie jede Orientierung verloren.

»Das wird ja immer wilder«, kommentierte Kitty, als die Straße zur löchrigen Buckelpiste mutierte und die Häuser mehr und mehr unfertigen Baustellen glichen.

»Du als Pythonschlange passt doch ganz gut zu einer Sandpiste«, stichelte Tina, und Lizzy lachte. »Keine Angst, wir setzen dich nicht aus.« Mit einem Seitenblick auf Kitty fügte sie hinzu: »Immerhin haben wir das Plakat schon einmal gesehen, dann finden wir es auch ein zweites Mal.«

»Ja, mit einem Pfadfinder, wenn wir schon kein Navi haben«, schnappte Kitty zurück.

»Lasst Clara nur machen, die schafft das schon«, besänftigte Britta sie.

Ja, ich schaffe das schon, dachte Clara. Bloß wie? Sie versuchte, sich weiterhin rechts zu halten, und tatsächlich, ein Kreisverkehr brachte sie endlich wieder auf die Straße zurück. Diesmal war sie schlauer, hielt sich ganz rechts, verlangsamte, warnte Britta vor und blieb mit guter Sicht auf das Immobilienplakat mit eingeschalteter Warnblinkanlage am rechten Fahrbahnrand stehen.

Hinter ihnen hupte es, Bremsen quietschten, und die Fahrer überholender Autos schüttelten den Kopf oder tippten sich an die Stirn.

»Gleich kracht es«, prophezeite Tina und hielt sich vorsorglich die Ohren zu.

»Und gleich kommt die Polizei«, fügte Kitty schrill hinzu, während sie krampfhaft auf die Nackenlehne vor sich starrte.

»Ich habe es, fahr zu«, rief Britta und hielt ihren Notizblock triumphierend in die Höhe.

»Bingo!« Clara gab Gas und grinste breit. »Mädels. Das war der erste Streich! Jetzt kratze ich mein Bares zusammen und geb einen aus!«

»Und wo?«, wollte Tina wissen.

»In Puerto Portals, dem Hafen der Reichen und Schönen!«

»Aha, und worauf warten wir dann noch?«

Sie schlenderten an den schneeweißen Jachten vorbei und alberten wie die Kinder. Clara war völlig aufgekratzt, jetzt hatte sie das Gefühl, dass ein neuer Lebensabschnitt beginnt. Komisch, eigentlich war noch überhaupt nichts außer einem Gefühl im Magen, das endlich mal gut war. Tina suchte die Bar für die fünf Drinks aus und studierte gerade gewissenhaft die Karte, um etwas Bezahlbares zu finden, als Claras Handy klingelte. Alle schauten sie an.

»Dein neuer Lover?«, wollte Kitty wissen.

Clara schmunzelte. Stimmt. Das wäre ja auch noch möglich. Es war aber Katie.

»Mami, wann kommst du?«

Oh je. »Schätzchen, ich habe dich ganz arg lieb«, sagte sie, »aber es dauert noch ein paar Tage.«

»Wann kommst du dann?«

Das zarte, glockenhelle Stimmchen gab ihr wieder einen Stich. Wie hatte sie denken können, dass so ein Immobilienplakat irgendetwas ändern könnte? Sie konnte nicht einfach tun und lassen, was sie wollte, sie konnte nicht experimentieren, sie hatte Verantwortung – eine große Verantwortung – und war zudem nur noch wenige Tage hier auf Mallorca. Sollte sie in der kurzen Zeit den Lauf der Dinge ändern? Was für eine Illusion! Sie war eine gestrandete Ex, sie war nur noch ein Nichts, sie war dabei, im Meer der alleinerziehenden Mütter unterzugehen.

»Mami? Wann kommst du?«

»Schätzchen, es sind nur noch vier Tage. Es ist ein bisschen wie beim Adventskalender: Du musst noch vier Türchen öffnen, dann komm ich wieder.«

»Oh ja. Das ist ja nicht mehr lange, ich freu mich schon so!«, rief Katie vergnügt.

»Mal dir doch mit Omi solche Türchen, und beim letzten, dem größten, bin ich wieder da!«

»Wie viele? Zehn oder hundert?«

Clara musste lächeln. »Wenn du richtig Lust hast, dann mal zehn!«

»Au ja!«

Bevor Clara weiterreden konnte, hatte Katie aufgelegt. Sicherlich war sie bereits mit Feuereifer dabei, ihrer Oma das neue Spiel zu erklären.

»Schlechte Nachrichten?«, wollte Britta wissen, die sie beobachtet hatte.

»Nein. Das war meine Tochter.« Sie stutzte. »Manchmal

vergisst man nur einfach, dass man nicht mehr jung und ungebunden ist und allen Flausen nachgehen kann.«

»Das sind keine Flausen, falls du das Immobilienschild meinst. Das ist eine sehr reale Chance!«

»Ach, ich weiß nicht. Warum sollte ein Immobilienmakler bei so etwas einsteigen?«

»Warum nicht?«

Nun waren auch die anderen hellhörig geworden.

»Du wirst doch nicht an dir zweifeln, Frau Doktor?«, sagte Tina. »Hey, da haben wir mal eine Studierte in unseren Reihen, und dann so was! Für wen, glaubst du, haben wir heute dieses Wunderfahrzeug gemietet?«

Clara zuckte die Schultern.

»Wir fahren sofort zurück und rufen diesen Typen an«, beschloss Britta.

»Wohin zurück?«, wollte Kitty wissen.

»Na, ins Hotelzimmer«, erklärte Lizzy. »Nicht per Handy, sondern per Festnetz. Richtig seriös! Es geht schließlich um was!«

»Und unsere Disco in Palma?«, erinnerte Clara zaghaft.

»Willst du um diese Uhrzeit in die Disco?« Tina prustete los vor so viel Weltfremdheit. »Da fahren wir um Mitternacht wieder los!«

Sie lagen zu fünft quer über Claras Bett. Clara in der Mitte hatte das Telefon vor sich gestellt, auf Mithören geschaltet und tippte die Nummer ein. Alles hatten sie genau durchgesprochen, jetzt musste es nur noch klappen.

»Immobilienbüro Sachs, Sie sprechen mit Nora Weiß, guten Tag.«

Irgendwie hatte sich Clara auf Spanisch oder zumindest Englisch eingestellt. Sie musste sich erst einmal sammeln.

»Guten Tag, mein Name ist Clara Flockheimer, Doktor Clara Flockheimer. Ich hätte gern Herrn Sachs gesprochen.«

»In welcher Angelegenheit, bitte?«

»Privat.«

Es war kurz still.

Clara warf Britta, die rechts neben ihr lag, einen flehentlichen Blick zu.

»Privat?«, kam es mit einem leicht zweifelnden Unterton.

»Ja, ganz richtig. Ich habe seine Handynummer verlegt, deshalb muss ich jetzt über das Büro gehen.«

Es war wieder still, und Clara hatte den Eindruck, dass ihre Gesprächspartnerin die Hand auf die Muschel hielt und mit Sachs sprach. Stand der etwa direkt neben ihr? Oder war sie seine Geliebte, und sie hatte absolut nicht die Absicht, ein privates Gespräch zu vermitteln?

Claras Herz pochte. Sie kam sich vor wie eine Betrügerin.

»Einen Augenblick bitte«, hörte sie schließlich, »ich verbinde.«

Jetzt klopfte ihr Herz bis zum Hals, und sie spürte einen Schweißausbruch unter den Achseln. Unwillkürlich setzte sie sich auf und alle anderen auch.

»Sachs.« Die Stimme war sonor. Eher beruhigend als angsteinflößend. »Wir kennen uns nicht«, fuhr er fort. »Also, was wollen Sie?«

Clara schluckte und hatte Sorge, ihre Stimme könnte nicht fest und vertrauenerweckend klingen.

»Ich bin Innenarchitektin, habe einige recht beachtliche Projekte in Deutschland realisiert und möchte mich verändern. Sie erschienen mir der richtige Ansprechpartner, Herr Sachs, denn Ihre Kunden legen sicherlich Wert auf Stil und Eleganz.«

»Nicht schlecht«, sagte er.

»Wie?« Clara war kurz irritiert. »Kennen Sie meine Projekte?«

»Nein. Ihr Vortrag!«

»Ah!« Clara überlegte kurz. »Und wie kann ich Sie von meinen Projekten überzeugen?«

»Indem Sie mir entsprechende Unterlagen bringen.«

Clara schaute Britta mit hochgezogenen Brauen an. »Heißt das, ich bekomme einen Termin bei Ihnen?«

»Das wollte ich damit sagen.«

»Wann?«

»Augenblick.«

Clara hörte die Musik, die sie schon bei der ersten Verbindung gehört hatte, nur diesmal viel länger, und dabei fiel ihr auf, was es war: *Ein ehrenwertes Haus* von Udo Jürgens. Wie passend, dachte sie. Ist er ein Scherzbold, ein Zyniker oder einfach mit Udo befreundet?

Endlich knackte es wieder in der Leitung.

»Gut, mir passt es nächste Woche, Dienstag, 14 Uhr.«

Ihr Flug würde am Samstag gehen. »Früher nicht?«

»Startet Ihr Touristenklipper am Samstag?«

»Aber nein! Ich möchte nur gern eine schnelle Entscheidung.«

»Bis dahin müssen Sie sich gedulden, hinterlassen Sie bei meiner Sekretärin Ihre Handynummer, falls sich etwas ändert. Guten Tag.«

Damit hing sie wieder in der Leitung.

Sie schauten sich alle an, und nachdem sie ihre Handynummer bei Nora Weiß hinterlassen und aufgelegt hatte, lagen sie sich in den Armen wie Fußballer nach dem Führungstreffer.

»Wow! Das hat ja unglaublich schnell geklappt«, stöhnte

Clara, völlig zerzaust, und strich gedankenverloren über ihr T-Shirt, das verschoben war von all den Umarmungen.

»Ja! Sensationell!« Tina band ihre dunklen Haare zum Pferdeschwanz hoch und zupfte ihren gerade geschnittenen Pony zurecht.

»Also Dienstag«, sagte Lizzy. »Da sind wir schon weg. Wie schade!«

»Ich auch …«, sagte Clara.

»Wie, du auch?« Kitty schaute sie an. »Du kannst doch nicht einfach abfliegen, bist du jeck?«

»Na, war doch ein tolles Experiment«, beschwichtigte Clara sie. »Aber wie soll ich das machen? Ich habe für eine Woche gebucht, die ist am Samstag rum. Abflug, basta.«

»Nee.« Kitty schüttelte den Kopf. »He, du wolltest diesen Immobilienfritzen, und jetzt hast du ihn. Also machst du das auch!«

»Und meine Tochter?«

»Die malt noch ein paar Adventstürchen mehr. Es geht schließlich auch um ihre Zukunft.«

»Und Rückflug, Hotel?«

Britta schaltete sich ein. »Deine Mutter hat dir die eine Woche spendiert, sie wird auch noch für eine zweite Geld haben – außerdem muss sie es dir ja nur vorstrecken. Denk doch mal nach!«

Clara holte tief Luft. »Ich denke ja!«

»Na, und?«, fragte Tina. »Wird da noch was draus, Frau Doktor?«

»Ja«, sagte Clara und bekam einen starren Gesichtsausdruck.

»Was ist denn jetzt noch?«, wollte Britta alarmiert wissen.

»Was soll ich ihm denn vorlegen? Ich habe ja überhaupt keine Unterlagen hier!«

Sie schwiegen.

Clara schaute Britta an. »Und außerdem«, sie schüttelte den Kopf, »habe ich seit Jahren kein Projekt durchgezogen … außer meinem eigenen Haus!« Sie stockte. »Seinem Haus«, korrigierte sie sich.

»Ja, prima«, sagte Tina. »Das ist es!«

Clara warf ihr einen milden Blick zu. »Ja. Aber ich habe keine Fotos. Und schon gar nicht hier!«

»Hey!«, rief Tina. »Jetzt wird nicht aufgegeben, Mädels, das ist eine Aufgabe. Aufgaben sind da, um gelöst zu werden.«

»Sie hat recht«, sagte Lizzy. »Lasst euch was einfallen!«

»Aber was …« Kitty runzelte die Stirn.

Eine Weile schwiegen alle.

»Ich bräuchte ein Bier«, sagte Tina schließlich. »Ein eiskaltes Bier!«

»Ich auch«, schloss sich Lizzy an.

»Bei uns auf der Terrasse gibt es so etwas«, erklärte Clara. »Ich könnte auch eins vertragen!«

Es wurde gerade die Bühne für den Abend aufgebaut, und der Soundcheck dröhnte durch die Lautsprecher, aber sie entspannten sich in den gemütlichen Korbstühlen. Clara fühlte sich schon etwas schizophren. Langsam gefiel ihr diese Art von Urlaub. Es war alles so beruhigend übersichtlich und einfach, keine Hetze, keine Unruhe, kein Gejage nach Kulturschätzen, Kunsthallen, Galerien und Ausstellungen, einfach hier sein, Bier trinken und Costa Cordalis hören, oder zumindest so etwas Ähnliches. Hossa, hossa, hossa!

»Hossa!«, rief sie.

»Fiesta mexicana«, sagte Kitty und fing sofort an zu

summen. »Rex Gildo«, sagte sie dann. »Was war das für ein schmucker Bursche!«

»Wir sind auch schmuck«, sagte ein Mann am Nebentisch. Der war Clara noch gar nicht aufgefallen, ein Mann um die sechzig, mit zwei jüngeren Burschen neben sich.

»Stimmt«, lachte Kitty und prostete, ohne ein Glas zu haben, zu ihnen hinüber.

»Wollen Sie sich nicht zu uns setzen?«, fragte der Mann, und Clara dachte sofort: Nein!

»Warum nicht?«, fragte Kitty in die Runde, und außer Clara schien keine von ihnen Einwände zu haben.

Das fehlte ihr noch. Darauf hatte sie jetzt überhaupt keine Lust.

Er stand auf, stellte sich als Friedrich vor und den jungen Mann zu seiner Rechten als seinen Chauffeur und den anderen als seinen Piloten.

»Aha«, sagte Clara und gab den dreien die Hand. Noch ein Verrückter mehr, dachte sie. Auf dieser Insel schienen die meisten Männer einen Knacks zu haben. Die einen wollten Gummipuppen frisieren, die anderen saßen mit Pilot und Chauffeur in einem Billighotel. Aber was soll's, beruhigte sie sich, solange sie nicht bösartig waren, war die Welt ja noch in Ordnung.

Mit großer Geste winkte Friedrich einen Kellner herbei und bestellte für alle ... nein, keine Widerrede ... eine Runde Pils. Vom Fass, bitte, fügte er weltmännisch hinzu.

Kitty zupfte ihr Pythonkleid zurecht, offensichtlich gefiel er ihr. Warum auch nicht, dachte Clara, jetzt, wo alle Träume zerplatzten, konnte sie sich ruhig betrinken und nachher in Ohnmacht fallen, während Kitty vielleicht die Nacht der Nächte erlebte, mit Friedrich, dem Aufschneider.

Aber auch die anderen schienen ihren Spaß zu haben, vor allem nach der dritten Runde wurde es immer lebhafter. Clara schaute auf die Uhr, es war fünf, für den Strand zu spät, für das Abendessen zu früh – also konnte sie getrost sitzen bleiben.

»Wieso schleppen Sie eigentlich eine Aktentasche mit sich herum?«, wollte Tina schließlich von Friedrich wissen und deutete auf den schmalen Lederkoffer, der neben seinen Füßen stand. »Bezahlen Sie Ihren Urlaub bar?«

Friedrich lachte, griff nach dem Koffer und legte ihn sich geheimnisvoll auf den Schoß. »Nein, aber ich habe einen Spleen«, sagte er. »Warten Sie, ich zeige es Ihnen.«

Dass er einen Spleen hatte, wusste Clara ja schon, aber was kam jetzt?

»Augenblick, das bedarf eines Vorspiels.« Er kam richtig in Fahrt, kicherte völlig unpassend und holte einen kleinen Fotoapparat aus seiner Brusttasche.

»Leon, machst du mal?« Der junge Mann, der bisher noch nichts gesprochen hatte, stand sofort auf, nahm die schmale Digitalkamera und schoss einige Bilder, bevor er den Apparat Friedrich zurückgab. Friedrich kontrollierte im Display schnell die Aufnahmen, dann schaute er wie ein Zauberkünstler von einer zur anderen und klappte schließlich den Deckel seines Koffers auf. Noch war nicht zu erkennen, woran er darin herumfummelte, aber es surrte und brummte, und schließlich hielt er triumphierend ein Foto in die Höhe. Es zeigte Clara mit unbeteiligtem Gesicht neben der strahlenden Kitty und daneben ihn selbst.

»Sensationell!«, rief Kitty. »Darf ich das haben?«

»Aber ja!« Friedrich freute sich über den Erfolg seiner Demonstration.

»Was haben Sie denn da drin?«, wollte Tina wissen.

»Was schätzen Sie denn?«

»Einen niedlichen, kleinen Tischdrucker!«

»Bingo!« Er lachte laut, bestellte durch entsprechenden Fingerzeig noch eine Runde und zog dann den Drucker heraus.

Clara betrachtete ihn eher gelangweilt, aber Britta beugte sich plötzlich vor. »Druckt das Ding auch DIN A4?«, wollte sie wissen.

»Und wie«, erklärte Friedrich. »Sogar auf Glanzpapier. Einfach perfekt!«

»E-Mail-Empfang hat es nicht?«, fragte Britta weiter.

Er lachte, ganz offensichtlich war er über ihr Interesse glücklich. »Nein, braucht es auch nicht. Mein Laptop kann das schließlich, und der hier druckt den Anhang dann aus. Dazu reicht ein Kabel oder ein USB-Stick. Mit Bluetooth könnte es möglicherweise auch gehen.« Er gluckste. »Aber da fasele ich jetzt ein wenig, weil ich davon überhaupt keine Ahnung habe.«

Britta schaute Clara bedeutungsvoll an, und die drei Pils waren ihr plötzlich überhaupt nicht mehr anzumerken.

Clara zuckte nur die Schultern, weil sie absolut nicht verstand, was Britta wollte.

»Würden Sie uns da einen Gefallen tun?«, wandte sich Britta wieder an Friedrich.

»Aber ja, jederzeit, was soll es denn sein?« Er trank sein Glas in einem Zug aus.

Clara fragte sich, ob er noch zurechnungsfähig war. Was wollte Britta nur von ihm?

»Wohnen Sie hier im Hotel?«, unterbrach Brittas Stimme ihre Gedanken.

Nun blickte auch Kitty neugierig zu ihr herüber.

»Zimmer 222«, sagte er und warf Britta einen tiefen Blick zu. »Aber nur bis morgen.« Seine Stimme senkte sich merklich. »Dann kommt meine Familie, und ich ziehe um!«

»Morgen?« Britta ließ sich zurücksinken. »Das schaffe ich nicht!«

»Was denn?« Er beugte sich vor, und auch die anderen wurden hellhörig. Britta strich ihre dunkelbraunen Locken hinter das Ohr. Ihr Gesicht war vor Aufregung gerötet, und Clara empfand sie auf einmal als ausgesprochen gut aussehend.

»Das muss ich zuerst mit dir besprechen«, wandte sie sich an Clara. »Ich glaube, ich habe da eine Idee, aber dann müssen wir schnell sein!«

»Das wollen wir aber auch hören«, erklärte Lizzy, und Tina nickte beifällig.

Britta schaute unglücklich von einer zur anderen, und es war klar, dass sie ihre Idee nicht vor Friedrich und seinen beiden Begleitern ausbreiten wollte.

Friedrich klappte den Kofferdeckel zu. »Wenn Sie uns nicht einweihen wollen ...«

»Nein, nein, es ist nur ...« Sie schaute Clara an.

In dem Moment kam das Pils, und nachdem sie angestoßen und den ersten Schluck genossen hatten, beugte Britta sich vor.

»Also gut, wenn Sie uns helfen wollen, ist es ja nur recht und billig, wenn Sie wissen, worum es geht ...«

»Sehr nett.« Friedrich richtete sich auf, wobei sein Bauch unter dem Poloshirt die Form eines Fußballs annahm. Straff und rund, wie bei einer fortgeschrittenen Schwangerschaft, dachte Clara und konnte kaum wegsehen.

»Also«, Britta klopfte leicht auf den Tisch, »meine Idee ist folgende. Da ich bei einem Anzeigenblatt arbeite, kenne ich einen guten Fotografen. Der arbeitet frei, warum also nicht auch für das Magazin *Architektur & Wohnen*?«

Clara blickte sie fragend an.

»Verstehst du nicht?«, sagte Britta beschwörend.

Clara trank einen Schluck, dann sagte sie: »Du meinst …«

»… er geht hin und fotografiert die Villa! Und zwar von innen!«

»Und warum sollte er das tun?«

»Weil er ein guter Freund ist.« Britta zögerte. »Ein sehr guter!«, fügte sie dann entschlossen hinzu.

»Und wie kommt er hinein?«

»Ist dein Ex nicht an PR interessiert? Du hast doch gesagt, er sei ein pressegeiler Typ.«

Wider Willen musste Clara grinsen. »Das könnte klappen«, sagte sie dann. »Aber Paul ist misstrauisch!«

»Er kann ja hinterherlaufen. Und vielleicht auch mal ins Bild, das muss ja nicht auf den Tisch kommen …«

Clara grinste noch immer. »Du bist ja unglaublich ausgekocht!«

»Ich bin ein kölsches Mädsche, und kölsche Mädsche halten zusammen.«

Friedrich nickte ihr bewundernd zu. »Rheinländerinnen sind besonders gut im Bett«, erklärte er in sachlichem Ton. »Sehr temperamentvoll. Da kann keine Brasilianerin mithalten!«

»Ach, das freut uns«, sagte Kitty. »Wir kommen nämlich alle aus dem Rheinland, wie der Zufall so spielt. Alle aus, um und um Köln herum!«

Friedrich strich sich kurz über die Stirn. »Und wenn ich es richtig verstanden habe, soll ich ein paar Fotos gemailt bekommen, die ich dann ausdrucke. Kein Problem. Aber wozu?«

Lizzy lehnte sich vor und dozierte leichthin: »Weil die junge Dame hier als Innenarchitektin bei Hans-Ulrich Sachs ins Immobiliengeschäft einsteigen will und dies die ideale Möglichkeit ist.«

»Ach«, sagte er, »beim Uli.«

Und Clara hatte das unbestimmte Gefühl, dass Lizzys Präzisierung ein Fehler war.

Britta sprang auf und zog Clara mit sich.

»So eilig?«, wollte Friedrich wissen.

»Wenn nicht jetzt, dann nie«, sagte Britta. »Ich rufe jetzt sofort meinen Fotografen an. Ich such mir nur ein stilles Plätzchen. Vielleicht klappt das ja sogar noch für morgen!«

»Wo nimmst du nur deine Zuversicht her?«, wollte Clara wissen.

Sie zuckte die Schultern. »Ohne Zuversicht kannst du dich gleich einmauern lassen!«

»Brauchst du mich? Ich sollte nämlich dringend mal ...«

Britta nickte. »Mach nur. Ich krieg das auch ohne dich hin.« Sie lächelte breit, und Clara sah ihr nach, wie sie forsch in ihrer blauen Leinenhose und der hellblauen Bluse davonschritt. Das war eine Frau fürs Leben, dachte sie, bodenständig und zupackend. Und sie spürte, wie sie selbst etwas optimistischer wurde.

Als sie wieder an den Tisch zurückkam, waren die drei Männer im Aufbruch. »Sagen Sie, wenn es so weit ist«, sagte Friedrich zu Clara, während er ihr zum Abschied die Hand drückte.

»Vielen Dank für Ihr Angebot, aber mein Termin bei Herrn Sachs ist sowieso zu spät.«

»Wieso? Wann will er Sie denn sehen?«

»Am Dienstag. Am Samstag geht aber mein Flug. Ich müsste auf gut Glück verlängern.«

»Heute ist Mittwoch.« Er verzog sein Gesicht, und sein Doppelkinn faltete sich in drei Wülste. »Da liegt ja noch das halbe Leben vor uns!«

Clara nickte ergeben. Ja, dachte sie, nur für manche ist das gar keine so erfreuliche Aussicht.

Kaum waren die Männer im Hoteleingang verschwunden, kam Britta zurück. Sie schwenkte ihr Handy und rief: »Champagner!«

»Aber gern«, sagte Lizzy. »Auf welche Zimmernummer?«

»Erzähl!«, forderte Tina sie auf, bevor sie überhaupt am Tisch war.

»Er macht es!«

»Und wie hast du das geschafft?«, wollte Kitty wissen.

Britta setzte sich strahlend an den Tisch und schob die leeren Gläser von sich weg.

»Er versucht Paul so schnell wie möglich an die Strippe zu bekommen! Ich bin gespannt. Sobald er ein Resultat hat, ruft er zurück«, sagte sie atemlos.

»Wie will er ihn denn erreichen?«, wollte Clara wissen. »Er hat doch unsere Privatnummern nicht?«

Britta schmunzelte. »Ich glaube, Bernd hat alle Nummern, die er braucht.«

»Gut!« Lizzy winkte nach dem Kellner. »Dann trinken wir noch was.«

Tina griff nach ihrem Arm. »Warte! Wenn wir nachher wirklich noch nach Palma wollen, dann sparen wir uns die Runde lieber … außerdem haben wir doch schon genug.« Sie zögerte. »Du zumindest ganz offensichtlich!«

Lizzy funkelte sie an und strich eine ihrer blonden Haarsträhnen zurück, die sich aus ihrer Hochfrisur gelöst hatte und ins Gesicht gefallen war. »Mir geht es gut. Außerdem fahre ich ja gar nicht. Clara fährt. Und die letzte Runde geht auf Friedrich, hat er gesagt. Ein Gentleman. Der weiß, was sich gehört!«

»Tja.« Tina schaute zu Clara. »Dann wollen wir das nicht ausnutzen, oder was meinst du?«

Clara schaute auf die Uhr. »Wann wollt ihr denn nach Palma? Jetzt haben wir kurz nach sechs.«

»Gut.« Lizzy stand auf. »Dann gibt es jetzt was zu essen. Und dann telefonieren wir!«

Britta zwinkerte Clara zu. Clara begleitete die vier bis zur Straße und beachtete den Bus erst, als er direkt vor ihr hielt. Die vordere Tür glitt auf.

»Darf ich bitten?« Es war Andrés, der sie vom Lenkrad aus breit anstrahlte.

Clara freute sich. Sie freute sich wirklich, ihn wiederzusehen.

»Na, denn«, sagte Tina.

Britta winkte ihr zu. »Ich melde mich, sobald es etwas gibt.«

»Was soll es denn geben?«, fragte Andrés, und Clara stieg die beiden Stufen zu ihm hinauf.

»Hallo, Andrés«, sagte sie und fand, dass ihr Lächeln vielleicht doch ein bisschen zu heftig war. Um wieder herunterzukommen, ließ sie ihren Blick durch das Businnere gleiten. »Machst du eine Leerfahrt?«, fragte sie dann und schaute ihn an.

Er wies auf den Platz neben sich. »Ich dachte, du stehst vielleicht auf große Autos. Die meisten Frauen tun das. Also bin ich mal mit dem größtmöglichen gekommen.«

Sie musste lachen. »Wunderbar, und wo fahren wir jetzt hin? In die Busgarage?«

Er warf ihr einen vielsagenden Blick zu. »Wenn du das willst ...«

Clara war sich nicht sicher, was sie wollte. Wollte sie? »Gibt es keine romantischere Stelle? Kleine Bucht, Windlicht, Picknick und Rotwein?«

»Klar, so stellt sich die deutsche Frau die Liebe vor«, sagte er lächelnd. »Mir genügst du. Das Drumherum ist mir egal. Aber für dich würde ich auch eine daunenweiche Wolke einschweben lassen.«

»Schöne Idee.« Clara schaute hinaus. »Nur keine Wolke zu sehen … Wo fahren wir denn jetzt hin?«

»Ich entführe dich!«

»In einem Bus?«

»Im Bus!«

Clara glaubte es kaum, er fuhr tatsächlich durch den verwinkelten Stadtkern von Arenal und dann eine Landstraße am Meer entlang, von wo er in eine schmale, holprige Straße abbog, die nach einiger Zeit zur kurvigen Sandpiste wurde. Ganz am Ende, dort, wo das Land ins Meer überzugehen schien und es nach Claras Ansicht auch keine Möglichkeit mehr zum Wenden gab, hielt Andrés, stellte den Motor ab und schaute sie an.

»So, meine Schöne, jetzt machen wir einen unvergesslichen Spaziergang.«

Clara spürte plötzlich eine unbändige Lebenslust, gepaart mit der Ahnung eines prickelnden Abenteuers. Und wenn sie ihn in seinen Jeans und dem roten Poloshirt so anschaute, dann prickelte es noch mehr. Er war jung, er war sexy, und er hatte keine Absichten, außer Spaß zu haben.

Wollte sie das nicht auch? War sie schon so verknöchert, dass sie immer alles hinterfragen musste? Spielte es eine Rolle, ob er Busfahrer, Türsteher oder Akademiker war? Und viele Jahre jünger?

Nein, entschied sie, im Gegenteil.

In diesem Moment klingelte ihr Handy. Andrés hatte die beiden Türen geöffnet und stand vor dem Bus, um mit ihr loszugehen.

»Sorry«, sagte Clara kurz und nahm den Anruf an.

Es war Britta. »Bernd hat bereits heute Abend eine Fotosession bei deinem Ex«, sagte sie, und aus ihrer Stimme war der Jubel zu hören. »Ab morgen ist Paul verreist, deshalb der Schnellschuss. Er will unbedingt in das Magazin – wir kriegen die Bilder also bereits morgen in aller Frühe, was sagst du jetzt?«

»Ich glaub's nicht«, sagte Clara und rief dann euphorisch: »Du bist die Beste, die absolut Beste!«

»Ja«, freute sich Britta, »ich bin auch total happy und gespannt, ob wir das Kind schaukeln werden!«

»Das werden wir«, sagte Clara mit Nachdruck. »Vielen, vielen Dank. Ich werde es irgendwie gutmachen!«

»Das brauchst du nicht, ich freue mich, wenn es klappt – ist doch auch für mich aufregend!«

»Ich weiß nicht, was ich sagen soll ...«

»Freu dich einfach!«

Clara schaute zu Andrés, der abwartend vor der Treppe stand und nun seine Hand nach ihr ausstreckte. Sie steckte ihr Handy ein und fiel ihm dann so spontan um den Hals, dass er das Gleichgewicht verlor und mit ihr nach hinten in den Sand fiel, Andrés unten, Clara auf ihm.

»Hoppla«, sagte er und lachte. »Ich hatte von einem Spaziergang gesprochen. Darauf scheinst du ja keinen Wert mehr zu legen.«

Clara hatte etwas Sand eingeatmet und musste erst einmal husten, aber bevor sie wieder Luft holen konnte, lagen seine Lippen auf ihren. Es war ein Gefühl zwischen Ersticken und Erwachen, und ein unbändiges Verlangen brandete in ihr auf. Dieser Körper unter ihr, so muskulös, so männlich, so fordernd, sie rissen sich die Kleider vom Leib, und als er in sie eindrang, war sie kurz vor der Raserei. Sie wälzten sich im Straßensand, mal war sie oben, dann wieder er, sie fühlte sich wie im Rausch, spürte weder Steine noch Dornen, und als sie kam, war es explosiver und intensiver, als sie es je erlebt hatte – fast hätte sie ihn darüber vergessen, aber dann spürte sie, wie er sich in ihr aufbäumte, und auch seinen Orgasmus erfuhr sie anders und neu.

Sie blieben eine Weile ineinander verschlungen liegen, dann fuhr Andrés mit der Hand über ihr Haar. »Wolltest du nicht eigentlich spazieren gehen?«, fragte er.

»Ich habe es mir anders überlegt«, sagte sie, und sie schauten sich in die Augen.

»Aber vielleicht magst du jetzt«, sagte er und lächelte. »Ich kenne nämlich einen sehr romantischen Strand. Ich sage das auch wegen des Wassers, weil du so unglaublich schmutzig bist. Erstaunlich, dass man als erwachsene Frau so schmutzig sein kann.«

Clara musste lachen. Vor allem, weil auch Andrés von Kopf bis Fuß von Staub bedeckt war, selbst seine Wimpern waren sandig. »Okay«, sagte sie. »Und hast du vielleicht auch noch einen Rotwein in deiner Stretchlimousine?«

»Die Überlebensration habe ich natürlich immer dabei«, sagte er und löste sich von ihr. »Rotwein, Salami und Brot. Wie findest du das?«

»Himmlisch. Mallorca beginnt mir zu gefallen.«

»Streich Mallorca, setz Andrés«, sagte er und küsste sie.

Clara kam aufgekratzt in ihr Hotel zurück. Noch vor ein paar Tagen hätte sie sich das nicht träumen lassen. Liebe im Straßengraben und dann im Meer, wo sie schließlich auch ihre Shorts und die Bluse gewaschen hatte, die jetzt klamm und knittrig an ihr hing. Macht nichts, dachte sie, während sie schnell an der Rezeption vorbeischritt, der Inhalt zählt, und der ist frisch und fröhlich.

Um zehn hatten sie sich verabredet, um nach Palma zu fahren. Der Wagen stand bei Clara, sie würde die anderen abholen, also hatte sie noch gut eine Stunde Zeit. Genug Zeit zu einem ausführlicheren Telefongespräch mit zu Hause.

Ellen spürte ihre gute Stimmung sofort und freute sich. »Du hörst dich so vergnügt an«, sagte sie. »Fast wie früher!«

»Ich fühle mich auch richtig gut, hier kommen Dinge in Bewegung wie lange nicht. Ich habe das Gefühl, ich habe die letzten Jahre verschlafen.«

»Aha.« Ihre Mutter schwieg einen Augenblick, dann sagte sie sachlich: »Du hast dich verliebt!«

»Nein«, widersprach Clara, »ich bin wieder lebendig. Ich kann es nicht erklären, aber alle Lebensgeister sind wieder erwacht, ich bin voll durchblutet, bis ins Hirn!«

»Wenn ich es nicht besser wüsste, würde ich denken, du hast guten Sex gehabt.«

»Besser wüsste?«

»Na, bisher hast du mir doch immer erklärt, du könntest meine Kommunenzeit und die wechselnden Partner in den Achtundsechzigern nicht verstehen, es gehöre ein langes Kennenlernen zu einer körperlichen Beziehung. Oder eben Liebe. War's nicht so?«

»Gut, Mutti, wenn du es unbedingt wissen willst: Ich hatte den ersten One-Day-Stand meines Lebens.« Sie kicherte und kam sich vor wie ein pubertierendes Schulmädchen.

»Na, wunderbar. Gratuliere! Ich nehme an, ihr habt euch geschützt?«

Clara zögerte. »Nee«, sagte sie und dachte kurz nach. »Ich glaube, zum ersten Mal in meinem Leben war mein Bauch schneller als mein Verstand!«

»Na ja«, hörte sie ihre Mutter. »Ist ja auch schon was. Wird schon gut gehen – willst du noch mit Katie sprechen? Sie hat eine ganze Armada an Pferdchen aufgebaut und spielt Reiterhof.«

»Ach je. Paul hat ihr immer ein Pony versprochen, wenn sie in die Schule kommt. Die Arme, das wird wohl nichts mehr.«

»Warten wir es ab, sie hat noch zwei Jahre.«

Clara musste lachen. Der Optimismus ihrer Mutter war wirklich unerschütterlich. Das war ihr aus ihrer Revoluzzer-Jugendzeit geblieben: Es gibt nichts, was man nicht ändern kann. Sogar das Establishment.

»Okay«, sagte sie. »Ab morgen wird alles besser, das war doch immer dein Spruch. Ich habe ihn gehasst, aber jetzt glaube ich fast, du könntest recht haben … ja, wenn sie nicht zu sehr vertieft ist, dann gib sie mir. Eine Frage noch – falls ich hier verlängern müsste, hätte ich dann noch Kredit bei dir? Und würde Katie das noch packen?«

»Katie ist gut drauf, ich werde sie von dir grüßen, denn gerade wird ein Fohlen geboren, da kann ich nicht stören. Und meine Ersparnisse schlummern unter meinem Kopfkissen! Ich hab also noch ein bisschen Geld für dich übrig!«

»Du bist die Beste!«, sagte Clara.

»Ja, so ändern sich die Zeiten …«

Clara schnappte ihren Zahnputzbecher, nahm eine Flasche Mineralwasser aus ihrer Einkaufstüte und setzte sich damit auf den Balkon. Ja, ihre Mutter hatte recht. Lange Zeit hatte sie ihre Mutter für das, was sie getan hatte, nicht ausstehen können. Andere waren eine richtige Familie, was

Ellen als bürgerlich abtat, aßen um sechs Uhr zu Abend, was für Ellen der Gipfel an Spießertum war, und die Kinder spielten mit anderen auf dem Spielplatz, während die Mütter miteinander quatschten. Clara dagegen war in einem antiautoritär geführten Kindergarten aufgewachsen, in dem sie auffiel, weil sie der Erzieherin die Torte nicht ins Gesicht schmeißen und auch keine Farben an die Tapete klecksen wollte. Die wechselnden Freunde ihrer Mutter, die unendlich lange über Politik diskutierten, aber keinen Nagel in die Wand hauen konnten, gingen ihr schon als Kind auf die Nerven. In ihrem Kinderzimmer hingen Poster von Leuten, mit denen sie sich nicht identifizieren konnte, und als sie Che Guevara gegen ein *Bravo*-Poster austauschte, war ihre Mutter entsetzt über so viel Ignoranz. Clara hatte ihr dann vorgeworfen, dass ihre tollen Freunde auch nur Papiertiger seien, die am Wohnzimmertisch alles veränderten und draußen den Schwanz einzogen, ganz so wie die Starkbiertöner an bayerischen Stammtischen.

Danach war ihr Verhältnis ziemlich gestört gewesen. Clara wollte mit sechzehn keine Pille und auch keine selbst gedrehte Zigarette. Sie war konservativer als konservativ, trug Blüschen und Perlenkette, während ihre Mutter noch immer Mini und Maxi kombinierte. Ihren Vater konnte ihre Mutter nicht benennen, es machte auch keinen Unterschied, weil sich bei den abendlichen Politikhocks irgendwie alle als Väter fühlten, aber wenn es darauf ankam, war keiner da. Clara schrieb extrem gute Noten, weil sie nicht wollte, dass die Lehrer jemals ihre Mutter in die Elternsprechstunde bestellen würden, und sie wählte das Architekturstudium, weil ihr die geraden Linien gefielen und die Idee, Stein um Stein ein Leben wie ein Haus aufzubauen. Akkurat und bodenständig. Es stimmte, sie war der Gegenpol ihrer Mutter. Trug Ellen ihre Haare lang, schnitt sie ihre ab, färbte ihre Mutter sie schwarz, trug sie Blond. Mit allem wollte sie sich abgrenzen, aber ganz besonders in der Wahl ihres Mannes. Der erste sollte auch der einzige bleiben, deshalb wählte sie sehr genau und hatte Paul schon bestimmt, bevor er selbst davon wusste. Dass er die Ehe scheute, beeinträchtigte ihr Gefühl nicht. Mit oder ohne Trauschein, sie hatte den sicheren Grundstein für ihr Leben gelegt.

Clara hatte die Füße auf das Geländer gelegt und musste lachen. Es war kurios, dass sie jetzt, wo sie mit sechsunddreißig in dem Alter ihrer Mutter war, in dem sie als Sechzehnjährige so sehr gegen die freie Art, zu leben und zu lieben, aufbegehrt hatte, selbst die freie Liebe entdeckte.

Fehlte nur noch der Hang zum Diskutieren. Konnte das wahr sein?

Clara hörte Stimmen auf der anderen Seite des Balkons und duckte sich. So gern sie ihre Leipziger Nachbarn mochte, im Moment hatte sie weder Lust auf ein Gespräch noch auf Brandy. Sie machte sich klein und schlich ins Zimmer.

Palma bei Nacht war eine Offenbarung. Die Menschen strömten in sommerlich luftiger Kleidung und ausgelassen durch die schmalen Altstadtgassen, saßen in Bars und Straßencafés, aßen Tapas oder andere Kleinigkeiten, die lecker aussahen, und die Luft war erfüllt von lautem Stimmengewirr. Es war wie das Eintauchen in ein Wohlfühlbad.

Kitty trug ein schwarzes Etwas von einem Kleid, mit dem sie im Wagen vorn neben Clara sitzen musste, weil ihr auf dem engen Rücksitz alle Träger und Riemchen verrutscht wären, die dieses Etwas zusammenhielten.

»Gewagt«, fand Clara, hatte aber irgendwie kein Problem damit, dass die ganze Kitty eher nach Straßenstrich als nach

First Lady aussah. Und auch Lizzy hatte in ihrem Koffer ein glitzerndes T-Shirt gefunden, das aus ihrem Oberkörper eine schillernde Meerjungfrau machte und über einem schwarzen Rock mit langem Schlitz endete. Tina hatte eine schwarze Rockerbraut-Lederjacke mit Jeans gewählt, und Britta trug, was sie immer trug: Dunkelblau kombiniert mit Weiß. Damit passte sie am ehesten zu Clara, die in einen sandfarbenen Dolce&Gabbana-Rock und in ein schnörkelloses, aber gut sitzendes cremefarbenes T-Shirt geschlüpft war. Aus Sorge um ihre Absätze auf dem unebenen Pflaster trug sie flache Riemchensandalen, womit sie aber immer noch größer war als Kitty und Lizzy in ihren High Heels.

»Ich finde, wir sind ein schlagkräftiges Team«, sagte sie, während sie durch die Gassen flanierten. Das fand sie wirklich. Am liebsten wäre sie jetzt einer der Damen aus ihrem arrivierten Kölner Kunstkreis begegnet und hätte Lizzy und Kitty genüsslich als Freundinnen vorgestellt. Die Gesichter wollte sie sehen! Allein der Gedanke trug zu ihrer guten Laune bei.

»Sollten wir nicht mal nach dem Weg fragen?«, wollte Lizzy irgendwann wissen, und Clara war schon klar, warum: Sicherlich schmerzten ihre Füße bereits mörderisch. Es waren eben die klassischen Schuhe für kurze Auftritte vom Bentley über den roten Teppich zum festlich gedeckten Tisch. Clara grinste. Sie konnte heute Abend gar nicht anders als immerzu grinsen.

»Okay, dann sehen wir das mal nicht so männlich, bitten wir um Hilfe!«

Die Straße Carrer Sant Joan kannte niemand. Vielleicht hatte sie es aber auch falsch ausgesprochen. Deshalb versuchte sie es gleich mit *Abaco*, was mit sofortigen Auskünften belohnt wurde. Andrés hatte ihr den Tipp gegeben, er meinte, eigentlich sei es schon überhaupt kein Tipp mehr, denn genau genommen kenne jeder diesen alten Adelspalast aus dem 17. Jahrhundert, der in seiner barocken Fülle wie aus einem Film von Fellini wirkte. Clara konnte sich nichts darunter vorstellen, bis sie vor dem schweren Holztor standen, das in dicken Mauern eingelassen war, und wo nur der kleine goldene Schriftzug *Abaco* darauf hinwies, dass sie tatsächlich angekommen waren.

»Na, denn, sieht doch schon mal gut aus«, fand Lizzy und drückte das Tor auf. Ein hoher Raum, in dem früher die Kutschen vorgefahren sein mochten, und eine große Theke fielen ihnen ins Auge. Dann aber sahen sie die vielen Sitzgelegenheiten, gemütlich arrangiert, und die Blumen und Obstdekorationen, die tatsächlich wirkten, als sei ein Füllhorn ausgeschüttet worden.

Clara war beeindruckt und die anderen offensichtlich auch. Sie folgten lautem Vogelgezwitscher in einen Innenhof, der ihr wie ein Urwald vorkam, dessen Tische aber vollständig besetzt waren. Deshalb stiegen sie hinauf in den ersten Stock, von dem Andrés gesagt hatte, dass dort noch das Originalmobiliar stünde. Es sah wirklich so aus, und sie gingen gemessenen Schrittes durch die Zimmer, betrachteten die Fotos, die Spiegel und Bilder und blieben schließlich in der Küche stehen.

»Donnerwetter!«, sagte Britta. »Das ist wirklich mal was Tolles!«

»Wenn es nicht so viele Touristen gäbe, wäre es noch schöner!«, meinte Kitty.

»Sind wir doch auch«, mokierte sich Lizzy, »oder hältst du uns für adlige Einheimische auf Besuch bei den Nachbarn?«

»Jedenfalls würde ich das gerne sehen«, antwortete Kitty,

ohne auf Lizzys spöttischen Ton einzugehen. »So ein kleines Zeitfenster … ein Blick zurück!«

Clara nickte belustigt. »Was meinst du, was das für ein Skandal gewesen wäre – ihr in euren Kleidchen, das gab es damals ja nicht mal beim Zirkus! Und schon gar nicht im katholischen Spanien!«

»War ja auch nur so eine Idee«, verteidigte sich Kitty.

Tina kam von der schmalen Galerie zurück, von der man in den kleinen offenen Innenhof sehen konnte. »Neben der Papageienvoliere zahlt gerade ein Paar«, erklärte sie. »Wenn wir uns beeilen, haben wir vielleicht Glück. Ich möchte nämlich unbedingt so einen bunten Cocktail trinken. Sieht jedenfalls bombastisch aus!«

»Schmeckt nicht«, murmelte Clara leise. Diese Information hatte sie von Andrés, aber wer wusste schon, ob er jemals wirklich einen der bunten Cocktails probiert hatte.

Sie schafften es tatsächlich, den Tisch neben der Voliere zu besetzen. »Alles nur gut heute«, kommentierte Clara zufrieden.

»Bis auf die Preise«, schränkte Tina ein, die bereits die Getränkekarte in der Hand hielt. »Um nicht zu sagen: schweineteuer!«

»Na ja, von irgendwas müssen sie ihre Blumen und das viele Obst ja bezahlen.«

»Quatsch, das verarbeiten doch die Nachbarn in ihren Restaurantküchen«, mutmaßte Lizzy.

»Wie auch immer, mir gefällt's«, erklärte Clara und lehnte sich behaglich zurück. »Und vor allem Brittas Nachricht ist eigentlich eine Feier wert! Aber darf ich später was ausgeben? In einer etwas günstigeren Bodega?«

»Es gibt da noch etwas«, erklärte Britta, die neben ihr saß und sie so seltsam anschaute, dass Clara hellhörig wurde.

»Und was?«, wollte sie wissen.

»Bernd hatte etwas Mühe mit den Fotos.«

»Mühe? Das hast du vorhin nicht gesagt, warum denn?«

»Es gab da eine Person, die sich partout in jedes Foto drängen wollte – in der Rolle der Gastgeberin ...«

»Zwischen meinen Möbeln? Vor meinen Kunstwerken? Gastgeberin?« Clara schaute Britta verständnislos an, dann ging es ihr auf. »Du willst nicht sagen, dass dieses Miststück so tut, als wäre dies alles ihr Verdienst?«

Britta legte ihre Hand auf Claras Oberschenkel. »Doch«, sagte sie leise. »Genau das will ich. Bernd sagt, sie führt sich auf, als sei alles ihr Eigentum, und vor allem tut sie so, als habe sie die Villa selbst eingerichtet.«

»So ein Aas!«, zischte Clara, und ihr Herz pochte wie wild. Am liebsten wäre sie aufgesprungen, hätte sich in den nächsten Flieger gesetzt und das Weibsstück aus ihrem Haus geschmissen. An den Haaren. Was bildete die sich eigentlich ein? Ihren Gursky, ihren Rauch und all die anderen Künstler als eigenen Geschmack auszugeben und sich womöglich auch noch in Besitzerpose vor die Werke zu stellen?

Clara holte tief Luft und blies sie ganz langsam wieder aus, um sich zu beruhigen. Dann wurde ihr bewusst, dass alle sie anschauten.

»Tut mir leid«, sagte Britta.

»Was hat sie denn?«, wollte Kitty wissen. »Sie ist ja ganz blass im Gesicht!«

»Nee, eher grünlich«, präzisierte Lizzy.

»Hast du ein Gespenst gesehen?«, wollte Tina wissen. »Ein Schlossgespenst? Vielleicht den ehemaligen Oberadelsmacker?«

»Ja, wirklich«, sagte Clara tonlos, »so kommt es mir gerade vor. Ein weibliches allerdings. Und ich weiß nicht so recht, was ich davon halten soll.« Sie schaute vor sich auf den Tisch. »Oder besser noch, ich weiß nicht so recht, was mit mir los ist!«

»Wieso?« Tina legte ihr die Hand auf den Oberarm. »Wegen dieser Tussi da, dieser Frau, von der Britta eben erzählt hat?«

Clara nickte, dann schaute sie auf. »Ich kenne mich selbst nicht mehr. Ich weiß nicht, ob ich wütend bin, weil sie mir den Mann weggenommen hat, oder ob ich wütend bin, weil sie die Hausherrin in meinen vier Wänden spielt.« Sie korrigierte sich. »Oder zumindest in den Wänden, die ich mit viel Liebe und Geduld eingerichtet habe.« Clara wiegte den Kopf. »Kannst du dir vorstellen, Tina, dass ich meine eigenen Gefühle nicht mehr deuten kann? Ich bin tierisch aufgebracht, aber ich weiß nicht, ob der Mann oder das Haus mehr schmerzt.«

Tina zuckte die Achseln.

»Wenn du es nicht unterscheiden kannst, dann ist es jedenfalls nicht der Mann«, erklärte Kitty. »Wenn dir an dem Mann noch irgendwas liegt, dann wüsstest du das genau!«

Clara lehnte sich zurück. »Ja, mag sein, dass du recht hast. Ich muss mich von alldem frei machen. Vom Mann, von der Kunst, vom Haus, von der Vergangenheit. Aber das ist leichter gesagt als getan.«

Ein Kellner kam an den Tisch, um die Bestellungen aufzunehmen. Alle hatten sich verschiedene Cocktails ausgesucht, um untereinander probieren zu können.

»In mein Haus ist auch eine andere eingezogen«, erklärte Kitty lapidar. »Ich kenne das. Sie haben nicht mal die Bettwäsche ausgetauscht. Fliegender Wechsel. Das Leben geht weiter, und im Rückblick ist es gut so. Ich würde mich immer noch über tausend Dinge ärgern und doch keinen

Schnitt machen. So ärgere ich mich nicht mehr und mach, was ich will.«

»Hast du Kinder?«, wollte Clara wissen und war erstaunt, als sie »drei« zur Antwort bekam.

»Es geht alles«, lächelte Kitty ihr zu. »Manchmal glaubt man es kaum, aber man ist stärker, als man denkt.«

Friedrich hatte perfekte Arbeit geleistet. Es war unglaublich, welche Mühe er sich gegeben hatte. Clara hatte ein fertiges Dossier von ihm geliefert bekommen. Sie musste sich keine Gedanken mehr machen, wie sie die einzelnen Fotos heften und ordentlich präsentieren könnte.

Gleich am nächsten Tag hatte er um die Mittagszeit an einem Tisch auf der Terrasse ihres Hotels auf Clara gewartet und war aufgestanden, als sie kam.

»Ich muss Sie bewundern«, sagte er zur Begrüßung, und Clara drückte seine fleischige Hand. »Dieses Haus haben Sie wirklich unglaublich stilvoll eingerichtet.« Er rückte Clara einen Stuhl zurecht und setzte sich neben sie. »Nur schade«, fuhr er fort, »dass sich diese Frau immer in den Vordergrund gedrängt hat … Ich habe nur die Fotos ohne Menschen ausgedruckt, bei einem ließ es sich aber leider nicht vermeiden – in der Eingangshalle hängt doch tatsächlich ein Gemälde von Neo Rauch, das musste ich natürlich in die Auswahl aufnehmen, aber da ließ sich diese Dame nicht vom Foto eliminieren.«

»Ich bin überwältigt«, sagte Clara. »Und ich weiß nicht, wie ich das wiedergutmachen kann.«

»Ach, machen Sie sich keine Gedanken«, sagte er. »Zunächst einmal war Britta sehr fleißig, ohne sie hätte das nicht so zügig geklappt, sie hat gewissermaßen den Datentransfer gemanagt – und dann, meine Liebe«, er nahm ihre

Hand und hauchte einen Handkuss darauf, »sieht man sich im Leben immer zweimal.«

Er lächelte, und seine runden Augen blieben so intensiv auf ihr haften, dass sie nicht richtig wusste, wo sie hinschauen sollte. Dachte er etwa …? Nein, das konnte sie sich nicht vorstellen.

»Ich muss nun leider gehen«, sagte er, während er sich erhob, »meine Familie wartet. Und Ihnen habe ich einen Cappuccino bestellt, ich hoffe, das war in Ihrem Sinne, der müsste eigentlich schon da sein.«

Er winkte kurz ungeduldig dem Kellner.

»Und ich hoffe, Sie unterrichten mich über den Fortgang der Geschichte.« Damit schob er ihr einen Zettel hin, auf den er seine Handynummer geschrieben hatte.

Clara stand ebenfalls auf. »Ich stehe wirklich tief in Ihrer Schuld«, sagte sie.

»Ach, papperlapapp«, winkte er ab. »Schuld gibt es nicht, das ist eine religiöse Erfindung. Es war mir eine Freude, liebe Clara, auf Wiedersehen.«

Der Cappuccino kam, und Clara sank auf ihren Stuhl zurück. Das war wirklich seltsam. Irgendwie seltsam. Eine solche Fürsorge von jemandem, den sie gar nicht kannte. Das war beinah so etwas wie christliche Nächstenliebe. Oder warum sollte er stundenlang Fotos ausdrucken, wenn er nicht irgendeinen Grund dafür hatte? Und sie auch noch in dieser Form binden zu lassen?

Sie rief Britta an.

Britta freute sich, dass alles so gut geklappt hatte. »Ja, das mit der neuen Hausherrin war natürlich ein Problem, sagt Bernd. Er hat versucht, nur die Räume oder Gegenstände zu fotografieren, aber sie war extra für diese Geschichte noch schnell bei einem Starstylisten gewesen, hat sie ihm verraten, also wollte sie in dem Lifestylemagazin auch groß rauskommen. Und ihm blieb gar nichts anderes übrig, schließlich hatte er diesen Vorwand ja gebraucht, um überhaupt in das Haus reinzukommen.«

»Egal, wie auch immer, jedenfalls phantastisch! Gib mir bitte seine Nummer, ich muss ihn anrufen. Und zum Essen einladen.«

»Nach Mallorca? Das wird spannend.« Britta lachte. »Gut, warte, ich such sie raus und ruf dich gleich wieder an.«

Clara legte sich einen Kuli zurecht, nippte an ihrem Cappuccino und schaute die Fotos an. Sie waren wirklich perfekt gemacht. Man bekam einen umfassenden Eindruck von dem Ganzen, der Harmonie der Räume und Möbel. Das spielerisch Leichte kam gut heraus, die Freude am Kombinieren von Extravagantem mit Bodenständigem, Altem mit Neuem.

Sie war irgendwie stolz auf sich selbst. Dann klingelte ihr Handy.

»Ja, schieß los«, sagte sie und angelte nach ihrem Kuli.

»Das werde ich bestimmt nicht tun«, entgegnete eine männliche Stimme.

»Huch«, erschrak sie. »Entschuldigung, ich dachte, es sei eine Freundin …«

»Ich bin es aber, Hans-Ulrich Sachs.«

»Oh, Herr Sachs.« Clara verschluckte sich. »Jetzt bin ich überrascht.«

»Haben Sie Ihre Arbeiten zusammen? Dann können wir diesen Termin gern auch vorverlegen – es würde mir am heutigen Nachmittag besser passen als am nächsten Dienstag. Wären Sie so flexibel?«

»Ich?« Clara fühlte sich wie benebelt. »Ja. Natürlich. Ich könnte es so einrichten – um wie viel Uhr denn?«

»Fünfzehn Uhr? Kennen Sie mein Büro? Nein? Dann lassen Sie sich die Adresse und den Weg von meiner Sekretärin erklären, guten Tag!«

Damit hing sie in der Leitung und lauschte der bereits bekannten Melodie. Schließlich übernahm die Sekretärin das Gespräch und gab ihr die nötigen Informationen. Clara schrieb alles genau mit. Als das Gespräch beendet war, blieb sie regungslos sitzen, sprang dann auf, brüllte laut »Juhu« und scherte sich auch nicht darum, dass sich die Gäste nach ihr umdrehten. Um diese Uhrzeit waren es sowieso nur wenige, und selbst wenn die Cafébar voll besetzt gewesen wäre, es wäre ihr egal gewesen. Das war ihr Triumph, das war ihr Tag, das war ihr Leben. Sie war glücklich.

Nachdem sie sich wieder einigermaßen beruhigt hatte, rief sie Britta an.

»Ist die SMS nicht angekommen?«, wollte Britta sofort wissen, aber Clara hörte gar nicht zu.

»Es klappt«, rief sie außer sich vor Freude, »stell dir vor, es klappt! Ich habe heute Nachmittag einen Termin bei Hans-Ulrich Sachs. Heute! Nicht nächste Woche. Was sagst du dazu?«

»Das ist sensationell«, freute sich Britta mit, überlegte kurz und erklärte dann: »Du brauchst was zum Anziehen. Und ein Auto!«

»Stimmt!« Clara lachte noch immer. »Ist das nicht ein Wahnsinn?« Sie konnte sich kaum beruhigen. »Ich könnte vielleicht mit dem Bus fahren«, sagte sie dann schnell.

»Und wegen der Klamotten … wart mal, wir treffen uns bei dir. In einer halben Stunde. Die anderen sind noch beim Mittagessen, ich fange sie schnell ab.«

»Kriegsrat?«

»Nein, wir wollen ja Beute machen, wie nennt man so was?«

»Raubzug?«

Sie lachten beide. »Abgemacht«, sagte Clara. »Ich bin tierisch aufgeregt!«

Als Britta, Kitty, Tina und Lizzy eine halbe Stunde später eine nach der anderen in Claras Zimmer einzogen, hatten sie mehrere Lagen Kleider auf ihren Armen liegen.

»Was ist denn das?«, wollte Clara wissen.

»Garderobe«, erklärte Kitty hoheitsvoll. »Du musst schließlich was aus dir machen!«

Auf den ersten Blick war klar, dass ihr keines der pinkfarbenen, getigerten oder gerafften Kleider stehen würde, aber sie wollte ihre Freundinnen nicht enttäuschen, zumal sie sich sogar mit den Accessoires viel Mühe gegeben hatten.

»Mein Gott, was ihr alles hergeschleppt habt, da wäre ich doch besser zu euch rübergekommen«, fand sie, nachdem sie alles auf ihrem Doppelbett ausgebreitet hatten: Ohrringe, Halsketten, Armbänder, Gürtel und Taschen passend zu den verschiedenen Kleidern, und selbst ihre Schuhe hatten sie hergetragen.

»Was sagst du?«, wollte Lizzy stolz wissen, und auch Tina legte noch ihr bestes Stück ab, eine schwarze Nietenlederjacke zur schwarzen Röhrenjeans.

»Phantastisch«, behauptete Clara.

»Also, dann lass mal sehen.« Lizzy nahm das oberste Stück, ein zartes Nichts aus Chiffon und bunten Blütenblättern, in Rosa, Pink und Lila.

»Meinst du, das steht mir?«, fragte Clara zweifelnd.

»Jedenfalls besser als diese Pfadfinderuniform«, erklärte Lizzy.

Clara schaute an sich hinab. Sie trug eine schlichte sandfarbene Bluse zu sportlichen khakifarbenen Shorts.

»Aha«, sagte sie.

»Und dann mach auch gleich deinen Dutt auf. Du hast so schöne Haare und zwängst sie immer in irgendeinen Knoten!«

Das stimmte zwar nicht ganz, aber es war was Wahres dran.

»Ist ja gut«, beschwichtigte Clara und hielt sich das Kleid an. »Und ihr seid sicher?«

»Wir sind sicher!«

Sie war viel zu dünn für das Kleid. Der Ausschnitt hing lappig an der Brust, und auch ihre Beine sahen plötzlich wie Streichhölzer aus. Lizzy versuchte mit Schmuck, Gürtel und Schuhen etwas zu retten, aber in den Schuhen knickte Clara sofort um, weil sie den hohen Absatz nicht gewohnt war, und die rosarote Kunstblüte fürs Haar konnte das Gesamtbild auch nicht mehr retten.

»Lizzy, das sieht an dir entschieden besser aus«, erklärte Clara und stieg aus dem Kleid heraus.

»Aber das hier!« Kitty streckte ihr ihr heiß geliebtes Tigerkleid entgegen. »Das macht eine sexy Figur und ist für so einen Immobilienmenschen bestimmt genau das Richtige!«

»Okay!« Clara beschloss, das Spiel mitzumachen. Wenn sie es unbedingt sehen wollten, dann bitte.

Auch das Tigerkleid wollte nicht mit Claras Figur harmonieren. Die Taille war viel zu weit, worauf Kitty sofort zu einem Tigergürtel griff. »Vielleicht mit einer Jeansjacke darüber?«, fragte Clara zweifelnd.

»Nee«, beschied Kitty, »dann sieht man doch vom ganzen Kleid nichts mehr!«

»Aber ich habe doch nichts, was man da sehen könnte«, erklärte Clara und zeigte auf ihren Busen.

»Der ist nicht groß, aber so Riesenbrüste sind auch zu nichts nütze«, sprang Tina ihr bei.

»Immerhin waren sie für drei Kinder gut.« Kitty klang beleidigt.

»Genau«, pflichtete Clara ihr bei, »da fehlen mir noch zwei!«

»Okay, dann das hier!« Tina wies auf ihre Nietenjacke, aber alle schüttelten den Kopf.

»Da fehlt ja nur noch die Harley«, erklärte Lizzy. »Clara soll *weiblich* aussehen. Schließlich will sie den Job!«

»Was sagst denn du?«, wandte sich Clara Hilfe suchend an Britta.

»Ich kann dir nur eine weiße Bluse anbieten«, erklärte sie. »Kleider habe ich ja nicht, und meine Hosen sind dir viel zu weit!«

»Ein Jackett vielleicht?«, fragte Clara.

»Jackett!«, jaulte Kitty auf. «Das ist ja noch männlicher als ne Nietenjacke. Du bist eine Frau! Also probier das noch!«

Sie hielt ihr ein weiteres Kleid hin, aber Clara schüttelte den Kopf. »Erst, wenn der Roomservice Champagner bringt!«

»Bärenstarke Idee«, grinste Tina und zog aus ihrer Tasche eine Flasche Prosecco und Plastikbecher hervor.

»Hätte ich fast vergessen, ist sicherlich schon warm!«

»Trotzdem möchten wir das Kleid noch sehen«, forderte Lizzy.

Sie lachten bei jedem neuen Outfit, und nach über einer Stunde gaben sie es auf.

»Du siehst in allem bescheuert aus«, meinte Tina.

»Damit gewinnst du keinen Blumentopf, geschweige denn einen dicken Auftrag!«

Clara schaute auf die Uhr. »Aber irgendwas muss ich anziehen. Und kaufen kann ich mir nichts!«

»Gut«, Britta zog mit beiden Händen einen gestischen Schlussstrich, »wir machen was aus dem, was sie selbst hat!«

Alle schauten Clara an.

»Was hast du denn?«

Clara öffnete ihren kleinen Schrank und sah sich nach ihren Freundinnen um, die zwischen all den Kleidungsstücken auf dem Bett saßen. Nur Tina hatte sich den Korbstuhl vom Balkon geholt, in dem sie nun mit genüsslich ausgestreckten Beinen hing, aber sie schaute genauso neugierig wie die anderen.

»Na, viel ist das ja nicht«, kommentierte Kitty enttäuscht und biss in den Rand ihres halb leeren Plastikbechers.

»Ich bin ja schließlich auch in den Urlaub gefahren und wusste nicht, dass ich mehr brauchen würde als Bikini, Shorts und Jeans!«

»Ja, das sieht man!« Lizzy schüttelte den Kopf.

»Hast du einen guten Gürtel und ein Paar vernünftige Schuhe dabei?«, fragte Britta und stand vom Bett auf. »Und vielleicht eine Halskette? Irgendwas Teures aus früheren Zeiten?«

»Hm.« Clara machte sich an der Innenseite ihres Koffers zu schaffen und zog eine schwere Goldgliederkette mit einem diamantenbesetzten Herzen hervor.

»Cartier«, sagte sie. »Reicht das?«

»Oh!« Lizzy rutschte vom Bett herunter. »Lass mal sehen!«

»Und das trägst du in deinem Koffer herum? Bist du

wahnsinnig?« Tina tippte sich an die Stirn. »Die ist doch ein Vermögen wert!«

»Glaubst du, hier gibt es einen Safe?« Clara machte eine kurze Handbewegung durch das kleine Zimmer. »Es gibt ja noch nicht mal eine Minibar.«

»Scharf!« Kitty trat neben Lizzy, die die Hand nach der Kette ausgestreckt hatte. »Ist die wirklich echt?«, wollte Kitty wissen.

»Schwer ist sie jedenfalls«, kommentierte Lizzy und wog sie in der Hand.

»Die ist jedenfalls sehr gut!« Britta nickte. »Und jetzt noch einen passenden Gürtel. Und Schuhe!«

»Tod's.« Clara zuckte die Achseln und griff in ihren Schrank.

»Boa!«, sagte Kitty. »Die Python Loafers! Die kenne ich. Die sind Kult!«

»Zu flach!«, beschied Lizzy nach einem kurzen Blick. »Leih ihr doch deine Python-Sandalen«, schlug sie Kitty vor. »Die haben wenigstens High Heels, das sieht besser aus als solche Flachtreter!«

»Mit denen konnte Kitty doch gestern schon nicht laufen …«, flachste Tina, und Britta winkte ab.

»Die Flachtreter sind okay. Clara ist groß – wenn sie jetzt auch noch High Heels anzieht, und der Kerl ist möglicherweise kleiner, ist das auch wieder nicht so gut!«

»Hört, hört, unsere Typberaterin«, sagte Tina und wog nun ebenfalls die Kette in der Hand. »Und was schlägst du zwischen Kette und Schuhen vor?«, fragte sie Britta.

Andrés bedauerte, dass er keine Zeit hatte, um sie zu chauffieren. Und eine Buslinie gab es auch nicht. Also mussten sie noch einmal ein Auto mieten.

»Wenn du den Job kriegst, kannst du das ja immer noch zurückzahlen«, erklärte Lizzy und tippte auf Claras Kette, die sie nun um den Hals trug.

Stimmt, dachte Clara, während sie sich wieder zu fünft in ein Cabrio hineinquetschten, diesmal in einen weißen Mini.

»Kultig muss es sein, falls er aus dem Fenster schaut«, hatte Britta gesagt.

»Mein Gott, da haben wir aber Glück, dass diese Verleihkuh keinen Rolls-Royce angeboten hat.« Tina presste sich hinten in die Mitte. »Das sage ich dir, Clara, nur mit Rücksicht auf dein cooles Auftreten. Wir sitzen hier wie die Ölsardinen!«

Clara nickte. »Wenn ich den Job kriege, dann halten wir erst mal an der nächsten Bar!«

»Wie ist das mit der Promillegrenze in Spanien?«, wollte Kitty wissen.

»5,0«, erklärte Tina.

»0,5 meinst du wohl«, korrigierte Britta.

»Meiner Meinung nach fahren alle mit 5,0.«

»Dann wären sie ja schon tot!« Britta schüttelte den Kopf.

»Alkoholleichen findest du hier doch jede Menge!«

Tina tippte Clara von hinten auf die Schulter. »Komm, fahr endlich los, mir schläft schon jetzt der Hintern ein …«

Andratx, die Richtung kannten sie schon, die Straße hatte Clara im Kopf. Und ganz offensichtlich kannte hier auch jeder Hans-Ulrich Sachs, denn sie mussten nur einmal fragen und waren sofort bei einem großen, weißen Bürohaus, das sein Firmenlogo trug.

»Schnell, halt in der nächsten kleinen Straße«, befahl Britta, die auf dem Beifahrersitz saß. »Wir steigen aus, und du holst uns dann wieder ab. Schließlich musst du allein vorfahren. Aber kämm und schmink dich noch, bevor du reingehst.«

»Ja, Mama«, frotzelte Clara liebevoll.

Aber eigentlich war ihr gar nicht nach Scherzen zumute. Sie war aufgeregt wie damals vor dem Abitur. Ihr Herz klopfte, und sie spürte, dass ihre Hände trotz der Sonne eiskalt waren.

»Mach es jut«, sagte Tina und streckte sich. »Wir halten es jetzt wie bei der Brautentführung. Du musst uns finden und die Zeche bezahlen!«

Clara nickte nur. Ihr war alles recht, Hauptsache, sie überstand die nächste Stunde.

Sie fuhr den Mini betont forsch auf einen der Firmenparkplätze. Bleib locker, sagte sie sich, und mach einen souveränen Eindruck.

Bloß jetzt den Wagen nicht abwürgen, den Schlüssel nicht fallen lassen und nicht aus Versehen die Alarmanlage auslösen.

Sie stieg aus, griff nach ihrer Tasche und der Mappe und ging zum Eingang. Zweiter Stock. Sie schaute auf ihre Armbanduhr. Noch fünf Minuten. Perfekt. Langsam stieg sie die Treppe hinauf, atmete tief durch und dachte an ihr Alter. Du bist sechsunddreißig, du hast promoviert, und du brauchst dir vor so einem Nasenbären wie diesem Immobilienfuzzi nicht in die Hose zu machen.

Trotzdem war das Alles-oder-nichts-Gefühl nicht zu unterdrücken.

Die Eingangstür zum Büro war eindrucksvoll, breit und glänzend weiß lackiert. Eine Kamera, ein Tastenfeld und ein Kartenleseautomat neben der Tür erinnerten an einen Hochsicherheitstrakt. Dagegen wurde der Firmenname aus einer versteckten Lichtquelle ganz einfach an die Tür geworfen: *Hans-Ulrich Sachs* stand da. Clara hielt ihre Hand in den Lichtstrahl und hatte die Buchstaben blutrot auf ihrem Handrücken. Sie spielte kurz mit den Lichtreflexen, dann drückte sie entschlossen auf den kleinen goldenen Klingelknopf. Die Tür glitt auf.

Ja, klar, dachte sie. Die Kamera hatte den Besucher schon verraten. Das Büro erinnerte an ein Aquarium, fand sie. Die Wand ihr gegenüber war eine riesige Glaswand, hinter der grünliches Wasser hinablief. Im Empfangsraum gab es verschiedene Inseln aus Sitzgelegenheiten und Architekturmodellen: Villen, Fincas, gewaltige Anlagen mit terrassenförmigen Gärten, Swimmingpools und kleinen Häusern, angeordnet um ein gigantisches Haupthaus, alles konnte man en miniature bestaunen, selbst der Spielzeug-Ferrari fehlte nicht.

Eine junge Frau, hochgewachsen, schlank, selbstsicher, kam auf Clara zu.

»Frau Doktor Flockheimer?«, fragte sie und hielt dabei diskret Abstand. »Ich bin Nora Weiß, wir haben telefoniert. Herr Sachs erwartet Sie, folgen Sie mir bitte?«

Claras Nervosität hatte nachgelassen. Die vielen Häuschen hatten sie an die geliebte Modelleisenbahn ihres Vaters erinnert. Sachs schien ein eher gemütlicher Typ zu sein.

Die junge Frau ging voraus und klopfte an eine rote Lacktür mit chinesischen Schriftzeichen. Das passt alles nicht wirklich zusammen, dachte Clara. Dieser Sachs hat eine Innenarchitektin bitter nötig.

Sie trat ein und blieb kurz stehen.

Ihr gegenüber war eine riesige Fensterfront. Die Sicht war überwältigend. Fast hätte sie deshalb Hans-Ulrich Sachs übersehen, der von der Seite auf sie zukam.

»Pünktlich«, sagte er. »Das gefällt mir.« Und er musterte ihre Designer-Erscheinung in schwarzen Jeans und schwarzer Bluse mit Männerblick.

»Guten Tag, Herr Sachs.« Sie streckte ihm die Hand entgegen, die inzwischen warm geworden war und nun ganz in seiner Pranke versank. Er war mächtig. Sie schätzte ihn auf mindestens einen Meter neunzig und hundertfünfzig Kilo. Er wirkte wie ein Grizzly in menschlichem Tarnanzug.

»Schön«, sagte er. »Wenn ich Sie wirklich kennen würde, hätte ich mich bestimmt daran erinnert.« Er spitzte seine Lippen und schien auf keine Antwort zu warten. »Gut«, fuhr er fort, »dann zeigen Sie mir doch bitte gleich mal Ihre Referenzen.«

Sie folgte ihm zu einem Besprechungstisch, der vor seinem Schreibtisch stand. Alles war penibel aufgeräumt, der ganze Raum erinnerte sie eher an ein Möbelhaus als an ein Büro, das von jemandem täglich gebraucht wurde.

Er zeigte auf einen Stuhl ihm gegenüber. Sie setzten sich und schauten sich an. Sachs schwitzte. Sein großes, nicht unfreundliches Gesicht war gerötet, und der Schweiß stand ihm wie ein leichter Film auf der Stirn.

»Was würden Sie hier drin ändern?«, fragte er sie überraschend.

»Alles«, sagte Clara spontan, bevor sie nachdenken konnte.

Er schaute sie erst erstaunt an, dann lachte er los. Es hörte sich an wie das Beben vor einem Felssturz.

»Aber Sie wollen einen Job bei mir?«, fragte er dann.

»Ja«, sagte sie bestimmt. »Wenn Sie aufwendige und hochwertige Einrichtungen möchten, dann bin ich die Richtige für Sie.«

»Hochwertig«, sagte er. »Das ist ein dehnbarer Begriff.«

Er winkte zu ihrem Dossier, das sie neben sich auf den Tisch gelegt hatte. »Lassen Sie mal sehen!«

Sie schob ihm das Fotobuch zu.

»Wie viele Beispiele haben Sie da?«, wollte er wissen. »Wie viele Häuser?«

»Eines«, sagte sie.

»Eines?« Er blickte fragend auf.

»Es ist das Beste, was an Innenarchitektur auf dem Markt ist. Ausgesuchte Möbel, individuelle Gestaltung, ausgefallene, erlesene Kunst in Millionenhöhe, einfach alles, was ein Hauseigentümer gern besitzt ...«, sie zögerte und schaute ihm in die Augen, »... und zeigt.«

Sachs nickte grinsend. »Meine Hausbesitzer zeigen auch gern!« Er schlug das Fotobuch auf und blätterte es zügig durch. Zu schnell, fand Clara. An einer Stelle blätterte er zurück und drückte seinen Zeigefinger auf das Foto. »Und wer ist diese Dame da?« Er blickte auf. Clara erhob sich, um die Seite besser sehen zu können. »Die Hausbesitzerin?«, wollte er wissen.

»Die Dame des Hauses«, erwiderte Clara schnell.

»Kommt mir bekannt vor«, sagte er. »Müsste ich die kennen?«

»Kann ich nicht sagen.«

»Funk, Fernsehen, Promi?«

»Eher nicht.«

»Hm.« Er blätterte weiter.

»Soll ich Ihnen dazu etwas erklären? Vielleicht die Kunst in der Halle? Übrigens allesamt von hoch gehandelten Gegenwartskünstlern. Schwer zu bekommen. Oder vielleicht etwas zu den Möbeln, dem Marmor? Oder zu den Stoffen?«

Sachs klappte das Buch zu. »Nein, danke. Schon gesehen.«

Clara schwieg.

Er stand auf und kratzte sich hinter dem Ohr.

Clara war sich unsicher, ob sie nun auch aufstehen sollte. War die Audienz beendet? Gab es für sie keinen Job auf Mallorca?

»Also«, sagte er und fixierte sie. Er hatte graublaue Augen und seine dunkelblonden Haare einen Stich ins Rötliche.

»So etwas kann bei uns auch von Zeit zu Zeit gefragt sein.« Er spitzte die Lippen und sog die Luft ein, was ein pfeifendes Geräusch gab. »Aber eher selten.«

Clara schwieg.

»Nicht dass Sie mich falsch verstehen«, fügte er an. »Es *kann* passieren.« Er holte Luft. »Kann passieren.«

Clara saß stocksteif da. All die Mühe? Die Aufregung? Der Fotograf? Und Friedrich mit seinem Drucker?

»Ja …«, sagte sie gedehnt.

Sachs wanderte zum Fenster und drehte sich dann zu ihr um. »Unsere Klientel ist etwas mehr … wie soll ich sagen, mehr auf Gold und Prunk, Frau Flock. Sie sind in Ihrer Arbeit sehr edel und dezent. Das kann mal gefragt sein … wie gesagt. Ist im Moment aber nicht so. Wir brauchen es groß, teuer, kitschig. Der größte Kitsch ist gerade gut genug, solange er nur richtig teuer ist!«

»Wie?« Clara stand nun auch auf.

»Mein Gott«, sagte er ungeduldig. »Wir machen hier Geschäfte mit Russen. Können Sie das?«

»Russen?« Clara kam sich völlig bescheuert vor. »Aber natürlich!«, setzte sie schnell nach. »Ich wusste nicht …«

»Das weiß hier jeder!« Sachs warf ihr einen kurzen Blick zu, der sie zu einem schlecht informierten Dummerchen abstempelte.

Clara sagte nichts mehr.

»Aber wenn Sie wissen, was da gefragt ist, und gute Quellen haben«, er spitzte wieder die Lippen, »dann könnten wir einen Versuch wagen.«

Clara wartete. Im Moment wusste sie nicht, wie sie reagieren sollte.

»Ein Kunde«, er stockte, »ein millionenschwerer Kunde, besitzt hier eine Villa, nun möchte er ein Penthouse für seine kleine Freundin einrichten. Und damit er sich nicht immer umorientieren muss, möglichst im gleichen Stil wie seine Villa.«

»Aber wieso … wenn er doch schon eine große Villa …«

»Es handelt sich um sein Ferienhaus, sein Fünfthaus oder was auch immer, das er irgendwo auf dieser Welt hat. Jedenfalls möchte er, wenn er mit seiner Frau anreist, seine Freundin dabeihaben – ist das deutlich genug?«

Ihre Freundinnen bestürmten sie, aber ganz genau wusste Clara auch nicht, was jetzt Sache war. Sie legte einen Sicherheitsschlüssel auf den Tisch des Straßencafés, in dem Kitty, Tina, Lizzy und Britta auf sie warteten.

»Ich soll mir diese Russenvilla anschauen und ihm dann sagen, ob ich etwas in dieser Art für ihn stricken kann. Der Rest ist dann Verhandlungssache«, erklärte sie, während sie ihre Kreditkarte zückte.

»Hört sich doch schon mal gut an«, fand Tina. »Und wie will er dich bezahlen?«

»Er überhaupt nicht. Ich muss ihm einen Kostenvoranschlag unterbreiten und mein Honorar mit angeben. Oder er benennt ein Budget, und damit muss ich dann halt auskommen.«

»Perfekt!« Kitty klopfte mit den Knöcheln auf den Tisch. »Du veranschlagst ein Budget von fünf Millionen, richtest die Bude für eine Million ein, und für den Rest machen wir Urlaub!«

»Spitzenplan!«, bestätigte Clara. »Aber so oder so, jetzt gebe ich erst einmal einen aus!« Sie hob ihre Kreditkarte in die Höhe. »Und außerdem spiele ich nun mal ein bisschen Amerikanerin, erst kräftig konsumieren und irgendwann später übers Geld nachdenken.«

»Vielleicht hast du bis dahin ja welches«, sagte Britta trocken.

»Ja, vielleicht«, lachte Clara. »Und wenn nicht, dann geht das Leben auch weiter.«

Siebzehn Uhr, hatte Sachs gesagt, als er ihr die Adresse gegeben hatte. Um siebzehn Uhr könne sie hinein, er gebe dem Wachpersonal Bescheid, dann seien alle Sicherheitseinrichtungen ausgeschaltet. Und eigentlich müsse er ihren Personalausweis einbehalten, bis sie wieder da sei. Keine Sorge, hatte sie erwidert, ich glaube nicht, dass es in der Villa etwas gibt, was mir gefallen könnte. So, was ihr denn gefalle?, hatte Sachs wissen wollen. Zum Beispiel die *Kerze* von Gerhard Richter, hatte Clara gesagt, die würde sie wahrscheinlich mitnehmen. Aha, eine Kerze, hatte er geantwortet, und es war ihm leicht anzusehen, dass er keine Ahnung hatte, wovon sie sprach. Die *Kerze* sei ein Gemälde eines deutschen Gegenwartskünstlers, das für 14,66 Millionen Dollar versteigert worden sei, hatte sie ihn aufgeklärt. Das würde ihr gefallen.

Die Millionen würden mir auch gefallen, hatte er erwidert.

Und dann hatten ihre Freundinnen sie in der Nähe der Villa aussteigen lassen und waren zurück an den Strand gefahren. »Ich wäre da ja schon gern mit reingegangen«, hatte

Kitty gemosert. »So eine Prachtvilla von innen zu sehen, das wär mal was.«

»Ich glaube nicht, dass ich jemanden mitnehmen darf«, gab Clara zurück. »Vielleicht später, wenn ich dieses Penthouse einrichte …«

»Falls du den Auftrag kriegst«, neckte Tina.

»Wenn ihr mir den Daumen drückt, wird es schon klappen.«

»Das tun wir«, versprach Britta.

»Aber wir trinken nebenher eine Pina Colada«, sagte Lizzy und zwinkerte ihr zu. »Wir erholen uns jetzt am Strand und lassen dich arbeiten. Und wenn du anrufst, lesen wir dich hier auf und gehen direkt zum Abendprogramm über.« Sie grinste. »Also lass dir Zeit …«

Clara spazierte ein wenig durch die Gegend. Wahrscheinlich fiel sie schon auf, weil hier tatsächlich niemand zu Fuß unterwegs war. Das, was sie von den Villen auf den sichtgeschützten Grundstücken erhaschen konnte, machte keinen sonderlich einladenden Eindruck. Zu groß, zu unpersönlich, zu kalt. Der schöne mallorquinische Stil, das Heimelige, Urige, war hier nirgends zu sehen.

Kurz vor siebzehn Uhr stand sie vor der Villa. Ein Ferienhaus, hatte Sachs gesagt. Ein Fünfthaus. Tatsächlich aber hatte es eher die Ausmaße eines Hotels. Selbst die Einfahrt mit dem schweren schmiedeeisernen Tor wirkte mit den vielen Überwachungskameras und den soliden Gittern eher wie die überwachte Zufahrt zu einer amerikanischen Botschaft. Alles war menschenleer. Ob die Kameras am Rand der Auffahrt in Betrieb waren, wusste sie nicht, ein rotes Aufnahmelämpchen konnte sie jedenfalls nirgends entdecken.

Jetzt schritt Clara auf diese überdimensionierte Hazienda zu, öffnete ihre Faust und betrachtete den Hausschlüssel in ihrer Hand.

Wenn der Auftrag ein solches Volumen hat, dann ist es umso wichtiger, dass ich gute Arbeit leiste, egal, was diesem Menschen gefällt. Denken wir mal professionell, denken wir mal ans Geldverdienen und nicht an Geschmack oder Kunst. Sie blieb vor der wuchtigen Eingangstür mit dem vergoldeten Türknauf stehen. Rechts und links saßen zwei ebenfalls vergoldete Löwen, die mit eisblauen Saphiraugen zu ihr hochblickten. Clara nickte ihnen zu. Und wenn euer Herrchen Gartenzwerge sammelt, auch egal, dann bekommt er eben die schönsten aller Gartenzwerge! Und einen Ehrengartenzwerg auf einem vergoldeten Sockel!

Sie schloss auf. Alles blieb still. So weit war auf Sachs also Verlass gewesen, dachte sie und trat in eine weiträumige Halle. Dann schloss sie die Tür hinter sich und schaute sich erst mal um. Sie musste diese Überfülle an Gemälden, Möbeln und Figuren auf sich wirken lassen, sie fühlte sich wie erschlagen. Der Hausherr war offensichtlich ein Liebhaber monumentaler Gemälde und Szenen. Links neben ihr erkannte sie die Krönungszeremonie Nikolaus' II. – Zar und Zarin waren unmittelbar nach der Krönung dargestellt. Clara trat näher und war sich sicher, dass es ein Gemälde von Laurits Tuxen war, dem Dänen, den die Zarin als Hofmaler in Russland beschäftigt hatte. Was tat ein solch wertvolles altes Bild hier? Sollte es nicht in einem Museum hängen?

Clara betrachtete die zahlreichen Details, Nikolaus und Alexandra Fjodorowna, die vielen Höflinge und den reich verzierten Innenraum der Kirche. War das hier ein Original? Wenn nicht, war es erstaunlich gut gefälscht.

Clara drehte sich um, auf der anderen Seite der Halle hing ein Gemälde, das ebenso opulent eine Schlacht darstellte. Ein Heerführer ritt mit erhobenem Arm dem Sieg entgegen, hinter ihm die Truppen, vor ihm die fliehenden Feinde. Das Gemälde kam ihr ebenfalls bekannt vor. Aber irgendetwas stimmte nicht. Vielleicht, wie die Hauptfigur Beifall heischend zum Betrachter schaute statt vor sich auf den Weg und die Gegner?

Clara beschloss, sich nicht weiter mit solchen Fragen aufzuhalten, hier ging es ums Ganze, nicht ums Detail. Außerdem konnte sie sich nicht schon in den ersten hundert Quadratmetern von tausend stundenlang aufhalten. Eine Freitreppe ging nach oben, viel größer und breiter als ihre eigene in Köln, und doch hatte sie plötzlich wieder dieses flaue Gefühl, roch das fremde Parfüm und fühlte ihr Herz pochen.

Langsam, dachte sie. Das ist vorbei. Dort oben ist niemand, kein Paul und auch keine andere Frau. Anderes Land, anderes Haus, andere Menschen. Die Beklemmung blieb. Auf den zweiten Blick sah sie ein weiteres Ölgemälde, es war das Porträt eines sitzenden Mannes in feierlicher Pose, im Zobelfell und mit siegreichem Lächeln. Sie wollte schon weitergehen, blieb dann aber stehen, um das Bild besser betrachten zu können. Irgendetwas war an diesem Bild … und dann wusste sie es. Sie lief zu den beiden anderen zurück – und richtig: Sie alle hatten dasselbe Gesicht, der Sitzende auf dem Porträt, der Heerführer und Zar Nikolaus II. Ganz offensichtlich das Gesicht des russischen Hausherrn. Eines war klar: Diese Gemälde mussten ein Vermögen gekostet haben. Clara zwang sich weiterzugehen. Als sie um die Ecke bog und direkt auf eine Cäsar-Statue zulief, blickte sie noch einmal in das ihr nun schon bekannte Gesicht. Dieser Mensch war ein unglaublicher Narzisst. Oder er war ein Spaßvogel, der an der Reaktion seiner Gäste Vergnügen fand.

Es war unglaublich, wie viel Gold, schwere Sitzmöbel, geblümte Seidenstoffe, mundgeblasene Kristalllüster, Gobelins und dicke Teppiche hier an einem Ort versammelt waren.

Das nächste Zimmer war das Speisezimmer mit einem langen, schweren Holztisch, der in seiner rustikalen Schlichtheit stilvoll gewesen wäre, wenn nicht die vergoldeten Louis-quinze-Stühlchen das ganze Bild zerstört hätten. An der hinteren Stirnwand waren die dazu passenden Sofas um einen schwarzen Marmortisch gruppiert, auf dem dekorativ ein Schachspiel mit kunstvoll geschnitzten Elfenbeinfiguren stand.

Ach je, dachte Clara. Welche geschmackliche Verirrung. Und so viel Geld. Was man damit alles hätte anfangen können.

Eine Seitentür führte in die Küche, die so großzügig ausgestattet war, dass wenigstens zwei Köche parallel arbeiten konnten. Vom Speisezimmer aus ging es weiter in eine Art Salon mit offenem Kamin, einigen Sitzgruppen, einer muskulösen David-Statue mit den russischen Gesichtszügen und einem wunderschönen Steinway-Flügel. Das erstaunte Clara, aber vielleicht fand der Hauseigentümer einfach, dass dies dazugehöre. Zu Whisky, Leder und Kamin.

Jetzt musste sie noch das Bad und das Schlafzimmer sehen. Es schauderte sie wieder, und plötzlich drehte sie sich instinktiv um. Warum hatte sie ständig das Gefühl, nicht allein in diesem Haus zu sein?

Das obere Stockwerk würde sie sich auf dem Rückweg anschauen. Wahrscheinlich endeten die Zimmerfluchten auf der anderen Seite der Eingangshalle, wie auf einem Rundgang im Museum oder in alten Schlössern.

Ein leises Rauschen zog sie an. Bestimmt kommt jetzt der goldene Wasserfall, dachte Clara und folgte dem Geräusch. Sie betrat eine großzügige Halle mit einem Schwimmbad, das unter einer Glasfront hindurch in einen Außenpool überging. Ein Teil war drinnen, der andere draußen, das Ganze durch eine Wasserschleuse miteinander verbunden. Raffiniert, dachte Clara, das war jetzt mal wirklich gut. Ganz offensichtlich wurde hier gelebt, die Liegen und Sessel waren aus geflochtener Kunstfaser und hatten alle möglichen Formen, vom stilisierten Blatt, auf dem man sich rekeln konnte, über Tropfenformen und Liegeinseln, die an moderne Strandkörbe erinnerten. Das gefiel ihr. Eine große Bar schloss sich an, und auch hier gab es einen großen Tisch mit passenden Stühlen. Endlich einmal was fürs Auge, Clara freute sich direkt. Draußen, auf der riesigen Terrasse, wiederholte sich das Design um das Außenbecken herum. Vermutlich ließ sich die trennende Glasscheibe sogar versenken.

Hinter der Bar führte eine gepolsterte Tür in einen weiteren Raum. Neugierig geworden, schaute sich Clara zunächst den Bestand an Flaschen an, der auf dem Tresen stand, und auch die Gläser, um später die richtige Marke anbieten zu können. Überhaupt würde sie sich das Geschirr noch genauer ansehen müssen. Die Gläser hier waren jedenfalls nichts Besonderes, eher einfache Wassergläser, und auch die Champagnergläser waren keine Markenware. Wahrscheinlich würde das bei dem Brauch der Russen, die Gläser hinter sich zu werfen, zu teuer kommen. Clara musste über den Gedanken lachen. Sie hatte keine Ahnung, ob das ein zähes Vorurteil war oder tatsächlich der Wahrheit entsprach. Dann schaute sie sich die gepolsterte Tür an und strich leicht darüber. Interessant, dachte sie, wozu braucht man so was?

Der Raum, in den sie hinter der Tür gelangte, war stockdunkel. Sie tastete gerade nach dem Lichtschalter, als sie einen Stoß von hinten bekam, nach vorn stürzte und noch im Fallen hörte, wie sich hinter ihr die Tür schloss. Benommen blieb sie kurz sitzen, bevor sie aufsprang und »Hey, was soll das?« rief. Sie suchte nach der Türklinke, drückte sie herunter, aber nichts rührte sich.

Die Tür war abgeschlossen worden. Aber von wem? Sie war doch allein.

Eine Gänsehaut lief ihr über den Rücken, noch immer sah sie nichts.

Clara trommelte gegen die Tür, aber die Dämmung war so weich, dass ihre Fäuste darin versanken. Beruhige dich, sagte sie sich, keine Hysterie, denk nach!

Sie konnte aber nicht nachdenken, sie war wie gelähmt. Irgendwann tastete sie den Türrahmen rechts und links nach Lichtschaltern ab. Sie stieß auf eine Platte aus Metall, die sie aufmerksam befingerte. Was konnte das sein? Verdammt, warum hatte sie auch das Rauchen aufgegeben, früher hatte sie immer ein Feuerzeug dabeigehabt, das hatte man nun von diesem ganzen Nichtraucherscheiß! Konzentrier dich, sagte sie sich wieder, nimm dich zusammen, irgendeine Lösung wird es geben. Es gibt immer eine Lösung.

Sie ertastete schmale Glasplättchen. Halt, das kannte sie, diese Art von Lichtschaltern hatten sie und Paul auch gehabt. Sie drückte mit dem rechten Zeigefinger kräftig drauf. Ein Licht flammte auf. Gott sei Dank. Die Dunkelheit war ihr Feind, das war schon als Kind so gewesen. Sie schaute sich um. Sie stand offensichtlich in einem Kino. Nicht zu fassen, ein richtiges Kino mit hohen Wänden und etlichen Sitzreihen, die nach unten bis an eine Leinwand führten. Sechzig Personen passten locker hier rein. Wozu brauchte man ein eigenes Kino, wenn man kein Filmproduzent war? Oder war er das, der Herr Hauseigentümer? Hatte er einen Western drehen lassen mit sich als Hauptdarsteller, oder wollte er sogar die Rolle von Marlon Brando in *Apocalypse Now* übernehmen? Das hatte sie irgendwo gelesen. Sechzig Millionen war einem russischen Oligarchen der Aufwand wert, sich seinen Freunden als Superfilmheld zu zeigen.

Hatten die Russen nichts Besseres zu tun? Aber diese Gedanken brachten sie nicht weiter, sie musste etwas tun, einen Ausweg finden.

Sie prüfte das Schlüsselloch. Nichts zu machen, für eine Haarnadel viel zu modern, und natürlich hatte sie keine Haarnadel dabei.

Ihr Handy fiel ihr ein, und augenblicklich erschien ein Lächeln auf ihren Lippen. So, du Feind da draußen, jetzt schlage ich dir ein Schnippchen, dachte sie und gab Brittas Nummer ein. Es blieb still, kein Klingelton war zu hören. Sie versuchte es noch einmal und schaute auf ihr Display. Kein Netz. Sie musste eine geeignete Stelle im Raum finden und lief mit ihrem Handy die Stufen hinab und betrachtete den Empfang. Noch immer bei null. Vielleicht war hinter der großen Leinwand ein Notausgang, dachte sie, denn irgendwo musste in einem so großen Saal ja ein Notausgang sein. Aber die Leinwand war in die Wand eingelassen. Dafür entdeckte sie eine Tür, die sich im dunkelroten Samtbezug der Wand kaum abhob. Die Tür war unverschlossen, und Clara atmete auf. Aber dahinter verbarg sich nur eine geräumige Toilette ohne Fenster. Clara biss sich kurz auf die Lippen. Irgendwo musste es einen Weg geben. Das wäre ja sonst eine Todesfalle. Und das war nach modernen Bauvorschriften nicht zulässig, sagte ihr Architektengehirn. Sie musterte die Rückwand des Kinosaals. Mittig etwas erhöht entdeckte sie ein Loch für den Projektor oder was auch immer da stehen mochte. Also musste es da auch eine Tür geben, die Tür zur Technik. Die gab es nicht, dafür ein Regal mit DVDs. Vielleicht fand sie da ja einen Zweitschlüssel.

Aber hier reichte das Deckenlicht nicht hin, es war ziemlich düster. Clara schaute sich um, entdeckte aber keine anderen Lichtquellen. Kannte der Mensch die Anordnung seiner Filme auswendig, oder was? Sie fuhr mit dem Zeigefinger am untersten Regal entlang. Wenn hinter den DVD-Rücken etwas lag, musste sie es finden. Sie war bereits an dem Regal auf Augenhöhe angelangt, als sie auf etwas stieß. Ein Adrenalinstoß jagte ihr durch die Adern, aber was sich im ersten Moment wie ein Schlüssel anfühlte, war eine Markierung, die an einer DVD hing. Clara zog die Hülle heraus und hielt sie ins Licht. Eine selbstbewusst blickende Frau mit schwarzer Löwenmähne schaute sie an. *Die Schwarze Dahlie* von James Ellroy. Clara wollte sie schon an ihren Platz zurückstellen, da fiel es ihr ein. Es handelte von einem wahren Kriminalfall, der sich Mitte der Vierzigerjahre in Los Angeles ereignet hatte. Damals war eine junge Frau grausam zugerichtet auf einem öffentlichen Grundstück aufgefunden worden. Und war es nicht so, dass bei diesen bestellten Morden der Auftraggeber zugeschaut hatte? Clara spürte, wie ihr ein eiskalter Schauer über den Rücken lief. Sie schubste die DVD an ihren Platz zurück und suchte weiter.

Lizzy, Kitty, Tina und Britta hatten vier Liegestühle zusammengeschoben und besprachen tausend Themen. Zwischendurch gingen sie zur Abkühlung ins Wasser, cremten sich ein und berieten, wann sie sich die heiß ersehnte Pina Colada gönnen würden. Sie einigten sich auf sechs Uhr.

Kitty hatte gerade auf ihre Uhr geschaut und verkündet: »Noch eine halbe Stunde, Mädels, dann hat das Darben ein Ende«, als die beiden Typen auftauchten, die sie am Anfang ihres Urlaubs kennengelernt hatten.

»Na, ihr habt euch ja ganz schön dünngemacht«, sagte der eine inzwischen am ganzen Körper kräftig gerötete Mann und ging vor ihren Liegestühlen in die Hocke.

»Was man von dir ja nun nicht diiierektemang sagen könnte«, erklärte Lizzy mit säuerlichem Blick und einer übertriebenen kölschen Betonung.

Er klatschte auf seinen Bauch und lachte.

»Wolltest du uns eigentlich nicht mit dieser Puppe geholfen haben, Frau Oberfriseuse?«, fragte der andere Kitty. »Nun mussten wir das Mädel unfrisiert in Reinhards Bett legen.« Er blähte schnaubend die Nasenflügel. »War trotzdem eine Gaudi, wir haben Fotos gemacht. Wollt ihr mal sehen?« Er zog seine Digitalkamera aus der Hosentasche.

»Weißt du, ganz ehrlich«, sagte Kitty und rümpfte die Nase. »Typen wie ihr sind uns ziemlich zuwider. Ich bin keine Oberfriseuse, sondern Friseurmeisterin, und euren geilen Reinhard könnt ihr in die Wüste schicken. Mitsamt seiner Puppe. Das ist nicht unser Niveau!«

Britta nickte. »Und die Fotos solltet ihr vielleicht mal euren Frauen zeigen, die interessieren sie sicher mehr als uns!«, erklärte sie kühl.

»Was ist denn los?«, wollte der Kniende wissen. »Ich dachte, mit euch kann man einen Spaß machen, sah doch am Anfang ganz danach aus – und sogar noch nach ein bisschen mehr ...?«

»Wenn du Abkühlung brauchst, dann gehst du am besten ins Meer«, erklärte Lizzy.

»Kitty hat es doch schon gesagt, ihr seid nicht unser Niveau!« Tina klappte die Sonnenbrille nach unten.

»Weiber!«, sagte der eine und stand auf.

»Blöde Kühe«, pflichtete ihm der andere bei.

»Ja, ja«, sagte Kitty, »und ihr seid die Helden. Das dürft ihr gern sein, Hauptsache, ihr schwirrt ab!«

Sie schauten ihnen nach und klatschten sich gegenseitig die Hände ab.

»Mann«, sagte Tina. »Doktor Clara Flockheimer lässt grüßen!« Sie lachten.

»Ja, vielleicht färbt sie schon auf uns ab, die Flocky«, sagte Lizzy liebevoll.

»Was sie jetzt wohl macht?«, überlegte Britta.

»Jedenfalls hat sie keine Aussicht, mit uns in zwanzig Minuten eine Pina Colada zu trinken«, resümierte Lizzy.

»Aber vielleicht der dort drüben?« Tina nickte mit dem Kopf zu dem einsamen Liegestuhl, den sie alle schon mehr oder weniger heimlich im Visier gehabt hatten.

»Ja, der ist ziemlich süß«, bemerkte Kitty mit sehnsüchtigem Blick.

»Gute Figur jedenfalls«, stimmte Tina zu und schob die Sonnenbrille wieder nach oben.

»Dreißig?«, schätzte Britta.

»Nee.« Lizzy schüttelte den Kopf. »Älter. Erinnert so ein bisschen an ...«, sie überlegte, »... Daniel Craig.«

»An wen?«, wollte Kitty wissen.

»007!«, erklärte Tina lakonisch. »James Bond eben.« Sie reckte sich, um ihn besser sehen zu können.

»Findest du?«

»Wie auch immer. Was macht so einer so allein?«

»Vielleicht ist er ja gar nicht allein?«

»Jedenfalls nicht mehr lange!« Lizzy angelte nach ihrer Handtasche. »Kommt, Mädels, wir holen unsere fünf Pina Colada!«

»Fünf?«, fragte Britta zweifelnd, aber dann warf sie einen Blick auf den einsamen Liegestuhl mit der breitbeinig auf dem Bauch liegenden Männergestalt, die in ihrer schlafenden Wehrlosigkeit etwas ungemein Anziehendes hatte.

»Jedenfalls hat er einen knackigen Arsch!«, verkündete Tina.

»Du bist auch nicht besser als Reinhard«, erklärte Lizzy und schubste sie.

»Und schöne runde Schultern. Bestimmt ganz warm von der Sonne. Und außerdem riechen sie nach Meer.«

»Oh je.« Lizzy musterte Tina von der Seite. »Ist es schon so schlimm?«

»Seine Shorts sind im Schritt etwas verrutscht«, bemerkte Britta. »Vielleicht könnte man mal gucken …«

»Was?« Alle schauten sie überrascht an.

»Na ja.« Britta zuckte die Achseln. »Man kauft ja auch nicht die Katze im Sack.«

»Ich glaube, wir gehen jetzt besser die Cocktails holen.« Kitty schüttelte den Kopf. »Hey, Mädels, das ist ein Mann. Nur ein Mann!«

»Ja, eben«, erklärte Britta mit Pokerface. »Mal wieder ein Mann!«

Tina trug ihren eigenen und den fünften Cocktail vom Kiosk zum Strand zurück. »Pina Colada für einen Kerl?«, hatte sie die anderen an der Imbissbude gefragt. »Wäre ein Bier nicht angebrachter?«

»Quatsch, wenn wir ihm schon was ausgeben, muss er nehmen, was er kriegt«, tönte Lizzy und zog schon schnell an ihrem Röhrchen. »Das machen sie hier einfach lecker!«

Als sie zu ihrer Ecke zurückkamen, war der Liegestuhl leer.

»Das darf jetzt aber nicht wahr sein!«, entfuhr es Kitty. »So ein Aufwand, und dann für nichts?«

Sie ließen sich auf ihre eigenen Liegestühle sinken, als Britta auffällig unauffällig mit dem Kopf zum Meer wies. Die Sonne blendete, trotzdem war die Männergestalt gut auszumachen. Und je länger man hinschaute, umso besser waren die Details zu erkennen. Die muskulösen Schultern und die Brustmuskeln beispielsweise. Der flache Bauch und die schmalen Hüften.

Tina pfiff leise durch die Zähne. »Nicht schlecht!«

Er kam aus dem Wasser auf sie zu, nickte kurz zu ihnen herüber und griff nach seinem Badetuch.

»Also gut«, raunte Tina und stand auf.

»Nicht, dass wir es nicht verstehen könnten, wenn jemand mal allein sein will«, erklärte sie, als sie auf ihn zutrat. »Das wollen wir auch manchmal. Aber vielleicht wollen Sie ja gar nicht allein sein, sondern sind nur allein hier?«

Er lächelte ihr und ihren beiden Cocktailgläsern zu. »Das ist aber nett«, sagte er in schwingendem Deutsch.

Die Wassertropfen auf seiner Schulter sammelten sich über dem Schlüsselbein und perlten von dort über seine glatte Brust in die dunkle, schmale Spur von Haaren, die unterhalb seines Bauchnabels begann.

Tina musste sich beherrschen, um ihren Weg nicht weiter nach unten zu verfolgen. Sie schob ihre Sonnenbrille in die Stirn und schaute ihm ins Gesicht. »Wenn Sie ein

Gläschen mit uns trinken wollen«, sie zeigte auf ihre drei wartenden Freundinnen, »ein Liegestuhl ist noch frei.«

»Sehr schön, das Angebot kann ich wohl nicht ausschlagen«, sagte er mit einem charmanten Lächeln.

Er ging mit ihr hinüber und stieß mit jeder der Freundinnen, die aufgestanden waren, einzeln an. »Vielen Dank für die Einladung«, sagte er, »ich heiße Alain.«

»Alain«, wiederholte Lizzy. »Dann sind Sie Franzose?«

»Presque«, er nickte. »Fast. Ich komme aus Genf. Also Französisch sprechender Schweizer.«

»Oh, Schweizer!« Britta schien beeindruckt. »Und Genf! Das hört sich nach Banken und Gold, Uhren und Automobilsalon an.«

Er lächelte. »Leider, leider arbeite ich in keiner dieser Branchen. Ich bin ein einfacher Dienstleister.«

Kitty zeigte auf die Liegestühle. Die Frauen setzten sich wieder, und Alain zog sich Claras Liegestuhl heran. »Wir leben in Köln«, sagte sie, »und trotzdem gehört uns der Kölner Dom nicht – also, was soll's …«

Alain lachte. »Und was braucht man hier schon«, sagte er. »Unter der spanischen Sonne doch nur eine Badehose, einen Drink und ein paar hübsche Frauen.«

»Na, jetzt tragen Sie mal nicht zu dick auf«, lächelte Kitty geschmeichelt und zupfte an ihrem getigerten Bikini.

»Sind Sie das erste Mal auf Mallorca?«, fragte Alain.

»Nein, Wiederholungstäterinnen«, klärte Tina ihn auf. »Einmal im Jahr reißen wir gemeinsam aus.«

»Vor den Ehemännern und den Kindern?«

»Könnte man so sagen«, sagte Britta. »Und vor dem Haushalt, dem Job, dem Kölner Nieselregen und dem Hochwasser. Das Einzige, was wir hier vermissen, ist ein richtiges Kölsch!«

»Aber das hier ist auch nicht schlecht!«, warf Lizzy ein.

»Falls ein zweiter noch geht, darf ich mich anschließend revanchieren?«, bot Alain an.

»Ein zweiter geht immer!«, grinste Tina.

Es war sieben Uhr vorbei, und Britta wurde allmählich unruhig. Der Plausch mit Alain war nett, er hatte sie zu weiteren Drinks eingeladen, aber jetzt wurde es allmählich Zeit, dass Clara sich meldete. Sie wollten sie ja eigentlich mit dem Wagen abholen, deshalb war Britta auf alkoholfreie Cocktails umgestiegen, aber noch immer ging nur ihre Mailbox dran.

»Wollen wir einfach mal hinfahren?«, fragte Britta schließlich, und wie auf Stichwort ging Alain zu seiner Liege, streifte sich ein marineblaues Poloshirt über und schlüpfte in eine Jeans.

»Für mich ist es jetzt auch Zeit«, erklärte er, »ich rufe mir ein Taxi.«

»Ein Taxi?«, fragte Lizzy verwundert. »Ein Taxi, wohin?«

»Nach Palma.«

»Wir fahren über Palma, wir müssen nach Andratx«, erklärte Lizzy und schaute die anderen fragend an. »Da können wir ihn doch mitnehmen?«

»Keine Umstände«, sagte er. »Ein Taxi ist in fünf Minuten da.«

»Unser Wagen steht da vorn, und unsere Kleider haben wir in zwei Minuten an«, entgegnete Tina. »Das Geld können Sie sich also sparen. War sowieso ein teurer Nachmittag für Sie.«

Alain schüttelte den Kopf und fuhr sich mit zehn Fingern durch seine gewellten dunkelbraunen Haare. »Es war mir ein Vergnügen!«

»Gut, dann ist es uns jetzt ein Vergnügen, Sie mitzunehmen.«

Das reine Vergnügen war es jedoch nicht, denn sie hatten ihm den Beifahrersitz überlassen, sodass Lizzy, Kitty und Tina wieder einmal zusammengequetscht hinten saßen.

»Schickes Auto«, sagte er anerkennend.

»Nur gemietet«, erklärte Britta, die in dem Moment bedauerte, dass die drei dahinten dabei waren und sie nicht wie die junge Claudia Cardinale aussah. Die hätte vom Typ her zu ihm gepasst. Sie wollte es sich kaum eingestehen, aber sie hatte Lust auf ihn. Sie seufzte.

»Alles okay?«, fragte er, und sie sah kurz zu ihm hinüber, wie er so lässig auf dem Beifahrersitz saß, der Wind durch sein Haar strich und er wie jemand wirkte, dem nichts etwas anhaben konnte und der für alles eine Lösung fand.

Quatsch, möglicherweise ist er der größte Loser unter Gottes Zeltdach, du kennst ihn überhaupt nicht, dachte sie.

Der Gedanke schreckte sie aber nicht ab. Im Gegenteil. Alain sah zum Anbeißen aus, und was er sonst noch war, spielte schlicht keine Rolle. Das Dumme war, dass ganz viele Frauen sicherlich ähnlich dachten. Und ganz sicher die drei hinter ihr.

Palma kam in Sicht, und Britta nahm das zum Anlass, wieder zu Alain hinüberzuschauen. Er lächelte ihr zu. Ach je, dachte sie. Diese Augen. Waren sie grün? »Wo können wir Sie denn rauslassen? An Ihrem Hotel? Dann müssen Sie mich aber dirigieren, ich kenne mich nicht gut aus.«

Er winkte ab. »Ach, gleich da vorn, am besten am Hafen.«

Die Kreuzung war stark befahren, und Britta hielt praktischerweise direkt vor dem großen Gittertor, das zum Jachthafen führte. »Gut, Ende«, sagte sie. »Und jetzt?«

»Jetzt steige ich aus, bedanke mich und laufe das letzte Stück.«

Nun war auch Tina, die hinten in der Mitte saß, neugierig geworden. Sie beugte sich vor. »Wohin wollen Sie denn laufen? Da rein? Und wo kann man da wohnen?«

Er drehte sich nach ihr um. »Ich würde mal sagen, auf einem Schiff.« Er ließ den Satz so in der Luft hängen, als wäre es das Normalste der Welt.

»Ach«, kam nun auch Lizzy in Fahrt. »Sie arbeiten also auf einem Schiff? Wie aufregend. Als was? Steuermann, Kapitän, Smutje?«

Er nickte. »Das trifft es schon ziemlich gut. Sagen wir mal: Mädchen für alles.«

»Ein großes Schiff?« Britta spürte, wie sie aufgeregt wurde. Das war schon immer ihr Traum gewesen. Ein Schiff. Einmal auf einem Schiff eine Reise machen. Aber mehr als einen Urlaub im Jahr konnte sie sich nicht leisten, und eine Schiffsreise war so weit weg für sie wie der Mond.

»Dürfen wir uns das Schiff ansehen?«, wollte Tina wissen. »Oder stören wir da?«

»Wenigstens von außen?«, warf Kitty ein.

Alain drehte sich nach ihr um. »Ich sage einfach, Sie sind mein Strandgut. Müsste eigentlich gehen. Gut, dann fahren Sie bitte mal näher an das Tor ran, wir parken innen, dann stehen wir nicht im Weg.«

Britta fuhr an und spürte ihr Herz klopfen. Der Pförtner, der das Gittertor überwachte, schaute aus seinem Häuschen heraus, Alain rief ihm etwas zu, das Tor glitt auf. Britta fühlte sich so privilegiert, als sei sie in einer Staatskarosse unterwegs. Schade, dass sie ausgerechnet jetzt keinen Fotoapparat dabeihatte.

»Gut«, sagte Alain und wies ihr mit dem Zeigefinger den Weg. »Parken wir dort drüben, den Rest gehen wir zu Fuß.«

Clara musste so dringend zur Toilette, dass es schon schmerzte. Sie hatte nur Sorge, die Eingangstür aus den Augen zu lassen. Sie wollte nicht auf der Toilette sitzen und sich dann aus Furcht nicht mehr heraustrauen. Sie wollte alles im Blick haben, vorbereitet sein, sobald sich etwas tat. Sie hatte das Gefühl, dass sie schon unendlich lang hier drin war. Nach ihrer Handyuhr waren es insgesamt erst zweieinhalb Stunden, gefühlte aber mindestens zwölf. Sie spürte die Anspannung in allen Gliedern, das Warten zerrte an den Nerven und noch mehr die Ungewissheit. Wenn ihr hier etwas zustieß, war Sachs auch eingeweiht, dachte sie. Oder war sie ihm sogar ganz praktischerweise ins Netz gelaufen? Hatte er sie als Beute eingeplant?

Nein, dachte sie. Alles war ganz harmlos. Die DVDs standen nur zufällig dort, kein Mensch schaute sich so grausame Filme an, und auch die Markierung musste einen anderen Sinn haben. Vielleicht sollte die DVD aussortiert werden, weil sie zu brutal war.

Aber wieder riss ihre Blase sie aus ihren Gedanken. Noch fünf Minuten, und sie würde platzen. Sie schaute sich um und entdeckte auf der Theke einen silbernen Champagnerkübel. Den konnte sie so platzieren, dass sie im Notfall sofort an der Tür war.

Sie hatten Alain in ihre Mitte genommen und wurden auf dem Weg zu seiner Jacht mit aufmerksamen Blicken bedacht. Britta wunderte es nicht, Lizzy und Kitty waren auffällig gekleidet und frisiert, Tina wie üblich ganz in Schwarz mit ihrer riesigen falschen Dior-Sonnenbrille und sie selbst wie das züchtige Mauerblümchen in Blau und Weiß.

»Wir fallen auf«, sagte sie zu Alain.

»Gut so«, erklärte er. »Hier ist sonst ja nichts los!«

Es stimmte. Die meisten Jachten sahen zwar bewohnt aus, aber so richtig lebendig war es hier nicht. Einige Leute saßen offensichtlich beim Aperitif in den hinteren Bereichen ihrer Motorjachten, andere gingen mit ihren Hunden an die nächste Mauer in Ermangelung eines Baums, und auf einem wunderschönen Zweimaster saßen ein paar Jugendliche zusammen und tranken Bier.

»Was ist das für ein Leben auf so einer Jacht?«, wollte Britta wissen.

»Nicht unangenehmer als an Land«, erklärte Alain. »Und ich lebe ja nicht durchgehend auf der Jacht. Ich bin viel in Paris oder auch in London.«

»Für Ihren Boss?«

»Ich habe viele Bosse!«

»Donnerwetter«, sagte Lizzy, die inzwischen ihre hohen Schuhe ausgezogen hatte und sie an den Riemchen hin und her schlenkerte, »das wird ja immer spannender.«

»Halb so wild«, beschwichtigte er und zeigte auf eine große weiße Jacht. »Das ist die *Chantal*. Wir sind da.«

»*Chantal?*« Britta schaute ihn an. »Ist das nicht ungewöhnlich für ein Schiff? Heißen die nicht irgendwie anders? *Lovely Lady* oder so?«

»Es ist eine ›lovely lady‹«, präzisierte er lächelnd. »So heißt meine Freundin.«

»Ihre Freundin?« Kitty blieb der Mund offen stehen, sie betrachtete das Schiff und schaute ihn dann wieder an. »Das ist ja ein Monsterschiff! Das sind ja Millionen! Gehört das dieser Chantal? Ihrer Freundin?«

Er zuckte die Achseln. »Sie liebt schöne Dinge«, sagte er ausweichend und ging auf die Gangway zu. »Also, über den Landgang da müssen Sie jetzt rüber, und halten Sie sich am besten am Handlauf fest. Und wenn wir Glück haben, bekommen wir gleich etwas zum Trinken.«

Die vier warfen sich fragende Blicke zu, und nun zog auch Kitty ihre High Heels aus. »Das erscheint mir nun doch sicherer«, sagte sie und lächelte Alain verlegen an. »Mir wird leicht schwindelig!«

»Keine Sorge, ich passe auf Sie auf.« Er ließ ihr den Vortritt.

Eine weiße Sitzlandschaft aus vielen tiefen Sesseln, die um einen niedrigen Tisch gruppiert waren, lud zur Entspannung ein, dahinter stand ein langer Tisch mit weißen Stühlen.

»Bitte nehmen Sie Platz«, sagte Alain. »Ich schau mal ...« Aber bevor er durch die große Glasschiebetür, die in den Salon führte, verschwinden konnte, kam ein junger Mann in weißem Poloshirt und dunkelblauen Shorts aufs Deck heraus.

»Besuch?«, sagte er zu Alain. »Wie schön!«

Tina war versucht, auf ihn zuzugehen und ihm freundschaftlich die Hand zu drücken, aber seine Haltung ließ sie stutzen. Er blieb in respektvollem Abstand stehen.

»Guten Abend«, sagte er höflich in die Runde. »Willkommen an Bord!«

War das hier etwa der Chef?, fragte sich Tina irritiert. So jung?

»Was darf ich servieren?«, wandte er sich an Alain.

»Ja, das ist eine gute Frage!« Alain drehte sich zu den Frauen um, die noch immer unentschlossen vor der Sitzgruppe standen. »Na, meine Damen? Julien mixt die besten Cocktails, und unserem Koch machen Sie auch eine Freude, wenn er uns eine Kleinigkeit zaubern darf!«

»Ein Koch?«, fragte Lizzy ungläubig.

»Hol Alex mal her, Julien!«, sagte Alain in freundschaftlichem Ton, und trotzdem drehte der junge Mann ab, als ob er einen Befehl bekommen hätte.

Britta schaute ihm nach und ging dann auf Alain zu. »Also ist das doch Ihr Schiff«, sagte sie. »Da waren wir so unverschämt, uns selbst auf Ihr Schiff einzuladen.« Sie schüttelte den Kopf. »Das ist ja mehr als peinlich!«

»Ach wo.« Er grinste. »Beruhigen Sie sich. Alex wird sich freuen, endlich mal etwas anderes kochen zu dürfen als meine Lieblingsspaghetti!«

Ein Mann mittleren Alters erschien, weißes Poloshirt, weiße Jeans, schlank und groß.

»Alors«, sagte er. »Vielleicht einen Hummercocktail für die Damen und dazu ein Glas Champagner?«

»Haben wir noch frische Brioches?«, wollte Alain wissen. »Das liebe ich zum Hummercocktail«, flüsterte er Britta zu. »Aber meistens ist nach dem Frühstück alles weg.«

»Kein Problem.« Alex grinste. »Und nach dem Hummercocktail könnte ich als zweite Vorspeise eine sehr feine Pâté de Foie gras anbieten, passt auch gut«, er warf Alain einen Blick zu, »zur Brioche.«

»Und zu Champagner«, ergänzte Alain. »Sehr fein. Hört sich gut an!«

»Und dann habe ich heute auf dem Fischmarkt einen wunderschönen Loup de Mer bekommen …«

»Lu was?«, wollte Lizzy leise von Kitty wissen.

»Wolfsbarsch«, erklärte Britta. »Einer der teuersten Fische überhaupt. Kaum Gräten, zartes Fleisch. Eine echte Delikatesse.« Sie schaute Alain an. »Ich setze mich schon mal.«

»In der Salzkruste?« Alex schaute Alain an.

Der nickte.

»Dazu frischen Spinat nach italienischer Art und feine Kartöffelchen?«

Alain nickte wieder.

»Einen passenden Wein – und das Dessert, da überlege ich mir was Schönes …«

»Gut.« Alain schnalzte mit der Zunge. »Ich denke, dann fangen wir doch mal mit einem Glas Champagner an. Oder wollen Sie sich erst das Schiff anschauen?«

Britta stand wieder auf. »Aber ja doch, gern«, sagte sie. »Wenn man einmal im Leben so eine Gelegenheit bekommt!«

Clara hatte sich mit dem Rücken an die Wand gesetzt. Ihr Blick schweifte immer wieder durch den Kinosaal, im Moment fühlte sie sich leer und kraftlos. Selbst die Angst, die ihr in allen Gliedern saß, fühlte sich irgendwie taub an. Sie musste aufstehen und ein paar Schritte gehen.

Clara fröstelte und rieb ihre Oberarme. Und jetzt? Was war das hier? Die Falle eines Perversen? Oder ein Zufall? Und wenn es ein Zufall war – was, wenn sie nicht gefunden wurde? Wenn sie hier eine Woche aushalten müsste?

Sie hatte Wasser, das war schon mal gut. Und Alkohol in rauen Mengen. Zudem Erdnüsse und Chips. So schnell würde sie jedenfalls nicht verhungern.

Clara stand auf und prüfte ihre Waffen. Sie hatte sich einige griffige Flaschen bereitgestellt und einen wuchtigen Korkenzieher. Wenn es ein Gemetzel geben sollte, dann würde sie sich wehren bis zum Schluss. Sie dachte an ihre Tochter, die dann ohne Mutter aufwachsen würde, und brach urplötzlich in Tränen aus. Sie liefen ihr übers Gesicht, und Clara kämpfte nicht gegen sie an, sondern ließ alles raus und weinte hemmungslos.

Als Alain mit Lizzy, Kitty, Tina und Britta von dem Rundgang zurückkam, war der lange Tisch bereits gedeckt, und sie hatten sich kaum gesetzt, da trug Julien schon den Hummercocktail auf.

»Ein Traum, dieses Schiff«, sagte Britta und setzte sich. »Eigentlich wie ein Eigenheim!«

Es stimmte. Sie hatten sich den Salon und eine der Kajüten angesehen, in der nichts außer der gepflegten Holztäfelung an ein Schiff erinnerte. Sie war groß und gemütlich eingerichtet, hatte ein kuscheliges Doppelbett und ein behagliches Marmorbad.

Tina wollte überhaupt nicht mehr gehen. »Schöner als bei mir zu Hause«, schwärmte sie. »Zumindest hat mein Badezimmer nur hellgrüne Kacheln!«

Alle lachten, aber Kitty tröstete sie. »Dafür ist bei dir ums Haus mehr los«, sagte sie. »Hier hinten ist doch tote Hose!«

Das stimmte. Im Gegensatz zu den Jachten, die sie in Saint-Tropez oder anderen Häfen gesehen hatte, gab es hier keinen Publikumsverkehr. Kein einziger Tourist durfte bis hierher vordringen, dafür konnten sie von ihrem Liegeplatz aus über die Jachten hinweg bis zur Stadt sehen und hatten mit der Kathedrale und dem Schloss eine herrliche Kulisse.

»Eigentlich schade, dass uns keiner sieht«, erklärte Lizzy, als sie wieder an Deck waren. »Das glaubt uns ja niemand. Da gabeln wir am Strand einen Mann auf – und dann so was ...« Sie lachte.

»Schade, dass Clara nicht dabei ist«, bedauerte Britta.

»Ja, du hast recht!« Tina schaute auf die Uhr. »Und sie

hat sich noch nicht gemeldet. Ist doch irgendwie komisch, oder nicht?«

»Ruf sie noch einmal an!«, forderte Kitty sie auf, während Julien einen Korb mit Brioches auf den Tisch stellte und eine weitere Flasche Champagner öffnete.

Auch Alain schaute auf die Uhr. »Ja«, sagte er. »Schon nach acht. Wann wollte Ihre Freundin denn zurück sein?«

»Das war nicht so genau ausgemacht, aber erreichen müsste man sie schließlich können.« Britta nickte Tina zu. »Ja, mach mal!«

Tina zog ihr Handy heraus, schüttelte aber gleich darauf den Kopf. »Noch immer die Mailbox!«

»Das ist doch komisch«, fand Lizzy.

»Trotzdem guten Appetit«, erklärte Alain und griff nach der Gabel, »es wäre schade um den schönen Hummer!«

Sie waren beim zweiten Gang, bei dem Lizzy meinte, ihr müssten vor lauter Genuss die Sinne schwinden, als Britta vermutete, irgendetwas müsse passiert sein. Alle schauten sie an. »Ich habe die Nummer von diesem Immobilienmenschen noch gespeichert«, sagte sie. »Den rufe ich jetzt an!«

»Um wen handelt es sich denn?«, wollte Alain wissen.

»Um einen Herrn Sachs. Und Clara sollte nur die Villa eines Russen in Port d'Andratx anschauen. Aber selbst wenn sie riesengroß ist, so lange kann das einfach nicht dauern.«

Alain warf ihr einen kurzen Blick zu, der sie elektrisierte.

»Kennen Sie den Mann?«, wollte sie wissen.

»Nur seinen Namen. Er arbeitet für reiche Kunden, macht großes Geld!«

Britta schaute zu den anderen, die sich ihrer Pâté de Foie gras hingaben und im Moment nichts wissen wollten.

»Okay«, sagte sie und zog ihr Handy aus der Tasche. »Ich hatte mir die Nummer eingetippt, als wir vor dem Plakat standen. Sie muss im Protokoll noch gespeichert sein.«

»Da bin ich gespannt«, sagte Alain und schob seinen Teller zur Seite.

»Der Anrufbeantworter«, erklärte Britta nach einer Weile und schaute ihn an. »Das Blöde ist, dass wir nicht genau wissen, wo diese Villa ist. Clara ist ein paar Straßen vorher ausgestiegen, weil sie zu früh dran war.«

»Wissen Sie denn noch, wie die Straße geheißen hat?« Alain beugte sich etwas vor. »Ein Taxifahrer wird ja wohl mühelos hinfinden.«

»Dann stehen wir vor einem verschlossenen Haus, damit ist ja wohl auch nichts gewonnen«, mischte sich Tina ein, die eben den letzten Bissen Brioche mit Gänseleberpastete in den Mund geschoben hatte.

»Dann müssen wir die Privatnummer von diesem Sachs herausfinden«, bestimmte Britta entschlossen.

»Und wie?« Kitty tupfte den letzten Krümel mit dem Zeigefinger auf und schob ihn sich in den Mund.

»Vielleicht kann ich helfen«, erklärte Alain überraschend und stand auf. »Dazu muss ich allerdings mal ein wenig herumtelefonieren, Herr Sachs steht nicht in meinem Telefonbuch.« Er lächelte ihnen zu und verschwand im Salon.

»Was ist das denn eigentlich für ein Vogel?«, fragte Lizzy leise und schaute ihm nach. »Liegt am Strand herum und besitzt eine so große Jacht mit Personal? Hat ihn mal jemand von euch gefragt, wie er sein Geld verdient?«

»Wir haben ihn ja noch nicht einmal gefragt, ob das überhaupt seine Jacht ist«, entgegnete Tina.

»Vielleicht ist er einfach nur Sohn«, mutmaßte Kitty. »Von dieser Sorte soll es ja viele geben.«

»Oder Waffenhändler«, orakelte Lizzy.

»Einen Waffenhändler stelle ich mir aber irgendwie anders vor«, erklärte Tina. »Und mit wem sollte er hier handeln? Befindet sich Mallorca im Krieg?«

Den Loup de Mer konnten sie nicht mehr so richtig genießen. Die Sorge um Clara schlug ihnen allmählich auf den Magen. Alain hatte erklärt, dass er nun alle seine Verbindungen angezapft habe, aber nicht für einen Erfolg garantieren könne. Sachs halte seine Handynummer sehr geheim, und auch seine Freunde rückten sie nicht heraus. Dafür hatte er im Internet einen Stadtplan gefunden und ausgedruckt. »Damit dürfte die Orientierung leichter sein«, sagte er.

Britta studierte die Karte und fand auf Anhieb die betreffende Straße. »Gut«, sagte sie, »das hilft uns schon mal weiter, danke!«

Sie hielt es nicht mehr länger aus. »Egal wie, wir fahren jetzt zu dieser Villa und schauen, was da los ist. Vielleicht brennt ja Licht, vielleicht ist sie in eine Party hineingestolpert …«

Gerade als Alain sie bei ihrem Mini verabschieden wollte, piepste sein Handy. Er las die Kurznachricht und machte Britta, die eben schon starten wollte, ein Zeichen, noch zu warten.

»Hier ist die Handynummer von Herrn Sachs. Egal, was er bietet, Sie verraten nicht, wo Sie die herhaben. Das ist der Deal dafür, dass ich sie Ihnen gebe.«

»Wir schwören«, sagte Tina, und alle vier reckten die Finger in die Höhe.

»Gut«, sagte Alain. »Und vergessen Sie nicht, mich vom Ausgang dieser Geschichte zu unterrichten. Geben Sie mir

Ihre Handynummer, dann leite ich Ihnen die Nummer weiter.«

Sie hatten kein Glück. »Versuchen Sie es später«, kam die Ansage auf Spanisch.

»So ein Ärger aber auch«, fluchte Britta. »Egal, wir fahren hin.«

Die Außenanlage war beleuchtet, das Zufahrtstor verschlossen, die Villa selbst dunkel. Ratlos standen die vier Frauen am Tor, den Mini hatten sie unter einer Laterne geparkt.

»Und jetzt?«, wollte Lizzy wissen. »Wie kommen wir jetzt da rein?«

»Keine Ahnung.« Britta zuckte die Schultern.

»Wenn man nur wüsste, ob sie überhaupt noch da ist?«, rätselte Lizzy.

»Jedenfalls ist der Wachdienst wieder aktiv.« Tina zeigte auf das geschlossene Tor. »Ich möchte wetten, wenn ich da kräftig dran rüttle, geht der Alarm los. Und dann kommen sie.«

»Vielleicht kommt aber auch gleich die Polizei und nimmt dich fest?«, warf Britta ein. »Wie willst du einem Spanier erklären, dass wir eine Freundin vermissen?«

»Wenn sie nur endlich mal an ihr Handy ginge«, schimpfte Kitty und ließ ihr Handy zum x-ten Mal Claras Nummer wählen. Und wieder war die Mailbox zu hören.

»Sie geht nicht, weil sie nicht kann.« Auch Britta drückte an ihrem Handy die Wiederholungstaste.

»Sachs.«

Britta war so überrumpelt, dass sie ins Stottern kam.

Dafür war Sachs hellwach. »Sind Sie sicher, dass sie da noch drin ist?«, wollte er wissen.

Britta erklärte ihm kurz, weshalb sie das vermutete. »Es kann keinen anderen Grund geben«, sagte sie. »Sie hätte sich längst auf irgendeine Weise gemeldet. Es ist fast Mitternacht!«

»Ich komme, wenn Sie mir verraten, wer Ihnen meine Privatnummer gegeben hat.«

»Sie kommen auch so«, gab Britta zurück.

Der Automotor war zu hören, lange bevor das Licht der Scheinwerfer die Dunkelheit zerschnitt. Mit einem ohrenbetäubenden Röhren kam der Ferrari vor dem Tor zum Stehen. Sachs quälte sich heraus. Er trug zu Jeans und gepflegten Schuhen ein gut sitzendes Sakko, das bei seiner Figur einen erstklassigen Schneider verriet. Sein am Kragen geöffnetes weißes Hemd stach schimmernd gegen seine braune Haut ab.

»Okay«, sagte er. »Für Sie habe ich ein Dinner mit Geschäftsfreunden unterbrochen. Ich hoffe, Sie haben mit Ihrer Vermutung recht und stehlen nicht nur meine Zeit!«

Er warf Kitty und Lizzy einen Röntgenblick zu, dann tippte er eine Zahlenkombination in ein kleines Tastenfeld am Tor. Augenblicklich ging eine Warnlampe an, die über die angespannten Gesichter rote Streiflichter warf.

»Wahrscheinlich kommt der Wachdienst auch gleich«, sagte er dann, stieg in seinen Wagen und fuhr das kurze Stück zum Haus hinunter.

»Die paar Meter hätte er auch laufen können«, feixte Kitty, die mit ihren dünnen Absätzen dem Ferrari hinterher durch den Kies stocherte.

»Oder dich mitnehmen«, neckte Lizzy sie.

»Quatsch!«

Britta und Tina waren vorausgelaufen, die Ungeduld war größer als die Solidarität mit langsam stöckelnden Freundinnen.

Hans-Ulrich Sachs war bereits ausgestiegen. »Dann wollen wir mal«, sagte er zu Britta und zückte einen Schlüssel. »Nur gut, dass ich zwei davon habe.« Er grinste. »Sollte ich nun auch nicht mehr erscheinen, dann gibt es zwei Möglichkeiten: Entweder ist es da drin so lauschig, oder aber … Sie rufen die Polizei.«

»Sollten wir das nicht vorher tun, wenn Sie solche Befürchtungen haben?«

»Ich habe keine Befürchtungen«, sagte er, gab eine Nummer in ein weiteres Tastenfeld an der Haustür ein und schloss dann auf. »Bis gleich«, sagte er und drehte sich noch einmal nach ihr um. »Und warten Sie auf jeden Fall hier draußen auf mich!«

Inzwischen waren auch Kitty und Lizzy eingetroffen. »Jetzt sind sie ruiniert«, sagte Lizzy und deutete auf ihre Schuhe. »Das hält kein Lederabsatz aus.«

»Meiner schon«, konterte Britta und zeigte nach unten.

»Klar, Flachtreter«, kommentierte Kitty, schaute dann aber gespannt zur angelehnten Haustür. »Und da sollen wir jetzt wohl nicht rein, was?«

Britta nickte. »Du hast es erfasst. Wohl ist mir bei der Sache allerdings nicht.« Sie schaute sich um. Die Straße war durch die hohe Hecke verdeckt. Lichtsäulen bildeten in der Dunkelheit nur vereinzelte Leuchtinseln auf dem Grundstück.

»Wenn dahinten jemand im Gebüsch sitzt, würden wir ihn nicht einmal sehen«, sagte sie leise zu Tina.

»Lass das, du machst einem ja Angst!« Kitty warf Britta einen strafenden Blick zu.

»Und wer sollte da auch sitzen?«, beruhigte Tina.

»Und was ist das?« Lizzy deutete zum Außentor, das, durch vielerlei Pflanzen verdeckt, nur schwer zu erkennen war. »Wieso brennt diese Signallampe plötzlich?«

»Weil gerade jemand das Tor öffnet!« Das rote Warnlicht kreiste in der Ferne wie das Feuer eines Leuchtturms, und Britta trat instinktiv einen Schritt zurück.

»Sollen wir hier stehen bleiben?«, fragte Lizzy, die sich schon nach einem Versteck umsah. »Oder vielleicht ins Haus flüchten?«

»Nein, bloß nicht ins Haus!« Tina verschränkte die Arme. »Wir sind vier! Was soll schon passieren!«

Britta schaute Tina zweifelnd an, aber sie kaute heftig auf ihrem Kaugummi und sah, breitbeinig, wie sie dastand, in ihrer schwarzen Lederjacke und den vom Fahrtwind zerzausten Haaren wie eine Rockerin aus. Aber ob sie abschreckend wirkte, war eine andere Frage.

Knirschende Schritte näherten sich, und als sich gegen das Licht der Straßenlaternen dunkle Gestalten abhoben, rückten die vier Frauen zusammen.

»Mist«, sagte Britta. »Das hat uns jetzt gerade noch gefehlt!«

»Señor Sachs?«

Tina wollte gerade antworten, als Sachs blutüberströmt aus der Tür gestürzt kam und sich mit beiden Händen den Kopf hielt. Er erkannte die Männer im gleichen Moment wie sie ihn, rief ihnen etwas zu, und sie liefen an ihm und den Frauen vorbei ins Haus. An ihren Uniformjacken erkannte Britta, dass sie der Wachdienst waren.

»Du lieber Himmel!«, rief Britta und machte einige Schritte auf Sachs zu. »Was ist Ihnen passiert? Was ist da drin los?«

»Keine Ahnung«, sagte er, nahm seine Hände vom Kopf und schaute sich seine blutigen Finger an.

»Lassen Sie mal sehen«, sagte Britta.

»Wo ist Ihr Verbandskasten?«, rief Tina und öffnete die Fahrertür des Ferrari. »Hat der überhaupt so was?«

»Keine Ahnung!«, sagte Sachs.

»Sie wiederholen sich«, stellte Kitty fest und nahm ihre getigerte Chiffonstola von den Schultern. »Hier, drücken Sie das auf die Wunde!« Sachs stand reglos da, deshalb nahm sie sich selbst seines Schädels an. Er sah aus wie ein Opferlamm und senkte nur leicht den Kopf. Seine dunkelblonden Haare mit dem rötlichen Stich hatten nun rote, klebrige Strähnen, und das Blut lief ihm in den weißen Hemdkragen.

»Haben Sie Kopfschmerzen?«, wollte Britta wissen. »Ist Ihnen übel?« Sie schaute zu Tina. »Nicht dass ihm jetzt auch noch der Kreislauf zusammensackt und er uns hier umkippt!«

»Jedenfalls hat ihm jemand irgendwas ganz ordentlich über den Kopf gehauen!«, erklärte Kitty. »Eine Platzwunde«, sagte sie und hielt ihre Stola auf die Wunde gepresst. »Sieht schlimmer aus, als es ist. Blutet halt saumäßig!«

»Aber wer hat ihn so zugerichtet?«, fragte Lizzy. »Wir bräuchten Wasser. Warmes Wasser.«

In dem Moment drang ohrenbetäubendes Geschrei aus dem Haus, und zwei der Uniformierten zerrten eine Person ins Freie, die sich heftig wehrte.

»Clara!«, rief Kitty und stürzte auf die Männer zu. »Lassen Sie sie los!«

Augenblicklich brach Clara in Tränen aus. »Ach, ihr seid es! Wie bin ich froh! Ich dachte schon, die wollen mich umbringen!«

Nun hob auch Sachs den Kopf und musterte Clara, die wie im Schraubstock zwischen den beiden Wachleuten hing.

»Na, das ist ja ein Ding«, sagte er schließlich. »Wieso dreschen Sie denn auf mich ein?«

»Sie sind gut«, sagte Clara und wollte sich losreißen. »Au, ihr tut mir weh«, sagte sie zu den beiden Wachleuten. Und dann wieder zu Sachs: »Mich hat jemand in das Kino geschubst und die Tür hinter mir abgeschlossen. Das sah nicht nach einem Gesellschaftsspiel aus.«

»Sie haben Humor«, ächzte Sachs und fasste sich an den Kopf. Dann fing er an, auf Spanisch mit den Wachmännern zu diskutieren. Schließlich ließ der eine der beiden Männer Claras Oberarm los.

»Ich habe nicht die Absicht zu türmen«, sagte Clara. »Ich bin nur froh, dass ich endlich draußen bin.«

»Für die beiden sind Sie vor allem eine Einbrecherin, bis sich geklärt hat, was wirklich passiert ist.« Er schaute sie an. »Und was fehlt.«

»Was fehlt?«, wiederholte Britta. »Ja, was glauben Sie denn?«

»Keine Ahnung!«

»Ahnung scheinen Sie nicht besonders viel zu haben!«, erklärte Kitty giftig. »Und jetzt sagen Sie diesen Hanswürsten, dass Clara das Opfer und nicht die Täterin ist. Schließlich hat sie diese Tür ja wohl kaum selbst abgeschlossen.«

Sachs ignorierte sie und presste sich Kittys Tuch auf die Wunde. »Ich gehe jetzt erst einmal durch die Villa und mache mir ein Bild.« Er winkte einem der Wachposten. »Und diesmal nehme ich jemanden mit!«

Der andere blieb dicht neben Clara stehen und beobachtete jede ihrer Bewegungen. Er hatte seine Schirmmütze tief in die Stirn gezogen, und mit seinem exakt rasierten Kinnbart sah er aus, als ob er irgendeinen Kinohelden zum Vorbild hätte.

»Ich tu schon nichts«, beteuerte Clara, die von seiner Wachsamkeit genervt war, erzielte aber keine Reaktion.

Zehn Minuten später waren Sachs und sein Wachmann wieder da. Sie hatten nichts Auffälliges entdecken können, und Sachs verzichtete deshalb darauf, die Polizei zu rufen.

»Komisch ist das schon«, sagte er und spitzte mit einem Seitenblick auf Clara die Lippen.

Aber Clara zuckte die Schultern. »Tut mir wirklich leid, dass ich Sie so hart getroffen habe«, sagte sie zerknirscht, »aber ich dachte, es geht um Leben und Tod, und sterben wollte ich wirklich nicht!«

»Aber ich sollte wohl ...«, sagte er und grinste schräg. »Na, die Abendgesellschaft ist jedenfalls gestorben, ich fahre jetzt erst einmal zu einem Freund, der Arzt ist. Ich denke, da wird er nähen müssen. Wir telefonieren morgen!« Er nickte ihr zu. Dann stieg er in seinen Wagen und röhrte rückwärts die Auffahrt hoch davon.

»Und jetzt?«, fragte Kitty. Die Männer standen noch immer unbeweglich neben ihnen.

»Gehen wir!«, entschied Clara. »Bona notsche«, sagte sie zu den Wachleuten und lächelte zaghaft.

»Buenas noches!«, kam es einmütig zurück.

»So, und nun erzähl mal«, forderte Britta sie auf, während sie den Kiesweg hoch zum Wagen liefen.

»Was? Hier?« Clara schüttelte den Kopf. »Können wir das nicht irgendwo machen, wo es netter ist? Bei einem Drink und etwas Essbarem?«

Die Frauen warfen sich im Gehen Blicke zu.

»Ist was?«, wollte Clara wissen.

»Es ist fast Mitternacht«, erklärte Lizzy.

»Ja und? Wir sind in Spanien. Selbst in jedem deutschen Kuhkaff gibt es um Mitternacht noch was zu trinken. Und mit etwas Glück auch ein paar Pommes.«

Britta zog ihr Handy heraus und suchte eine Nummer.

»Ja, erfreuliche Nachricht«, sagte sie dann. »Irgendjemand hat sie ins Kino geschubst und zugeschlossen. Mysteriöse Geschichte, angeblich war niemand im Haus!«

»Nicht mysteriös, sondern faul«, korrigierte Clara. »Es *war* jemand im Haus! Oberfaul.« Sie schaute zu Britta. »Mit wem telefonierst du denn da?«

»Ja, wir gehen jetzt in eine Tapasbar. Müssen schließlich feiern, dass sie wieder da ist!«

»Mit wem du telefonierst, möchte ich gern wissen!«

»Aber das können wir doch nicht annehmen. Es ist doch schon viel zu spät!« Britta lauschte kurz. »Was? Er macht das Dessert noch?« Sie schaute kurz in die Runde, außer Clara nickten alle begeistert. »Und wir fallen wirklich nicht zur Last?«

»He!« Clara stupste sie mit dem Ellbogen.

»Ja, neugierig sind wir auch. Also gut, abgemacht, wir kommen!«

Sie standen jetzt vor dem Wagen, hinter ihnen schloss sich das Tor automatisch.

Clara schaute kurz hin, dann drehte sie sich zu Britta um. »Ich gehe nirgendwohin, wenn ich nicht weiß, wohin.«

»Komm, setz dich zu uns nach hinten, wir erklären dir das auf der Fahrt.« Tina klappte den Beifahrersitz nach vorn.

Auf der Jacht brannten überall Kerzen, und Julien hatte den Tisch bereits wieder gedeckt. Alain begrüßte Clara, stellte sich vor und beglückwünschte sie zu ihren Freundinnen.

»Ja, das hätte ich vor einer Woche auch noch nicht geglaubt«, sagte sie und lächelte.

»Alex hat es sich nicht nehmen lassen, für Sie noch einmal unser kleines Menü zuzubereiten. Auf die Schnelle. Sonst verpassen Sie ja etwas!« Alle um ihn herum nickten begeistert.

»Es schmeckt wirklich phantastisch, Clara!« Kitty grinste wie ein Honigkuchenpferd.

»Ja, mein Gott«, Clara ließ sich auf den nächsten Stuhl sinken, »ist das ein Tag!«

Es war Freitagmorgen und Clara im Tiefschlaf, als es gegen ihre Hotelzimmertür hämmerte. Erschrocken fuhr sie hoch. Ihr erster Gedanke galt der Polizei. Es war doch etwas gestohlen worden, und nun würde sie abgeführt. Spanische Gefängnisse, wer hatte nicht schon davon gehört?

Sie schaute auf die Uhr. Elf. Du lieber Himmel, taghell. Sie hatte sogar das Frühstück verpasst.

Es klopfte wieder.

Sie schlug die leichte Decke zurück. Sie war splitternackt.

»Einen Augenblick«, rief sie und griff nach einem Badetuch. Im Anflug leichter Ironie stellte sie sich vor, dass es ein rabiates Zimmermädchen war, das endlich das Zimmer machen wollte. Im nächsten Moment beschlich sie aber schon wieder die Angst vor irgendwelchen Uniformierten.

Sie drehte den Schlüssel herum und öffnete. Andrés stand vor ihr, strahlend, mit einem großen Frühstückstablett.

»Hey, mach voran«, sagte er gespielt vorwurfsvoll. »Der Kaffee wird kalt und die Spiegeleier auch!«

Er drängte sich an ihr vorbei, und Clara überlegte, wie sie wohl aussah. Frühmorgens ins Bett, da hatte sie sich vermutlich nicht mehr abgeschminkt. Jedenfalls hatte sie keine Erinnerung mehr daran. Und ihren wild verstreuten Kleidern nach zu urteilen, war ihr das auch nicht mehr wichtig gewesen.

»Ja, Mann«, sagte sie und kratzte sich an der Schulter, »das ist ja eine Überraschung!«

»Deutsche Frauen und ihr Schönheitsschlaf.« Er grinste und stellte das Tablett mitten aufs Bett. »Wenn du dich jetzt da hineinlegst, dann kann ich dir das Frühstück auf den Bauch stellen.«

»Aha.« Sie schaute das Bett zweifelnd an. »Und du?«

»Ich lege mich daneben.«

»Ah ja!«

»Du klingst nicht begeistert …«

»Es tut nichts zur Sache, wie ich klinge, sondern nur, wie ich bin«, sagte sie. »Und ich *bin* begeistert!« Sie spürte aber selbst, dass sie das Temperament einer toten Ente versprühte.

»Okay, Schätzchen«, begann sie von Neuem und riss sich zusammen. »Ich finde das toll! Ganz toll! Ich bin noch nicht ganz da, aber gleich. Lass mich kurz ins Bad.«

»Sekundenschnell«, mahnte er, »sonst ist wirklich alles kalt!«

»Eine Nanosekunde.«

»Eine was?«

»Bin gleich wieder da!«

Ihr Spiegelbild sah schlimmer aus, als sie befürchtet hatte. Verdammt noch mal, musste man eigentlich alt werden? Diese blöden Krähenfüße da, die mussten doch wirklich nicht sein. Sie klatschte sich kurz Wasser ins Gesicht, fuhr mit einer Abschminklotion hinterher und massierte etwas Tagescreme ein. Fürs Erste musste das reichen.

Als sie wieder ins Zimmer trat, lag Andrés schon im Bett, balancierte das Tablett auf den Knien und hatte die Decke neben sich aufgeschlagen. »So, meine Prinzessin, alles angerichtet.«

Was genau, wollte Clara noch nicht wissen, im Moment stand ihr der Sinn tatsächlich erst einmal nach einem starken Kaffee.

»Das ist wirklich eine super Überraschung«, sagte sie und schlüpfte vorsichtig neben ihn. »Ich hätte wahrscheinlich noch zwei Stunden geschlafen.«

»Wo hast du dich denn herumgetrieben?«, wollte er wissen und schenkte ihr Kaffee ein.

»Mhhh«, machte sie und griff nach einem Croissant.

»Oder fand die Fete hier statt?« Er wies mit dem Kopf auf ihre verstreuten Kleider.

»Keine Fete«, sagte Clara und biss erst einmal in ihr Croissant, nahm Andrés ihre Tasse ab, trank einen Schluck und atmete tief auf. »Oh, tut das gut!«

Er betrachtete sie von der Seite und runzelte die Stirn. »Aber irgendetwas war doch ...«

Ja, irgendetwas war. Aber was sollte sie ihm erzählen? Alles? Konnte sie das?

»Es war wirklich was«, sagte sie nach einigem Zögern.

»Dachte ich mir doch«, sagte er.

»Aber nicht, was du denkst.«

»Was denke ich denn?«

»Dass was war!«

Er trank ebenfalls einen Schluck Kaffee und machte sich an sein Ei. »Du musst es nicht sagen, wenn du nicht willst, schließlich gibt es keine Verpflichtung.«

Clara fühlte sich unwohl. »Ja, ich weiß«, sagte sie schließlich. »Aber es ist ... es ist einfach irgendwie seltsam.«

»Iss dein Spiegelei, es ist bestimmt schon kalt!« Er reichte ihr das Salz.

»Ich weiß nicht, wo ich beginnen soll.«

»Da, wo es losgeht.«

»Du erinnerst dich an dieses Schild. *Immobilienmakler.* Ich habe mich als Innenarchitektin vorgestellt und einen Auftrag bekommen. Ich soll das Appartement der Freundin eines Russen einrichten, und zu dem Zweck habe ich gestern seine Villa angeschaut. Bei der Gelegenheit wurde ich von irgendjemandem in einen Raum geschubst, eingeschlossen und erst viele Stunden später durch den Immobilienmenschen und meine Freundinnen befreit. So. Das ist die Kurzversion.«

Er warf ihr einen Blick zu. »Da bist du ja direkt rein, mitten ins volle Leben!«

»Wie meinst du das?«

»Na, also«, sagte er. »Kann es sein, dass du von Gennadi Petrow noch nichts gehört hast? Dem mutmaßlichen Boss der russischen Mafia, der zehn Jahre hier gewohnt hat und in Calvià festgenommen worden ist? Und mit ihm, bei groß angelegten Razzien, zwanzig Verdächtige aus Moskau und Sankt Petersburg?«

»Was?« Clara verschluckte sich, und ihr Spiegelei landete auf der Decke.

»Clara, das stand überall in den Zeitungen. Es ging um Auftragsmorde, Waffenschmuggel, Erpressung, Bestechung und Geldwäsche.«

»Auftragsmorde?« Ihr wurde schwummrig. »Und dieser Russe, bei dem ich da war, auch?«

»Wenn ja, dann haben sie ihm nichts nachweisen können, sonst würde er hier nicht mehr herumtanzen wie ein russischer Bär.«

»Du lieber Himmel. Ich habe nichts mitgekriegt!«

»Aber du als deutsche Frau – oder bist du etwa kein Fußballfan?«

»Nein, ich spiele eher in einer anderen Liga. Wieso?«

»Na, komm. Petrow hat doch behauptet, das UEFA-Cup-Halbfinale Sankt Petersburg gegen den FC Bayern mit fünfzig Millionen gekauft zu haben. Und wie die Bayern tatsächlich mit 0:4 verloren hatten, war das doch der Knaller.«

»Fünfzig Millionen was?«

»Sicherlich keine Rubel. Eher Dollar.«

Clara schnappte nach Luft.

»Pffhh«, machte sie. »Und ich mittendrin!«

»Ja, du gehst ganz schön ran!«

Sie ließ die Gabel auf den Teller zurücksinken, und er nahm das Tablett und stellte es neben das Bett auf den Boden.

»Findest du?«, fragte sie zaghaft, während er die Decke zurückzog und ihre Brust mit Küssen bedeckte.

Andrés hatte um vierzehn Uhr eine Busfahrt, und Clara rief ihre Mutter an. Sie hatte nachgedacht und war zu dem Schluss gekommen, dass nach dieser Razzia alle Schuldigen geschnappt worden waren. Außerdem konnte sie nicht einfach aufgeben, wo sie jetzt so nah dran war.

»Um Katie musst du dir keine Sorgen machen, sie hat ein paar Freunde in der Nachbarschaft gefunden und ist fast nur noch unterwegs. Sogar ihr Okapi vernachlässigt sie«, sagte Ellen.

»Oh, den Knuffi«, sagte Clara und war enttäuscht, dass sie Katie nicht sprechen konnte.

»Sie ist draußen«, sagte ihre Mutter. »Eine von den Müttern übernimmt immer stundenweise das Spaßprogramm für die ganze Meute, ich war heute Morgen dran.«

Es gab ihr einen merkwürdigen Stich. »Also vermisst ihr mich nicht?«

»Doch, wenn sie ins Bett geht, fragt sie, wann du kommst, und bis sie einschläft, erzähle ich ihr dann immer, was du auf Mallorca gerade machst.«

»Okay, das ist ja spannend. Und was mache ich gerade?«

Ihre Mutter lachte. »Ich weiß ja, dass du einen netten jungen Mann entdeckt hast. Deine Tochter träumt allerdings eher von einem spanischen Hund, den du vor dem Hungertod oder der Giftspritze rettest.«

»Ach, du lieber Himmel«, sagte Clara schnell, »ich habe noch keinen gesehen. Ich weiß auch gar nicht, ob es auf Mallorca solche Hunger leidenden Hunde gibt, hier sieht alles eher satt und zufrieden aus.«

»Du bist gut, da gibt es ja sogar extra eine Luftbrücke.«

»Ja, Mama, ich habe mich einfach noch nicht so sehr mit Hunden beschäftigt. Eigentlich habe ich eher nach einem Job geschaut!«

»Und du glaubst, das wird was?«

»Ich arbeite daran. Es wäre doch eine tolle Chance!«

Es war kurz still.

»Innenarchitektin auf Mallorca, ja, warum nicht. Dann könnte ich euch öfter mal besuchen kommen. Vor allem dann, wenn hier das Wetter schlecht ist!« Sie lachte. »Aber nein, im Ernst, wenn du noch eine Woche brauchst, dann verlängere, das habe ich dir doch schon gesagt, und es war mein Ernst! Irgendwas wird schon klappen. Du schaffst das schon!«

Clara lachte. »Ja, Mama, du bist die Größte!«

Nach dem Telefonat ging sie direkt zur Rezeption, um

die Zimmerbuchung zu verlängern. Der Preis war astronomisch. »Wie kann das denn sein?«, fragte sie. »Wenn ich aus Deutschland einfliege, bezahle ich für eine Woche Hotel inklusive Flug viel weniger.«

»Ja, dann müssen Sie aus Deutschland einfliegen«, war die Antwort. »Die haben die entsprechenden Kontingente.«

Clara nickte. Logisch. Ihren Flug hätte sie ja auch nicht umbuchen können. Das musste also leider ihre Mutter über das Reisebüro regeln.

In dem Augenblick ging eine Kurznachricht ein. »Falls du uns suchst, wir sind am Strand.«

Da würde sie auch gleich hingehen, aber zunächst musste sie sich Gedanken machen, woher sie die Möbel für das Penthouse bekommen konnte. Und noch wichtiger war die Frage, ob Sachs sie noch wollte.

»Also, eigentlich habe ich noch nie mit Frauen zusammengearbeitet, die mir dermaßen auf den Kopf hauen!«, erklärte er bei ihrem Anruf.

»Das tut mir auch wirklich leid, und ich weiß nicht, wie ich es wiedergutmachen könnte.«

»Indem Sie dem Russen ein ordentliches Penthouse zaubern. Kriegen Sie das hin?«

Sie war also im Geschäft, das war schon mal positiv, aber ob sie es schaffen würde, war die andere Frage.

»Bis auf die Heldengemälde dürfte es keine Schwierigkeit sein. Zu solchen … ähm … Fälschungen fehlt mir allerdings der Zugang …«

»Der Fälscher sitzt mittlerweile im Knast, es dürfte schwierig sein, an ihn heranzukommen, also werden Sie da eigene Ideen entwickeln müssen.«

»Gut, ich entwickle …«

»Sie können sich bei mir die Pläne und den Schlüssel zu

dem Penthouse abholen. Es hat kein Kino, da können wir beide beruhigt sein. Und dann hoffe ich, dass wir schnell ein Ergebnis haben.«

Jetzt hieß es improvisieren. Aber es musste ja auch auf Mallorca entsprechende Möbelhäuser geben. Wo Geld zu verdienen war, fanden sich Händler doch schnell zusammen.

Sie rief Britta an.

»Na ja«, sagte sie. »Wir aalen uns hier schon am Strand, aber gut, lass mal überlegen. Wer könnte uns mit Einrichtungen und Kunst weiterhelfen?«

»Andrés«, sagte Clara. »Aber der kennt sich eher mit Diskotheken aus.«

»Ich kann ja mal Alain fragen.«

»Den Franzosen?«

»Nein, er ist Schweizer und scheint allerlei Kontakte zu haben. Immerhin hat er sogar die Handynummer von Sachs herausbekommen.«

Clara nickte. »Du hast recht«, sagte sie dann. »Wenn du das für mich versuchst …?«

»Kostet eine Pina Colada.«

»Auch zwei!«

Britta lachte. »Na, denn«, hörte Clara sie sagen, bevor sie das Gespräch beendete.

Clara war inzwischen von der Rezeption hinaus auf die Terrasse gegangen und setzte sich an einen der vielen freien Tische. Während sie einen Cappuccino bestellte, dachte sie an Friedrich. Ohne ihn und seinen Drucker wäre die Sache überhaupt nie ins Rollen gekommen. Eigentlich schuldete sie ihm ein großes Dankeschön. Und nicht nur ihm, sondern auch dem Fotografen. Sie musste noch mal mit Britta darüber sprechen.

Clara machte sich ein paar Notizen. Einige Händler in Köln und Umgebung und vor allem einen in Berlin hatte sie bereits im Sinn. Die geschmackvollen Einheiten waren nicht die schwierigen, diese übertriebene Kitschnummer war das eigentliche Problem.

Ihr Handy klingelte, und Britta erzählte ihr, dass Alain ihr vielleicht helfen könne. Seine Freundin kenne sich recht gut aus und sei nun auch an Bord. Clara solle einfach vorbeikommen.

»Einfach ist gut«, sagte Clara. »Wir haben gerade erst den Mini wieder zurückgegeben.«

Britta lachte. »Insgesamt wäre ein Wochenarrangement wahrscheinlich günstiger gewesen.«

»Ich nehme den Bus«, sagte Clara. »Jachthafen Mallorca kann von hier aus ja nicht so schwer sein!«

»Warte mal.« Clara hörte Getuschel, dann war Britta wieder am Handy. »Die Mädels wollen den Abschlussabend mit dir in Arenal verbringen, noch mal so richtig ins Leben! Ins *Oberbayern* oder ins *Riu Palace.* Wir brauchen also tatsächlich keinen Wagen mehr.«

Abschiedsabend, dachte Clara und spürte einen Stich. War das möglich, dass die Woche schon rum war?

»Kein Problem«, sagte sie. »Ich erkundige mich nach einem Bus.«

Chantal war eine schlanke, dunkelhaarige Schönheit. Clara war auf den ersten Blick beeindruckt. Sie war kleiner als Clara, wirkte aber so sehnig wie eine Hochseilartistin. Auch ihr Händedruck war fest, und Clara musste fast lachen, wenn sie an die Schwärmereien ihrer Freundinnen dachte. Sie hatten sich gestern noch so ein bisschen an Alains Seite hingeträumt, von einem leichten Leben neben einem gut aussehenden Mann phantasiert, der offensichtlich zu leben verstand. Tja, da hatten sie alle gegen Chantal keine Chance.

Chantal bot ihr an dem Tisch Platz an, wo sie auch gestern schon gesessen hatte. Ihr Deutsch war etwas holpriger als das von Alain, sie mischte französische und englische Brocken hinein, aber es wirkte sehr charmant und nicht unbeholfen.

Clara war fasziniert, auch von ihren schweren nussbraunen Haaren, die ihr voll und glänzend bis über die Schultern fielen. Chantal strich sich eine Haarsträhne hinters Ohr, und da fiel Clara noch etwas auf: Sie war ungeschminkt und trug auch keinen Schmuck.

»Alain hat mir schon erzählt, was Ihnen gestern passiert ist«, sagte sie und schüttelte den Kopf. »Ich glaube, darauf müssen wir erst einmal ein Glas Champagner trinken. Oder hätten Sie lieber einen Eau de Vie?«

»Einen Eau de Vie?« Clara lachte hell auf. »Ja, ein Lebenswasser hätte gestern schon gepasst. Irgendwie hatte ich das Gefühl, dass mein Leben in diesen Stunden nicht so sehr viel wert war.«

»Ja, das muss schrecklich gewesen sein.«

»Aber für einen Schnaps ist es mir trotzdem noch zu früh.«

Chantal nickte. »Also Champagner.« Nun lachte sie ebenfalls. »Ist mir auch lieber.«

Julien kam um die Ecke, begrüßte Clara mit Kopfnicken und fragte, ob er zu dem Champagner etwas servieren dürfe, Alex habe etwas vorbereitet.

Chantal schaute kurz fragend zu Clara.

»Von mir aus herzlich gern«, erklärte sie. »Er hat uns ja gestern schon so unglaublich verwöhnt.«

»Ja, das kann er.« Chantal setzte sich bequem zurück. »Alors«, begann sie. »Alain hat mir erzählt, Sie sollen hier einem Russen ein Penthouse einrichten.«

»Ja.« Clara umriss, was sie bisher beruflich getan hatte und was sie nun vorhatte. Ein paar Verbindungen hatte sie ja noch. »Edel, fein und teuer – das ist für mich kein Problem. Aber mir fehlen diese mächtigen Teile mit viel Gold, Edelsteinen oder auch nur bunten Glassteinen, schwere Wandteppiche und Samtvorhänge mit Goldbordüren. Da habe ich einfach keine Beziehungen.«

»Hm.« Chantal betrachtete sie unter langen Wimpern hindurch aus interessierten braunen Augen. Es war fast zu schön, dachte Clara, um alles Natur zu sein.

»Womit ich Ihnen vielleicht helfen könnte, sind die wirklichen Highlights, also die besonderen Geschichten wie beispielsweise Möbel aus dem Brautschatz der Zarentochter Maria Pawlowna.«

Clara nickte erfreut. »Bekommt man das denn so einfach?«

»So einfach nicht.« Chantal lächelte. »Aber es geht. Und wenn Ihr Russe bezahlen kann, ist fast alles möglich. Was Sie noch beachten sollten, ist, dass die vermögenden Russen früher extrem auf Möbel aus rotem Holz standen. Sie haben sie als exklusive Luxusobjekte eigens aus England importiert, bis die russischen Meister die Schönheit der Karelischen Birke entdeckten. Dieses Holz zeichnet sich durch seinen goldfarbenen Ton und die besondere Maserung aus, erinnert ein bisschen an Marmor.«

»Okay.« Clara nickte. »Ich erinnere mich. Vor allem an die Zeichnung des Holzes.«

»Wunderbar«, erklärte Chantal, »solche Möbel sollten wir besorgen, die sind beliebt.« Dann drehte sie sich zu Julien um, der eben mit zwei Gläsern Champagner kam. »Très bien, dann können wir ja gleich anstoßen!«

»Und ich werde wohl ein gut sortiertes russisches Antiquitätengeschäft finden müssen. Haben Sie da auch eine Idee?«

Chantal hielt ihr Glas hoch. »Ich habe viele Ideen. Und vielleicht bereits die eine oder andere Quelle. Santé!«

Julien war schon wieder da, diesmal mit einem großen Teller voller Blätterteigtaschen, die er zusammen mit einigen Servietten mitten auf den Tisch stellte.

»Empanadas«, sagte er. »Recht feurig, ich hoffe, Sie mögen das?«

»Und wie!«, sagte Clara.

»Fabergé dürfen Sie nicht vergessen«, überlegte Chantal weiter. »Die kunstvollen Ostereier, die er für die Zarenfamilie gefertigt hat, und andere Schmuckstücke wie Tafelsilber, Tischuhren, dekorative Skulpturen und Metallschnitzereien nach Vorbildern der russischen Volkskunst. So etwas brauchen Sie!«

»Und wo bekomme ich das her?«

Chantal griff nach einer der Blätterteigtaschen und biss hinein.

»Hm«, sagte sie kauend. »Das ist für mich das Größte. Die kleinen, schönen spanischen Tapas, die es in so vielen Varianten gibt. Immer wieder eine Überraschung!«

»Bei mir kam die Überraschung mit den Tapas«, sagte Clara und dachte an Andrés.

»Tatsächlich?« Chantal lachte. »Das müssen Sie mir erklären!«

»Soll ich wirklich?« Clara war sich nicht so sicher.

»Bien sûr, und in der Zwischenzeit lasse ich mir mal ein paar Vorschläge auf meinen Laptop schicken, dann sind wir schlauer!« Chantal stand auf und leckte sich ihre Finger einzeln ab. »Ich starte einen Rundruf, bin gleich zurück.« Sie warf Clara einen verschmitzten Blick zu. »Und ... ich bin sehr neugierig.« So wie sie es sagte, hatte sie Claras Herz endgültig gewonnen.

Es sah tatsächlich so aus, als ob Chantal beste Kontakte hätte. Innerhalb der nächsten zwei Stunden konnte sie ihr auf ihrem Laptop von einfachen Dekostücken angefangen bis zu seltenen Gemälden, Skulpturen und Möbeln eine unglaubliche Auswahl zeigen. Es war zu schön, um wahr zu sein.

»Handeln Sie denn mit Antiquitäten?«, wollte Clara schließlich wissen, aber Chantal schüttelte den Kopf.

»Nur indirekt«, sagte sie. »Wir haben eine Firma für Import-Export.«

Clara dankte dem Himmel für diese glückliche Fügung und erzählte Chantal in Kurzform ihre Lebensgeschichte, und als Chantal schließlich den Laptop ausschaltete, meinte Clara nur: »Eigentlich ist er damit ja schon eingerichtet. Aber Herr Sachs möchte einen Kostenvoranschlag haben. Also brauchen wir die Preise.«

Chantal überlegte kurz. »Machen Sie es doch umgekehrt, das ist einfacher. Er soll Ihnen ein Budget nennen, dann können wir die Dinge zusammenstellen.«

Clara nickte. »Gut«, sagte sie, »dann schau ich mir jetzt erst einmal die Räumlichkeiten an und melde mich wieder.«

Hans-Ulrich Sachs trug ein langes Pflaster über seiner Schläfe, das bis in seinen offensichtlich ausrasierten Haaransatz reichte. »Das ist in meinem Alter nicht unbedingt schmückend«, sagte er auf Claras Frage, wie er sich denn fühle.

»Finde ich schon«, sagte sie. »Es hat so etwas Heldenhaftes.«

»Ja, ja, wer den Schaden hat … Hoffen wir mal, dass die Haare wieder nachwachsen!«

Aber er hatte keine Kopfschmerzen, und die Wunde, sagte er, sei mit ein paar Stichen sauber genäht worden. Dann überreichte er ihr einen Haustürschlüssel mit einer Adresse.

»Das Appartement ist in Port d'Andratx«, meinte er.

Clara strahlte ihn an. »Ich habe ein paar ganz gute Quellen. Wenn ich jetzt noch weiß, was ich ausgeben darf, dann kann ich schon mit der Zusammenstellung anfangen!«

»Das gefällt mir.« Er schaute sie aufmerksam an. »Sie gefallen mir!«

Hoffentlich nicht zu sehr, dachte Clara und reduzierte ihr Strahlen auf einen freundlichen, aber unverfänglichen Blick.

»Aber hatten wir nicht von einem Kostenvoranschlag gesprochen?«, erinnerte er sie an ihr Gespräch.

»Ich hab's mir anders überlegt. Ein Budget wäre in diesem Fall sinnvoller!«

Er betrachtete sie aufmerksam. »Kommen Sie mit einer Million hin?«, fragte er schließlich.

Clara traute ihren Ohren nicht. Locker bleiben, sagte sie sich. »Und wie rechne ich mein Honorar ab?«

»Nach der deutschen Honorarordnung für Architekten wären das rund zehn Prozent.« Er spitzte kurz die Lippen. »Also 100 000. Aber hier ticken die Uhren etwas anders, zumal wir ja noch nicht wissen, wie Sie arbeiten. Sagen wir 40 000 für Sie, wenn Sie richtig gut sind, 20 000, wenn Ihr Werk auf mittelmäßige Begeisterung stößt, und gar nichts, wenn es überhaupt nicht gefällt.«

»Nur damit wir eine Sprache sprechen, wir reden von Euro?«, wollte Clara wissen.

»Peseten gibt es nicht mehr.«

»Und wer bestimmt, ob es gefällt oder nicht?«

»Der Besitzer!«

Clara ging hinaus vor das Gebäude, wo Chantal in einem giftgrünen Cinquecento im Schatten eines Baums wartete. Sie hatte sich und ihren kleinen Mietwagen angeboten, nachdem Clara nicht gewusst hatte, wie sie nach Port d'Andratx kommen sollte. Außerdem, fand Chantal, könne so auch schneller geplant werden.

»Also los«, sagte sie, kaum dass Clara eingestiegen war. »Ich bin gespannt.«

»40 000 Euro, wenn das Ergebnis richtig gut ist, sagt er.«

Chantal verzog das Gesicht. »Da handelt er aber ganz schön, der gute Mann!«

»Das sind zwanzig für dich und zwanzig für mich, ist doch okay«, fand Clara. »Oder nicht?« Unbewusst war sie ins Du übergegangen.

»Vierzig für dich, das ist okay.« Chantal zuckte die Achseln und startete den Motor. »Wenn wir die Waren über mich holen, verdiene ich ja auch daran.«

»Was für ein Glück, dass du eine Spedition hast, die ist jetzt wirklich sehr praktisch!« Clara hielt ihr den Zettel mit der Adresse hin, damit sie ihn in das Navigationssystem eingeben konnte.

»Aha, Port d'Andratx also«, las Chantal ab, »sehr schön. Da bin ich wirklich neugierig, wie dies Penthouse aussieht!«

Es waren zwei Räume auf gut fünfhundert Quadratmetern Wohnfläche. Clara schaute Chantal an. »Hast du so etwas schon einmal gesehen?«, wollte sie wissen.

»Üppig«, sagte Chantal. »Und offensichtlich will der Bauherr nicht, dass seine Freundin andere Personen einquartiert. Also keine Gästezimmer, keine zusätzlichen Bäder. Interessant. Nicht einmal eine Gästetoilette.«

»Dafür eine grandiose Aussicht«, sagte Clara.

»Ja, die hat sie.«

Sie traten vor die Fensterfront, die mit ihrem Blick aufs Meer eine komplette Seite der Wohnung ausmachte.

»Also, hier brauchen wir schon mal nichts zu stellen«, sagte Clara und drehte sich um. »Dafür vertragen die anderen Wände große Gemälde und große Schränke.«

»Wie wäre es mit einer Wandmalerei?«, fragte Chantal. »Hast du ein Foto von diesem Menschen? Dann könnten wir ihn irgendwie siegreich darstellen lassen, das gefällt den meisten Russen.«

Clara dachte an ihren ersten Eindruck in der Villa und schilderte Chantal die Zarenkrönung, die Schlacht, das Porträt und die Cäsar-Statue, alle Werke mit ein und demselben Gesicht.

»Da hast du es«, sagte Chantal. »Wir lassen ihn hier als Heerführer einreiten oder mit seiner Superjacht einfahren oder auf einer Wolke hereinschweben, völlig egal. Im offenen Ferrari ginge auch, mit Marilyn Monroe und Pamela Anderson rechts und links auf den Kotflügeln!«

»Das wird seiner Freundin wahrscheinlich weniger gefallen ...«

Chantal klopfte ihr auf die Schulter. »Da hast du recht! Er fährt, und sie sitzt auf dem Kotflügel als superschönes Pin-up-Girl. Wir brauchen also Fotos von den beiden!«

Chantal schien völlig in ihrem Element zu sein. Sie lief durch die Wohnung und malte Möbel in die Luft. »Dort am Kamin ein riesiges Porträt von ihr in Gold und davor eine große Sofalandschaft mit allen möglichen Fellen. Üppig muss es sein, das mögen sie. Und daneben eines der kleinen Möbelchen aus der Zeit von Ludwig XV. Vielleicht einen ausgesuchten Schreibtisch mit einer Wahnsinnsgeschichte. Madame de Pompadour hat daran ihre Liebesbriefe an den König geschrieben – wir stellen ein Tintenfässchen mit einer Feder dazu, schon ist es perfekt. Bon!«, sagte sie und stupste Clara an. »Lass uns mal das Schlafzimmer und das Badezimmer anschauen. Das Badezimmer braucht natürlich eine frei stehende Wanne auf goldenen Tigerpfoten mit ausgefahrenen Krallen. Hähne aus Gold, auch klar! Üppige Spiegel, am besten einen großen runden über der Badewanne, und alle in schweren, reich verzierten Goldrahmen. In die Ecke muss ein protziger Lüster, und überhaupt brauchen wir viele kleine Lichtquellen.« Sie grinste. »Ähnlich das Schlafzimmer. Und das Ankleidezimmer muss natürlich riesig sein, schließlich will es mit Kleidern für die Liebesdienste gefüllt werden!«

»Sag mal«, sagte Clara, »hast du das schon öfter gemacht?«

»Nein!« Chantal lachte. »Normalerweise gehört das nicht zu meinem Job. Aber ich war schon bei vielen Russen zu Gast und weiß, wie es dort aussieht und worauf sie stehen. Ich denke, wir haben das in null Komma nichts erledigt. Wie ist dein Budget?«

»Eine Million«, sagte Clara und wartete auf große Augen.

»Damit könnten wir auskommen«, sagte Chantal und warf ihre Haare nach hinten. »Allerdings sind dann 40 000 Euro Honorar wirklich popelig. Sag ihm das ruhig und außerdem, dass sie, wenn wir die beiden Fotos gleich bekommen, in vierzehn Tagen einziehen können! Aber dann muss er noch 10 000 Euro Erfolgshonorar drauflegen!«

»Vierzehn Tage? Das glaubst du doch nicht im Ernst?«

»Und ob!«

»Aber dann machst ja du die Arbeit, und ich ...«

»Du bist die Innenarchitektin, und ich liefere dir nur zu. Mach dir keine Gedanken! Wenn ich liefere, verdiene ich auch. Es wird alles mit rechten Dingen zugehen, und wenn du hier deinen ersten Auftrag gut meisterst, bist du drin.«

»Ja, das wäre grandios, aber du kennst mich doch gar nicht, warum machst du das für mich?«

»Du hast mir deine Geschichte erzählt, also kenne ich dich zumindest ein bisschen. Und der Rest ist ...«, Chantal strahlte sie an, »... sagen wir einfach mal *Frauenpower.*«

Sobald Clara allein in ihrem Hotelzimmer war, rief sie ihre Mutter an.

»Das glaubst du nicht«, sagte sie.

»Sag's einfach.«

»Wenn ich dieses Penthouse so einrichte, dass es dem Russen richtig gut gefällt, zahlt er mir ...«

»Sag's halt!«

»40 000 Euro!«

Es war kurz still. »Das hört sich nach ... irgendwie unseriös an. Findest du nicht?«

Clara war zu euphorisch, um klar denken zu können. »Nein, denn ganz offiziell müsste ich sogar noch mehr bekommen ...«

»Aber normalerweise kommt man doch nicht so schnell an so einen Auftrag«, gab ihre Mutter zu bedenken.

»Ja, da hast du recht – aber hör zu, der Deal läuft auch in die andere Richtung: Wenn es so là là ist, dann zwanzig ... und wenn er es überhaupt nicht mag, nichts.«

Wieder hörte Clara ihre Mutter atmen. »Gut, und wenn

er sagt, dass es ihm überhaupt nicht gefällt, obwohl er es spitze findet – wie willst du das beweisen? Am Schluss arbeitest du wirklich für nichts.«

»Oder ich bin in spätestens drei Wochen meine Sorgen los. Fürs Erste zumindest.« Clara wartete und sagte dann: »Was würdest *du* tun?«

»Hm.« Ellen schien zu überlegen. Dann erklärte sie: »Volles Risiko, Clara. Nur dann kannst du es herausfinden – und was soll's. Wenn es schiefgeht, hast du nichts verdient – aber auch nichts verloren!«

»Ich würde es mir jedenfalls nicht verzeihen, wenn ich es nicht ausprobieren würde. Immer das Gefühl, es hätte ja doch klappen können.«

»Klar! Du machst das.«

»Weißt du was, du bist die beste Mutter.«

Es war still, und Clara dachte schon, der Satellit habe sich verabschiedet.

»Hat auch lange genug gebraucht.« Ellen lachte fast schüchtern.

Clara stimmte ein. »Ende gut, alles gut«, sagte sie und fragte dann nach Katie.

»Spielt mit ihren Freunden. Sie hat ein solches Freizeitprogramm, das ist wirklich sagenhaft!«

»Ich rufe sie an, wenn sie zu Bett geht.«

»Gut. Das weiß sie schon. Mach dir keine Gedanken.«

Irgendetwas muss jetzt eigentlich noch verdammt schieflaufen, dachte Clara, als sie ihr Handy weglegte. Es hörte sich wirklich alles zu gut an, und es ging zu leicht. Sie setzte sich, wie jeden Abend, auf den Balkon und schaute auf die trostlose Fläche vor dem Hotel hinaus, die sie schon gar nicht mehr registrierte. Hoffentlich passierte nichts mit Katie. Wenn alles so gut lief, kam meist von irgendwo etwas her, das alles wieder zunichtemachte. Kann es wirklich sein, dass eine Vierjährige eine solch lange Trennungszeit ohne Weiteres verkraftet? Ihr schlechtes Gewissen Katie gegenüber quälte sie. Sie rief zwar mindestens viermal am Tag an, aber ihre Mutter hatte ihr schon zu verstehen gegeben, dass das nicht gut sei. Katie fühle sich nur verunsichert, wenn sie ständig anrufe. Um sieben Uhr, zur Zubettgehzeit, sei das okay. Und völlig ausreichend.

Neben sich hörte sie Stühlerücken. Aha, ihre Nachbarn richteten sich auf einen gemütlichen Abend auf dem Balkon ein. Gingen sie eigentlich nie weg?

Clara stand auf und holte ihre Brandyflasche. Vielleicht tat ihr ein Plausch ganz gut, der sie mal ein bisschen ablenkte.

»Darf ich?«, fragte sie und klopfte gegen die Trennwand.

Ihr Nachbar tauchte auf, seine Bräune hatte sich noch vertieft, sein strahlendes Lächeln war das gleiche. »Ja, der letzte Abend«, sagte er. »Das ist ein guter Grund, miteinander anzustoßen.«

Seine Partnerin tauchte neben ihm auf, auch ihr Gesicht hatte Farbe bekommen, allerdings sah ein rötlicher Fleck auf ihrer Wange eher ungesund aus. »Ach, wie schön«, sagte sie gleich. »Ich hole unsere Gläser, das ist eine nette Idee!«

Sie stießen an, und Clara beneidete die beiden. Wie sie sich so einig waren, wie sie sich anschauten, wie sie beide den Urlaub genossen und jetzt wieder zurückgingen mit der Aussicht, im nächsten Jahr wieder hier zu sein. Zwei Wochen lang, der Jahrestraum. Sie plauderten über alles Mögliche, aber Clara war mit ihren Gedanken ganz woanders. Warum war es so schwer, eine solche Liebe zu leben? Einfach zufrieden zu sein mit dem, was man hat, anstatt immer nach Neuem zu suchen und keine Zeit mehr für sich selbst zu finden? Sie dachte an sich und Paul. Worum war es da zum Schluss noch gegangen? Doch nicht mehr um ihr Glück im Kleinen, sondern nur noch um das Bild im Großen. Die Villa hatte ihr gemeinsames Ich ersetzt.

»Prost«, sagte Clara und spürte, wie ihr der goldfarbene Weinbrand zu Kopf stieg.

»Prost«, sagten die beiden und stießen erneut mit ihr an.

»Sehen wir uns nächstes Jahr wieder?«, wollte die Frau wissen und nahm einen kleinen Schluck. Dann fuhr sie in verschwörerischem Ton fort: »Wir buchen immer dasselbe Zimmer.« Sie warf ihrem Mann einen verliebten Blick zu. »Das ist ein bisschen so, als wäre es unser eigenes.«

Er fuhr ihr übers Haar.

»Darf ich Sie etwas …«, Clara suchte nach einem passenden Wort, »… Privates fragen?«

»Aber gern!« Beide schauten sie erwartungsvoll an.

»Wie lange sind Sie schon verheiratet?«

Sie schmiegte sich an ihn. »Ach, schon lange«, sagte sie.

Und er fügte an: »Nur nicht miteinander.«

Clara hatte Mühe, ihren Gesichtsausdruck nicht entgleisen zu lassen. »Und dann kommen Sie … vierzehn Tage?« Sie war sprachlos. »Ja, wie geht das denn?«

»Gut geht das«, sagte sie. »Das bringt neuen Wind in unsere Beziehungen.«

»Alle profitieren davon«, sagte er.

Vielleicht waren die Deutschen im Osten eben doch fortschrittlicher als die im Westen, dachte Clara und nahm noch einen Schluck.

»Haben wir Sie jetzt schockiert?«, wollte der Nachbar fürsorglich wissen.

»Nein«, gab Clara zurück, »nur inspiriert!«

Kitty und Lizzy hatten sich mit ihrem Outfit und ihrem Make-up viel Mühe gegeben, Tina hatte auch heute die Farbe Schwarz gewählt und für die Lippen ein dunkles Lila, Britta war wie immer adrett in Blau-Weiß, und Clara hatte einfallslos vor ihrem Kleiderschrank gestanden und sich schließlich für ein auf Figur geschnittenes weißes Kleid entschieden. Um es ein bisschen fetziger zu machen, legte sie sich einen ihrer aufwendig gearbeiteten Gürtel um, war aber trotzdem nicht so ganz mit sich zufrieden. Obwohl das Weiß auf ihrer Bräune schön wirkte, fühlte sie sich darin zu bieder. Irgendwie uralt. Wie Frau Doktor Flockheimer eben, sagte sie sich, was ihre Stimmung nicht gerade hob.

»Hey, schick«, sagte Lizzy, aber schon das Wort zeigte ihr, dass »schick« wirklich zum alten Eisen gehörte.

»Okay, ist gut«, sagte sie. »Mit wenig Busen kann man halt wenig anfangen.«

»Mit langen Beinen aber schon«, erwiderte Tina und zeigte auf ihr Kleid. »Knapp über dem Knie. Wir gehen doch zu keinem Vorstellungsgespräch.«

»Dann gib mir eine Schere …«

Tina lachte. »Ist das dein Ernst?«

»Ja, warum nicht.« Sie lachte mit.

Ein paar Leute, die auf dem Trottoir an einer abschüssigen Garageneinfahrt standen, ließen sie zunächst auf die Straße ausweichen, bis Clara Laute hörte. Kämpften da welche miteinander? Neugierig geworden, ging sie auf den Gehsteig zurück, um einen Blick zu riskieren. In der Hofeinfahrt war gerade ein Cockerspaniel dabei, eine Katze zu zerfleischen, die zwischen Garagentür und hoher Mauer in der Falle saß. Clara schoss zwischen den gaffenden Menschen hindurch, rannte hinunter, riss den Hund an Hals-

und Lendenfell hoch, nahm ihn und setzte ihn seinem Besitzer, einem jungen Kerl, der mit einer Leine dastand, vor die Füße.

»Was bist denn du für ein Arschloch!«, schrie sie außer sich. »Ist das hier ein Sport, oder was?«

»Ich konnte ihn nicht mehr halten«, sagte der junge Mann gleichgültig.

»Nimm ihn an die Leine, du Dreckskerl!«, wütete Clara. »Was heißt denn da, nicht mehr halten?!«, schrie sie weiter und fuhr in ihrer Wut auch die herumstehenden Leute an, die sich schnell zerstreuten.

Lizzy und Kitty waren schon zu der Katze hinuntergelaufen, die blutend auf der Seite lag und heftig atmete. Es war eine schwarze Katze, kaum ein Jahr alt.

Clara fuhr mit der Hand über ihr Fell, was sie erzittern ließ. »Und jetzt?«, fragte sie. »Wo gibt es hier um diese Zeit einen Tierarzt?«

Hilflos knieten sie um die Katze herum, die das kleine Maul geöffnet hatte und deren große Augen ins Leere starrten.

»Sie ist so mager«, sagte Tina und kämpfte mit den Tränen. »So verdammt mager!«

»Hat sie vielleicht sogar Junge?« Kitty streichelte sachte mit der Hand über den bebenden Bauch des Tieres, aber die Zitzen sahen nicht so aus.

»Wir könnten ein Taxi rufen. Ein Taxifahrer wird doch wissen, wo ein Tierarzt ist.«

»Hast du die Nummer eines Taxifahrers?«

»Ich rufe Andrés an«, rief Clara. »Der lebt hier doch! Der muss es doch wissen!« Ihre Hand ruhte auf dem Rücken der kleinen Katze, die etwas ruhiger wurde. »Jedenfalls lasse ich sie hier nicht so liegen!«

Andrés war nicht erreichbar, der Anrufer wurde gebeten, später noch einmal anzurufen.

»Später, später!«, fauchte Clara. »Wenn man so einen Kerl mal braucht …!«

»Ist doch immer so«, erklärte Lizzy. »Ich hab's nie anders erlebt.«

»Ich klingele am nächsten Haus!« Tina stand auf. »Irgendjemand muss doch helfen, wir können sie hier ja nicht verbluten lassen!«

»Um zehn Uhr abends willst du klingeln? Ob das mal gut geht!« Britta ging in die Hocke. »Wasser wäre nicht schlecht. Ihr Mäulchen ein bisschen benetzen, mehr werden wir nicht tun können.«

Tina riss eine kleine Wasserflasche aus ihrem Beutel und reichte sie Britta. »Wieso sagst du das?«, fragte sie. »Klar können wir was tun. Ich rufe jetzt in unserem Hotel an, damit sie uns ein Taxi schicken.«

»Sie stirbt. Das Kätzchen stirbt«, sagte Britta mit rauer Stimme.

Als sie zehn Minuten später die Garageneinfahrt verließen, hatten alle tränenverschmierte Augen.

»Oh Gott, muss so etwas passieren?«, klagte Kitty.

»So eine gottverfluchte Scheiße!«, schimpfte Tina.

»Das arme Kätzchen, es hatte überhaupt keine Chance!« Lizzy fuhr mit dem Handrücken unter die Nase.

»Wollen wir überhaupt noch feiern?« Britta schaute die anderen an.

Clara schüttelte den Kopf. »Mir ist nur schlecht!«

»Dann lass uns doch an den Strand gehen«, schlug Britta vor. »An irgendeiner Bude was kaufen. Ganz unkompliziert, die Füße im Wasser.«

Sie nickten.

»Und dann kannst du uns ja auch in aller Ruhe von deinem Tag erzählen«, schlug Britta vor.

Clara nickte. »Wenn das klappt, wenn das wirklich klappt, dann lade ich euch alle für eine Woche ein!«

»Eine Woche?« Lizzy schüttelte den Kopf. »Bist du verrückt? Das wären über 2000 Euro!«

»Ohne euch hätte ich das nicht geschafft! Ohne euch würde ich wahrscheinlich heute noch allein durch die Gassen laufen und wüsste nicht, dass es eine solche Freundschaft unter Frauen überhaupt gibt!«

»Ja, klar gibt's die.« Kitty schaute sie kopfschüttelnd an. »Bist du jetzt völlig durchgeknallt?«

Clara hielt beschwichtigend die Hände hoch. »Nein, ich weiß, wovon ich rede! Und ich meine es ernst. In etwa drei Wochen weiß ich, ob dem Auftraggeber dieses Appartement gefällt oder nicht. Und wenn es ihm wirklich gefällt und ich mein Honorar gekriegt habe, dann rufe ich euch an!«

»Damit dann gleich wieder alles weg ist?« Kitty schüttelte noch immer den Kopf. »Nein, nein, Kindchen, behalt das mal. Du wirst es noch brauchen!«

Sie drehten dann doch noch eine Abschiedsrunde durch die Bars und Diskotheken, aber so richtig kamen sie nicht in Stimmung. »Es wird komisch sein ohne euch«, sagte Clara und schaute einer Tabledancerin zu, die sich nach allen Regeln der Kunst an einer Stange verbog.

»Na, wir sind doch alle aus Kölle, das ist doch kein Problem«, bemerkte Lizzy betont fröhlich.

»Das ist aber leider nicht das Gleiche, und außerdem seid ihr morgen weg!«

»Ja, da hat sie recht!« Tina nickte und musterte sie. »Und

bei den Weight Watchers würdest du eine komische Figur machen.«

Die vier schauten Clara an, und alle mussten lachen.

»Die kämen sich veräppelt vor.« Britta bekam einen Schluckauf. »Entschuldige, aber der Gedanke ist großartig. Wir treffen uns alle wieder bei den Weight Watchers. Zumindest ich habe es allmählich nötig …«

»Also gut, Leute, damit sich das Abnehmen auch lohnt – ich gebe jetzt eine Runde aus!« Clara winkte dem Kellner. »Ich vertraue auf meine Zukunft, ich vertraue auf euch und darauf, dass die kleine Katze nun im Katzenhimmel ist. Da geht es ihr vielleicht sowieso besser als hier unten. Also – eine Runde Sangria, wie es sich gehört!«

Am nächsten Tag herrschte in zweifacher Hinsicht Katzenjammer. Clara wachte auf, und ihr Kopf hämmerte. Dann merkte sie, dass jemand an die Tür klopfte. Das Zimmermädchen wollte das Zimmer für den anreisenden Gast richten und war erstaunt, Clara noch darin vorzufinden.

Clara hatte sich ein Badetuch umgewickelt und konnte sich nicht verständlich machen, aber es war offensichtlich, dass da etwas schiefgelaufen war.

»Two weeks«, sagte sie und reckte zwei Finger in die Höhe. »Dos! Two weeks. Deux semaines, dos, due.«

Mehr Sprachen konnte sie nicht. Die junge Frau schüttelte stur den Kopf und zeigte auf den Plan. Und das konnte Clara auch sehen, dort war ein anderer Name eingetragen.

»Langsam, das kläre ich«, sagte sie ihr und ließ den Zeigefinger kreisen wie früher beim Telefonieren. Die junge Frau nickte und blieb stehen. Clara griff sich das Telefon, und wie sie es schon befürchtet hatte, gab es keinen Hinweis auf die hausinterne Nummer der Rezeption.

»Numero Receptione?«, fragte sie genervt.

»Einhundertzwölf«, sagte die Frau plötzlich glasklar, sodass Clara fast der Hörer aus der Hand fiel.

»Sie sprechen ja Deutsch!«

»Jedenfalls besser als Spanisch oder das ganze Kauderwelsch, das Sie eben bemüht haben!«

»Ja, dann haben Sie doch auch verstanden, dass ich für zwei Wochen gebucht habe!«

»Wie auch immer, ich arbeite im Akkord, und hier reist jemand an. Für lange Diskussionen habe ich keine Zeit. Klären Sie das doch bitte, ich komme dann noch einmal zurück!« Sie nickte ihr zu, ging hinaus und schob ihren Wagen weiter.

Clara ließ sich aufs Bett sinken. Akkord. Was es nicht alles gab. Ihr Schädel brummte heftiger als zuvor. Was hatte sie gesagt? Einhundertzwölf?

Sie wählte. Der Mann an der Rezeption verstand sie nicht. Diesmal versuchte sie es gleich auf Deutsch, aber das war so wenig erfolgreich wie auf Französisch oder Englisch.

Sie schlüpfte in Jeans und T-Shirt, aber vor der Rezeption standen etwa fünfzig Neuankömmlinge mit ihrem Gepäck in langen Schlangen, sodass sich Clara entschied, die Dinge locker zu nehmen. Sie ging wieder auf ihr Stockwerk und suchte das Zimmermädchen. Sie war schon einige Zimmer weiter.

»Wann soll dieser Mensch denn kommen?«, wollte Clara wissen.

»Wie alle anderen. Die meisten sind schon da, die Zimmer müssen ab fünfzehn Uhr zur Verfügung stehen.«

»Darf ich noch einmal auf Ihren Plan schauen?«

Achselzuckend zog sie ihn aus der großen Tasche ihrer Schürze.

Clara musste lachen. »Hier ist Doktor als Nachname eingetragen. Den Rest hat der Typ von der Rezeption durcheinandergebracht. Ich gehe mal davon aus, dass es ein Irrtum ist.«

Das Zimmermädchen grummelte etwas und stopfte den Plan in die Tasche zurück.

»Gut, aber dann ist das wenigstens geklärt. Ich bleibe dort wohnen.«

Zurück in ihrem Zimmer, fiel Clara wieder auf ihr Bett. Ihr Handy piepste. Andrés hatte eine Nachricht hinterlassen, er wollte wissen, ob gestern alles gut gelaufen sei und ob er sie heute sehen könne.

Sie klappte ihr Handy zu. Andrés, das war wie eine andere Welt. Sie hatten gestern Nacht noch überlegt, zum Abschluss ihrer Runde in seine Disco zu gehen, aber es war ihnen nicht nach Schickimicki, sondern mehr nach dem ehrlichen Nepp in der Schinkenstraße. Sie klappte ihr Handy wieder auf und rief ihn an.

»Ich könnte dich auf eine Busreise mitnehmen«, sagte Andrés mit einem Lachen in der Stimme. »Kennst du Cala Figuera schon, den wunderschönen Hafen mit den alten Fischerhäusern, ehemaliges Schmugglergebiet? Der Ort liegt zwischen zwei Meeresarmen, die ins Land gehen. Wir könnten dort einen Wein trinken, den Fischern zuschauen und eine Pizza essen.«

»Pizza!«, sagte Clara verächtlich. »Wie wäre es mit Empanadas?«

»Ach, jetzt werden wir aber anspruchsvoll!« Andrés lachte noch immer. »Ich weiß nicht, ob die dort so was haben!«

Clara überlegte.

»Du darfst auch vorn neben mir sitzen«, lockte er mit süßlicher Stimme.

»Du meinst, zwischen dir und dem Fremdenführer.«

Er lachte wieder. »Näher bei mir!«

Clara überlegte kurz. Chantal hatte alles angeleiert, ihre eigenen Verbindungen brauchte sie offensichtlich nicht, Sachs war von ihr über den Zeitplan informiert worden, zu tun gab es heute nichts.

Clara fuhr mit Andrés mit und war auch die nächsten Tage in einem Zustand zwischen unbeschwertem Touristendasein und aufregender Zukunftsaussicht. Sie hatte sich einen kleinen Wagen gemietet und fuhr los, wenn Chantal anrief. Die lebhafte Französin hatte wirklich glänzende Geschäftsverbindungen, und die beiden saßen viele Stunden vor Chantals Laptop auf dem Schiff, schauten sich verschiedene Möbel, Gemälde und Leuchter an und entschieden dann gemeinsam, was sie bestellen wollten. Sachs hatte tatsächlich Porträtfotos des Russen und seiner Freundin organisiert, und Alain trieb einen entsprechenden Kunstmaler auf. Clara und Chantal waren mehrfach im Appartement, um sich darüber klar zu werden, wo die betreffenden Möbel am besten wirkten und was sie noch an Bildern oder Stoffen brauchen würden. Mit Chantal arbeitete Clara Hand in Hand, was für sie eine völlig neue Erfahrung war.

»Was würde ich ohne euch nur machen«, sagte sie eines Abends, als sie zu dritt auf dem Schiff saßen und Julien zum obligatorischen Glas Champagner spanische Leckereien auftischte.

»Du würdest verhungern«, sage Alain. »Und dazu braucht es bei dir nicht mehr viel.«

»Na!« Clara schaute an sich hinunter. »Stimmt doch gar nicht! Und Chantal hat ja nun auch nicht gerade Speck auf den Rippen.«

Alain lachte. »Trotzdem«, sagte er, »ewig können wir auch nicht hierbleiben, wir haben noch einige Termine in Südfrankreich. Und wir müssen hin, bevor die Herbststürme kommen.«

Clara schaute ihn betroffen an. »Ich hätte nicht gedacht, dass ihr euer Heim verlegt.«

Alain lachte wieder. »Aber deswegen ist es ja ein Schiff, damit man flexibel und beweglich ist.«

»Herbststürme kommen erst im Oktober«, sagte Clara. »Jetzt ist erst mal Anfang September!«

»Stürme kommen schneller, als man denkt«, raunte Chantal.

Viele der ausgesuchten und bestellten Möbel, Gemälde und Teppiche trafen innerhalb der nächsten Tage ein, dazu Nippes und Dekorationsstücke, die zum Teil sehr wertvoll, manche aber auch einfach nur kitschig waren. Clara konnte nur staunen, wie schnell Alain die entsprechenden Transportwege herausgefunden hatte.

»Das ist unser Job«, sagte er. »Import, Export, das ist Logistik, da musst du wissen, wie du die Dinge von A nach B bekommst, sonst wechselst du besser das Metier!«

»Wenn ich mein Honorar bekomme, müsste ich euch eigentlich achtzig Prozent abgeben«, sagte sie. »Ich tu doch eigentlich gar nichts!«

»Wenn du im Spiel drin bist und weiterhin Aufträge bekommst, sind wir auch im Geschäft«, sagte Alain. »Dann weißt du ja, an wen du dich wenden kannst. Dies hier ist unser …«, er lächelte Chantal zu, »… sagen wir mal: Lockangebot.«

»Okay.« Clara nickte. »Ich lerne ja auch dazu. Trotzdem. Ihr investiert Zeit, also sollt ihr auch was bekommen.«

»Wenn es klappt, lassen wir uns von dir ins teuerste Restaurant der Insel einladen!«

»Gebongt!«

Die zweite Woche war fast herum, und Clara hatte Andrés auf zwei Fahrten begleitet. Aber nachts war er in der Disco, und sie wollte dort nicht allein an der Bar herumstehen, deshalb hatten sie ansonsten nicht sehr viel Zeit miteinander verbracht. Als sie jetzt von Bord ging, war es schon zehn, und sie hatte plötzlich Lust auf ihn. Tatsächlich, seine junge, frische Art, sein Körper und auch seine Zielstrebigkeit gefielen ihr. Er wusste, was er wollte. Er baute sein neues Leben auf, genau wie sie.

Kurz entschlossen rief sie ihn an.

Andrés lachte. »Ich dachte schon, unsere Disco hätte dir nicht gefallen«, sagte er. »Die Schlange ist riesig, aber wenn du kommst, könnte ich mich vielleicht dazu hinreißen lassen …«

»Ach, wozu denn?«

»Dich vorbeizuschleusen.«

»Und wenn ich mir an der Bar dann einen der reichen Russen schnappe?«

»Dann lege ich ihn um.«

»Ach ja, einfach so?«

»Ja, die sind das gewohnt.«

»Na, gut, das beruhigt mich.« Clara stieg in ihren kleinen Twingo und fuhr nach Arenal. Wie schnell man sich doch an fremde Städte gewöhnt, überlegte sie, während sie durch die Straßen fuhr, die ihr alle schon vertraut vorkamen. Und tatsächlich, sie verfuhr sich kein einziges Mal, erkannte die Straße wieder und fand auf Anhieb einen Parkplatz. Das ließ sich gut an.

Die Schlange vor dem Eingang war diesmal kürzer, dafür waren alle Sitzgruppen im Vorgarten belegt. Clara schaute sich im Vorbeigehen die Leute an. Es waren wieder viele junge Frauen und Männer, die sich mit ihrem Styling offensichtlich Mühe gegeben hatten. Sie nicht, sie hatte eben im Auto noch schnell ihren Kajalstrich erneuert und die Lippen nachgezogen. Und sie trug eine eng sitzende schwarze Bluse zur Jeans. Aber immerhin hatte sie einen teuren Gürtel und heute sogar hohe, offene Schuhe an.

Andrés kam ihr entgegen. Als er Clara an sich zog und sie mitten auf den Mund küsste, gab sie den Kuss mit einem guten Gefühl zurück.

»Gut siehst du aus«, sagte er und hielt sie auf Armlänge von sich weg, um sie zu betrachten und sofort wieder an sich zu ziehen.

»Sagt der Prinz im Blütenmeer.« Clara wies auf die Menschen um sie herum.

Er lachte. »Junge Küken«, sagte er dann und legte den Arm um sie, während er mit ihr zum Eingang ging. »Sie warten tatsächlich noch auf ihren Prinzen.« Er zuckte die Schultern und grinste. »Und die Jungs auf ihre Prinzessin«, er küsste sie aufs Ohr, »aber dich kriegen sie nicht!«

Pablo sah sie kommen und stellte augenzwinkernd zwei Gläser Champagner auf den Tresen. Andrés nahm sie und reichte Clara eins davon mit einer angedeuteten Verbeugung.

»Ah«, sagte sie, »gibt es was zu feiern?«

»Ja, dich!« Er stieß sein Glas sachte gegen ihres. »Und möglicherweise hast du mir Glück gebracht.«

»Ich?« Sie schaute ihn erstaunt an. »Das wäre mal eine neue Eigenschaft an mir. Die kenne ich noch nicht. Womit denn?«

Andrés setzte sein Glas an den Mund und wartete, bis auch sie einen Schluck nahm.

»Stell dir vor, mir wurde die Geschäftsleitung eines wirklich guten italienischen Restaurants in Puerto Portals angeboten. Mit Gewinnbeteiligung. Der Besitzer braucht einen Nachfolger, der jetzige Geschäftsführer macht sich in Palma selbstständig. Wenn das klappen würde, wäre ich schneller auf der Zielgeraden, als ich mir je hätte träumen lassen.«

Clara überlegte. »Das hört sich ja märchenhaft an.« Sie nahm noch einen Schluck. »Eigentlich zu märchenhaft, wenn ich es mir genau überlege. Warum sollte das jemand tun?«

Andrés schüttelte leicht den Kopf. »Genau so eine bodenständige Zweiflerin brauch ich an meiner Seite. Ich sehe schon, wir sind ein wirklich gutes Paar.«

Clara biss sich auf die Lippen. »Tut mir leid«, sagte sie. »Ich wollte dir deine Freude nicht verderben ... ich kann nur aus dem Stand nicht so euphorisch sein, weil mir das so ... Warum tut er das? Kennst du ihn hier von der Disco?«

»Ach so, du meinst ...« Andrés lachte. »Nein, jetzt verstehe ich, was du denkst. Du meinst, ich hätte ihm ein Mädchen zugeschanzt, und dafür bekomme ich den Job? Oder, nein«, er betrachtete sie kurz, »nein, du denkst, Türsteher und Busfahrer, und dann plötzlich Geschäftsführer eines guten Restaurants, das passt doch nicht zusammen.« Er runzelte die Stirn. »Meine Liebe, ich sehe, du hast meine Geschichte vergessen.«

Clara überlegte. »Stimmt«, bestätigte sie dann. »Vier Jahre in Berlin. In einem Restaurant.« Sie legte ihre Wange an seine. »Du hast recht«, sagte sie leise. »Ich bin zu sehr mit mir selbst beschäftigt. Tut mir leid!«

»Muss dir nicht.« Andrés drückte sie an sich. »Und außerdem trifft es sich gut, dass du da bist, er kommt nämlich gerade herein, dann kannst du ihn selbst kennenlernen. Jedenfalls ist er einer der ganz Großen, hat mehrere Restaurants und Hotels hier auf Mallorca und auch in Deutschland – also kein Schaumschläger!« Er küsste Clara auf die Wange und stellte sein Glas ab.

»Schön, Sie zu sehen«, sagte er, und Clara drehte sich um. Der Mann, der Andrés eben die Hand hinstreckte, war gegen den hellen Strahler schlecht zu erkennen. Während die beiden sich begrüßten, trat Clara einen Schritt zurück.

»Kennen wir uns nicht?«, fragte er, und Clara starrte ihn an.

»Das ist jetzt aber nicht wahr«, sagte sie schließlich und hielt ihm dann ihre Hand hin. »Friedrich! Wie schön! Ich habe mich schon gefragt, wie ich mich noch einmal bei Ihnen bedanken kann.«

Andrés schaute von einem zum anderen.

»Hat es denn geklappt?«, wollte Friedrich freundlich wissen, umschloss ihre Hand mit seinen beiden Pranken und hielt sie warm und weich wie in einem Pantoffel gefangen.

»Und ob!«, antwortete Clara. »Und sogar schneller, als ich gedacht hatte, noch am selben Nachmittag.«

»Das wollte ich dem alten Schwerenöter auch geraten haben.«

Clara spürte, dass sich in ihrem Kopf etwas zusammenfügen wollte, aber Andrés legte seine Hand auf Friedrichs Handrücken und schien sich über den Zufall zu freuen. »Ja, wunderbar«, sagte er, und seine Augen sprühten. »Das ist ja wie eine Fügung des Schicksals. Woher kennen Sie sich denn?«, fragte er Friedrich, und Clara fiel auf, dass sie Friedrich unbekümmert beim Vornamen genannt hatte, während er für Andrés doch offensichtlich eine Respektsperson war.

»Ich habe kleinere Dienste für sie übernommen«, umschrieb Friedrich die Fotostory.

Und Clara entging nicht, dass Andrés ihr einen Blick zuwarf, den sie aber nicht richtig deuten konnte. War es mehr Anerkennung oder mehr Erstaunen?

»Und Sie bieten nun also Andrés die Geschäftsleitung eines Restaurants an«, sagte sie, »dann gehe ich davon aus, dass Sie sich der Qualitäten meines Freundes bewusst sind.«

»Allemal«, erwiderte Friedrich und lächelte ihr zu. »Das kann man so sagen. Oder besser: Mein Freund, bei dem er in Berlin gearbeitet hat, sagt das und hat ihn mir sehr empfohlen.«

»Ihr Freund? In Berlin?« Clara runzelte kurz die Stirn. »Was für ein Zufall.«

»Nicht so zufällig, wie Sie denken.« Friedrich lächelte noch immer. »In dieser Branche kennt man sich und gibt sich gegenseitig Tipps. Andrés ist meinem Freund einfach als besonders fähiger Mitarbeiter aufgefallen. Und dazu kennt er die Insel, die Mentalität und spricht die Sprache. Das ist perfekt!«

»Hört sich so an«, nickte Clara.

»Und wenn er sich bewährt, kann er auch Teilhaber werden.«

»Teilhaber?«, wiederholte sie. »Das klingt erst mal nach hohem finanziellen Einsatz.«

»Das eilt nicht. Wäre aber anzudenken.« Er lächelte noch immer. »Mit Ihnen als Bürgin?« Er sagte es leichthin wie im Scherz, aber seine Augen ruhten auf ihr, und Clara erwiderte seinen Blick.

»Wenn ich eine gute Auftragslage hätte«, sagte sie leise,

sodass Andrés es nicht hören konnte, »dann wäre das kein Problem. Oder zumindest zu überlegen.«

»Innenarchitektinnen sind gefragt«, sagte er und entließ ihre Hand.

Andrés drehte sich nach Pablo um. Der war gerade mit einigen Cocktails beschäftigt, kam aber dazu, als er Andrés' suchenden Blick sah. Den kurzen spanischen Wortwechsel verstand Clara nicht, aber offensichtlich war Pablo sauer. Auch Friedrich war seine Stimmung nicht entgangen.

»Wenn er Sie nicht verlieren will, kann er doch nachkommen«, schlug er Andrés vor. »Pablo leistet gute Arbeit – vielleicht gefällt ihm Puerto Portals ja besser als Arenal?«

Andrés zuckte die Achseln. »Bevor ich ihn frage«, erklärte er, »muss ich sicher sein, dass unsere Vereinbarung läuft, und ich muss die Bedingungen kennen.«

»Der Deal läuft«, sagte Friedrich und schaute dabei Clara an.

Donnerwetter, dachte Clara. Wie konnte ich mich in ihm nur so täuschen. Wie habe ich ihn genannt, *Friedrich, den Aufschneider*? Ich muss gleich die Mädels anrufen, das glauben die mir nicht!

»Den Vertrag machen unsere Anwälte«, erklärte Friedrich weiter. »Ich freue mich, wenn Sie bei uns einsteigen.« Er legte Clara die Hand auf die Schulter. »Andrés ist ein guter Mann«, sagte er und schaute dabei Pablo nach, der schon wieder bei seinen Cocktails war. »Leider bekommt man hier sehr wenig zu trinken. Das muss sich im *Amici miei* ändern.«

Um zwei Uhr morgens hielt Andrés es nicht mehr aus. Friedrich war bereits eine Stunde zuvor von seinem Chauffeur abgeholt worden, als Andrés zu Clara sagte: »Wir hauen ab.« Die Disco war für Claras Begriffe noch immer brechend voll, die Schlange aber schon so überschaubar geworden, dass Andrés den Eingang einfach freigab. »Komm«, sagte er und griff nach Claras Arm. »Wir müssen uns jetzt kennenlernen.«

Clara war nicht so klar, was er meinte, aber sie ließ sich von ihm zur Bar ziehen, wo er von Pablo eine Flasche Champagner bekam. Dann liefen sie eng umschlungen zum Strand, und Andrés sprühte so vor jungenhaftem Charme und guter Laune, dass Clara mit jedem Schritt jünger wurde. Als sie am Strand ankamen, fühlte sie sich wie sechzehn.

An einem menschenleeren Strandabschnitt zogen sie sich aus, öffneten die Flasche und liefen zum Meer, das schwarz und wogend vor ihnen lag. Hand in Hand rannten sie hinein, den Wellen entgegen, und umarmten sich lachend, während das Wasser um Claras Brüste strich und der Sand wie Treibsand durch ihre Zehen floss. Sie warf beide Arme hoch und ließ sich nach hinten fallen, aber Andrés legte einen Arm um ihre Taille und hielt sie fest. Mit nassen Haaren tauchte sie wieder auf, und sie tranken abwechselnd aus der schäumenden Flasche, bis sich der Champagner mit dem Salzgeschmack der Lippen mischte und Clara die Beine um seine Taille schlang und er in sie eindrang, während ihr der Champagner noch immer über das Gesicht in ihren offenen Mund rann. Sie trank und liebte sich mit diesem Gefühl der doppelten Befriedigung in eine Ekstase, die sie fast besinnungslos machte. Um sie herum das schwarze Meer, die Wellen, der Mond, die Sterne und die Lichter der Stadt, sie fühlte sich wie im Rausch. Und als Andrés in einer starken Welle seinen Stand verlor, gingen sie beide unter und tauchten prustend, aber noch immer vereint, wieder auf. Ihre Lust war noch nicht befriedigt, und sie wurden härter und schneller in ihren Bewegungen, bis beide mit ganzer Kraft stießen. Als es in Claras Kopf rot explodierte, war es ihr egal, ob nun die Welt unterginge, ein Hai käme oder ein Meteorit einschlagen würde, sie war eins mit der Natur, dem Universum und sich selbst … Sie tauchten beide ab, und Clara fragte sich, ob man im Wasser schwitzen könne, sie fühlte sich so. Wie im Lavastrom, alles um sie herum war viel zu heiß.

Andrés trug sie hinaus, und Clara genoss das Gefühl, wie das Meer Meter um Meter ihren Körper freigab und wie sich die Wassertropfen auf ihrer Haut einen Weg suchten, um sich schließlich in ihrem Bauchnabel zu sammeln. Sie spürte den leichten Wind, der über ihre Haut strich und sie abkühlte. Dann lag sie im warmen Sand, der die Sonne gespeichert hatte und nun ein weiches Bett war. Andrés streckte sich neben ihr aus, und sie schauten sich eine Weile schweigend an, bis Clara sich aufstützte. »Und?«, fragte sie dann. »Hast du mich jetzt kennengelernt?«

»Fast«, sagte er.

Am nächsten Morgen verpasste Clara ihr Frühstück, so lange hing sie an ihrem Handy. Kitty, Lizzy und Tina, alle wollten es kaum glauben und quetschten sie über die einsamen Tage auf Mallorca aus. »Wie wäre es eigentlich mit einer Konferenzschaltung?«, sagte Clara schließlich. »Einzeln kommt ihr mir zu teuer.«

Das Telefonat mit Britta sparte sie sich bis zum Schluss auf, und auch Britta lachte herzlich über ihre Mitteilung. »Der Friedrich?«, sagte sie dann, und Clara sah sie förmlich vor sich. »Dass der … willst du mich veräppeln?«

»Nein, ganz und gar nicht«, entgegnete Clara.

»Und du täuschst dich nicht?«

»Bestimmt nicht, es ist *unser* Friedrich, und Andrés kennt ihn als erfolgreichen Geschäftsmann.«

»Er wirkte doch eher wie ein verspielter Opi mit seinem Drucker und dem ganzen Kram.«

»Ja, aber er hat uns die beiden Jungs damals schon als seinen Chauffeur und seinen Piloten vorgestellt. Er hat nicht geschwindelt.«

Britta lachte wieder. »Und ich dachte immer, ich hätte eine gute Menschenkenntnis«, sagte sie, und sie klang sehr vergnügt.

Clara lachte mit. »Da siehst du mal. Nichts ist, wie es scheint.«

»Apropos«, kam es zurück, »wie ist es denn mit Andrés und dir?«

Clara überlegte. »Das weiß ich selbst nicht. Es ist schön mit ihm, aber er ist immerhin sieben Jahre jünger als ich.«

Es war kurz still. »Du wirst mir aber jetzt nicht sagen wollen, dass das ein Argument für dich ist.« Britta klang ungläubig.

»Ich hatte immer ältere Männer. Das ist einfach … ungewohnt.«

Britta schnaufte. »Dann wirst du einfach umdenken müssen. Heute brauchst du keinen älteren Mann mehr. Für was denn?«

Clara überlegte und zuckte die Schultern, während sie sich im Badezimmerspiegel anschaute. Sie kam einfach nicht vom Fleck. Noch immer hatte sie sich nicht geschminkt und stand in Slip und offener Bluse da.

»Keine Ahnung«, sagte sie. »Ich glaube, das ist Gewohnheitssache.«

»Dann gewöhn dich dran!«

Clara musste wieder lachen. »Du schenkst mir immer

gute Laune, Britta. Es ist so schön, mit dir zu telefonieren. Noch schöner wäre es allerdings, wenn du hier wärst!«

»Apropos«, sagte Britta. »Oder wiederhole ich mich?«

»Mit apropos schon. Sonst nicht. Was willst du denn sagen?«

»Es bricht die dritte Woche an. Die wirst du für deinen Job brauchen, sehe ich das richtig?«

»Ja, Ende dieser Woche entscheidet sich, ob der Russe das Appartement mag. Und … ob es bis dahin wirklich fertig ist.«

»Wie sieht es denn aus?«

»Es wird super. Superrussisch! Chantal hat unglaublich gute Kontakte. Ich weiß nicht, wie sie das zaubert – alles geht blitzschnell!«

»Und was ist mit deiner Tochter?«

»Ja …« Clara zögerte. »Das zerreißt mich richtig. Ich will hier eine Zukunft aufbauen und habe vielleicht die einzige wirkliche Chance dazu, aber gleichzeitig wird mir schlecht, wenn ich an Katie denke. Soll ich nicht vielleicht doch nach Hause fliegen? Es treibt mich wirklich um!«

»Soll ich mich mal kümmern, mit ihr was Tolles unternehmen, deine Mutter entlasten?«

Clara holte tief Luft. »Das wäre wirklich ein Geschenk, ich denke, jede Ablenkung tut gut.«

»Ja, dann machen wir es doch so. Simse mir die Telefonnummer, und gib deiner Mutter vielleicht Bescheid, damit sie nicht denkt, ich sei eine Verrückte – und dann schaukeln wir das Kind schon.«

»Ich weiß gar nicht …«, begann Clara.

Sie wurde von Britta unterbrochen: »Du verpasst dein Frühstück«, sagte sie. »Schau, dass du was auf die Rippen kriegst, Männer mögen keine dünnen Hühner!«

Als Clara ihr Handy auf den Waschtisch legte, fühlte sie eine warme Dankbarkeit. Es tat so gut, solche Freunde zu haben. In dem Moment klingelte das Handy, und das Display zeigte Chantals Nummer.

»Du glaubst es nicht«, sagte Chantal mit ihrem französischen Akzent und ohne jede Begrüßung. »Hier treffen die Container im Stundentakt ein, und der Maler hat auch schon angerufen, sein Werk sei fast fertig. Es geht viel schneller als gedacht – einfach ungläubig.«

Clara musste lachen. »Du meinst, unglaublich!«

»Ja, très ungläubig! Und du musst kommen, es geht in die heiße Phase.«

»Ich bin schon unterwegs!«

Clara legte ihr Handy ab, cremte ihr Gesicht ein, tuschte die Wimpern und angelte nach ihrer Jeans. Gürtel, Schuhe, Blusenknöpfe zu, alles musste schnell gehen. Autoschlüssel, einmal durch die Haare, Lippenstift auftragen, Tasche mit Geldbeutel und Appartementschlüssel. Sie war stolz auf sich, als sie nach fünf Minuten die Tür hinter sich zuzog.

Draußen lief sie in einen Mann, der mit einem anderen vor ihrer Tür gestanden hatte. Sie erschrak und entschuldigte sich, und er antwortete in einer Sprache, die sie nicht verstand. Ging das schon wieder los, dass andere ihr Zimmer beziehen wollten? Aber es erinnerte sie daran, dass sie sich noch um die nächste Wochenbuchung kümmern musste.

Chantal erwartete sie bereits vor der Eingangstür des großen Appartementhauses.

»Ein Lastwagen ist schon vom Hafen aus unterwegs«, sagte sie aufgeregt und küsste Clara zur Begrüßung auf beide Wangen. »Trois fois«, erklärte sie noch, weil Clara sich schon wieder zu früh zurückziehen wollte. *Dreimal* hieß es in Frankreich und in der Schweiz.

Clara wusste das, aber sie war eben stur deutsch. Das fand sie eine gute Entschuldigung. Man musste ja nicht immer multikulti sein.

Chantal tänzelte vor ihr her die Treppen hoch, und wieder bewunderte Clara ihren athletischen Körper. Sie trug nur ein weißes Unterhemd aus Feinripp und dazu eine weiße, knielange Jeans, aber der Kontrast zu ihrer bronzefarbenen Haut und den dunklen, langen Haaren war vollkommen.

»Das ist gegen mein Croissant«, sagte sie über die Schulter hinweg. »Oder wolltest du mit dem Lift fahren?«

»Ich hatte noch kein Croissant«, entgegnete Clara. »Nicht mal einen Kaffee!«

»Mon dieu!« Chantal blieb auf der nächsten Stufe stehen, drehte sich um und schaute sie mitleidig an. »Das ist ja dramatisch. Ohne Espresso bin ich morgens tot!«

Clara schüttelte den Kopf. »Ohne Liebe ist viel schlimmer«, sagte sie und wunderte sich gleich darauf, wo das so spontan herkam.

»Oh, là, là«, zwitscherte Chantal und grinste. »Gut. Aber nach der Liebe einen Espresso!«, sagte sie und lief weiter.

Der Kunstmaler schien in seinem Element zu sein. Es war unverkennbar, dass er an dem Auftrag Spaß hatte. Der Ferrari zierte die Wand neben der Eingangstür, als ob man direkt vorgefahren sei. Auch der Hausherr hinter dem Steuer war schon in feinen Strichen zu erkennen ebenso wie die Konturen einer Frau auf dem Kotflügel.

»Das wird superb«, sagte Chantal und warf ihm eine Kusshand zu. »Und das Porträt?«

Er hatte einen verschwitzten Monteursanzug an, der

über und über mit Farbe bedeckt war. Seine schwarzen, strähnigen Haare hatte er in einem Pferdeschwanz gebändigt, und in seinem Mundwinkel hing eine Kippe. Er sah malerischer aus als sein Werk.

»In zwei Tagen«, sagte er. »Morgen mache ich dies hier fertig, übermorgen das Porträt. Ich habe einen Rahmen dazu besorgt, er lehnt am Kamin. Schauen Sie, ob das Ihren Vorstellungen entspricht.« Dabei ließ er seinen Blick zwischen Chantal und Clara hin und her schweifen. Anscheinend wusste er nicht so genau, wer von beiden die Auftraggeberin war.

»Okay«, sagte Chantal und klatschte in die Hände. »Wenn gleich der Lkw kommt, fangen wir an mit dem fröhlichen Möbelrücken!«

Es war schon einiges geliefert worden, und Clara ging mit einem Gefühl leichten Unwohlseins zwischen den Stücken hindurch. Es widersprach alles so sehr ihrem eigenen Geschmack, dass sie es kaum sagen konnte. Und auch die Mischung suchte ihresgleichen. Schöne klassische Stücke zwischen so hoffnungslos kitschigen Accessoires, dass es Clara schier die Tränen in die Augen trieb. So gnadenlos konnte man nicht übertreiben, dachte Clara, kein Mensch konnte sich in solch einem monströsen Plunder wohlfühlen.

»Die Fliesenleger müssten fertig sein«, unterbrach Chantal ihre Gedanken. »Lass mal sehen, ob sie das römische Muster hinbekommen haben. Und dann noch die Badewanne mit den goldenen Pranken. Die kommt nachher auch. Und die Spiegel ebenfalls. Jetzt dürfen sie bei der Montage nur nichts beschädigen, die Jungs, dann ist alles gut.«

Tatsächlich, mithilfe der Männer, die mit dem Lkw kamen, begannen sie die Möbel und Kunstwerke an ihre

Plätze zu stellen, Lüster und etliche Lampen wurden aufgehängt und angeschlossen, die Badewanne installiert und die Spiegel angebracht, gut zehn Männer waren in dem Appartement beschäftigt und mittendrin Chantal und Clara, die jeden Schritt miteinander besprachen und zwischendurch ein üppiges Catering für die Männer kommen ließen. Um sieben Uhr abends war es fast schon perfekt.

»Unglaublich«, sagte Clara und verbesserte sich sofort. »Ungläubig, das hätte ich nicht gedacht!«

»N'est-ce pas«, lachte Chantal. »Das macht richtig Spaß! Da sieht man, was geht! Ich darf ja sonst immer nur importieren oder exportieren, aber das hier … mon Dieu, das ist perfekt. Alles kommt, alles ist da, alles passt. Das ist formidable!« Sie lachte Clara an. »Champagner!«, rief sie und machte eine ausladende Handbewegung. »Jetzt fehlen nur noch die Teppiche, die Vorhänge und der Inhalt des Kühlschranks. Geschirr … das ist schon bestellt. Versace. Außerdem ein paar Kleinigkeiten noch. Dann kann er kommen, der Monsieur Rüsse mit seine Mätresse. Wie heißt er eigentlich, der Herr?«

»An seiner Villa hatte er keine Klingel, und Herr Sachs hat ihn nicht namentlich erwähnt.«

»Kein Mafioso?«

Clara zuckte die Schultern. »Ich hoffe nicht. Und ich denke, die sind bei dieser Razzia alle geschnappt worden?«

»Na, egal«, sagte Chantal. »Jetzt gehen wir mal an die Rechnung, und am Ende der Woche, wenn wir alles fertig haben, kann er bezahlen, der Gute.«

Clara fasste sie am Oberarm. »Wir teilen uns mein Honorar!«

»Aber nein«, wehrte Chantal ab. »Ich bekomme alles!«

»Wie?« Clara schaute sie an, und Chantal brach in fröhliches Gelächter aus. »Wie oft muss ich es noch sagen? Ich mache Import-Export, und du bist die Innenarchitektin. Ich verdiene hier schon genug, keine Angst. Und das nächste Haus machen wir zusammen!«

»Wenn ich noch einen Auftrag bekomme ...«

»Sie werden dir die Füße küssen, ma chère.«

Chantal hatte noch eine Verabredung mit Alain. Kaum war sie gegangen, stand Hans-Ulrich Sachs in der Tür.

»Was für eine Überraschung!«, sagte Clara, legte ihren Zollstock zur Seite und ging erfreut auf ihn zu.

»Eher eine Bescherung«, erwiderte er, und an seinem Gesichtsausdruck sah sie, dass etwas nicht stimmte.

»Eine schöne Bescherung?«, fragte sie zögerlich und reichte ihm die Hand.

Er schaute sie kurz an und sich dann um, als wollte er prüfen, ob jemand in Hörweite sei. »Sergej ist gestern Nacht angereist«, sagte er leise. »Mit seiner Frau. Und bei der Gelegenheit haben sie festgestellt, dass aus dem Safe in«, er räusperte sich, »*unserer Villa*« Schmuck im Wert von rund einer Million verschwunden ist.«

Clara fühlte, wie ihr Blutdruck sank und ihr alle Farbe aus dem Gesicht wich. Obwohl sie nichts dafür konnte, fühlte sie sich irgendwie schuldig. Sie lehnte sich an den Türrahmen.

»Oh Gott«, sagte sie. »Wie ist das denn möglich?«

»Ich hatte für die Zeit Ihres Besuchs die Alarmanlage abstellen lassen. Das muss jemand gewusst haben ...«

»Der, der mich niederschlug!«

»Ja, möglicherweise. Aber jetzt erklären Sie das bitte mal Sergej Golowko. Er sieht nur, dass sein Safe geknackt ist. Und zwar von einem Profi.«

»Ich bin alles, aber kein Panzerknacker. Ich hätte überhaupt keine Ahnung …«

»Aber Sie waren die einzige Person, die nachweislich im Haus war.«

»Außer Ihnen«, sagte Clara.

»Ich könnte jederzeit hinein.«

»Aber dann hätten Sie keinen Sündenbock.« Sie wusste, dass sie gerade dabei war, das zarte Pflänzlein ihrer neuen Karriere zu zertreten.

Sachs starrte sie an.

»Interessante Theorie«, sagte er schließlich, und seine Hautfarbe rötete sich. »Sie denken also allen Ernstes, ich hätte Sie ins Kino gestoßen und dann den Schmuck geklaut?«

Clara hielt seinem Blick stand. »Ich jedenfalls war es nicht«, sagte sie.

Sachs trat einen Schritt zurück, um einen Maler durchzulassen, und nickte. Dann spitzte er die Lippen. »Sergej ist sehr aufgebracht, wie Sie sich denken können. Nicht nur wegen des Verlusts, sondern auch weil seine Frau ihn der Unfähigkeit bezichtigt und entsprechend beschimpft – und das mögen russische Männer nicht gern.«

»Das ändert aber nichts daran, dass ich den Schmuck nicht gestohlen habe«, wehrte sich Clara.

»Falls Sergej die Polizei einschaltet, wird sie sich an Sie wenden. Das wollte ich Ihnen nur sagen.«

Clara schwieg. Auf Mallorca in Untersuchungshaft, dachte sie. Sicher, sie war nicht allein in der Villa gewesen, aber sie konnte nicht beweisen, dass sie die ganze Zeit im Kino festgesessen hatte. Sachs war ihr Zeuge, das war die einzige Rettung.

»Sie haben mich doch befreit«, sagte sie. »Sie haben doch

gesehen, dass ich keine Tasche, keinen Beutel, keinen Koffer oder was auch immer dabeihatte.«

Er schüttelte langsam den Kopf. »Ich weiß beispielsweise nicht, wie lange sie im Haus herumgegeistert sind und ab wann Sie im Kino saßen«, erklärte er mit bedeutungsschwerer Stimme. »Sie hatten jede Menge Zeit. Was also soll ich denken?«

Clara schaute ihn an. »Schade«, sagte sie. »Es hat alles so gut angefangen.« Ihr Blick glitt langsam durch den gesamten Raum.

»Ja, sieht gut aus.« Sachs schaute sich ebenfalls um. »Die Frage ist nur, ob Sergej das nun noch will.«

»Wie?« Clara runzelte die Stirn. »Wie meinen Sie das?«

»Nun, wer beschäftigt und bezahlt schon eine Frau, von der er glaubt, dass sie einen bestohlen hat?«

Clara spürte, wie sich ihr Magen zusammenzog.

»Das Appartement ist fast fertig«, stieß sie hervor. »Ich wollte in den nächsten Tagen die Rechnung schreiben.«

»Wenn er Sie nicht mehr will, will er auch Ihre Einrichtung nicht mehr. Dann müssen Sie es eben wieder zurücknehmen.«

»Das kann ich nicht!« Jetzt spürte Clara, wie die Panik in ihr hochstieg. »Das sind bereits Abertausende von Euro, die hier«, sie machte eine schnelle Handbewegung, »herumstehen. Das lässt sich nicht mehr rückgängig machen!«

»Das ist Ihr Problem.«

Sachs wandte sich zum Gehen. »Ich schau, was ich machen kann«, erklärte er über die Schulter. »Aber seinen Schmuck wird er zurückhaben wollen.«

Clara ließ sich auf den nächsten Farbeimer sinken. Sie konnte keinen klaren Gedanken fassen. War sie blind in irgendetwas hineingelaufen, das ihr nun den Hals brach?

Ihren ersten Gedanken, Chantal anzurufen, verwarf sie. Wie konnte sie Chantal beibringen, dass der russische Goldberg einem Schuldenberg Platz machen musste? Dass Chantals Geschäftspartner keinen Euro sehen würden?

Ihr wurde schlecht. Benommen sah sie den Männern zu, die weiter ihrer Arbeit nachgingen, beobachtete den Maler, der eben einen sexy Monroe-Verschnitt auf den roten Kotflügel pinselte. Sollte sie all das stoppen?

Clara wusste es nicht. Die Leute wollten Lohn für ihre Arbeit. Was, wenn der Russe nicht bezahlte? Und die Polizei? Wenn sie nun wirklich kam? Sie frühmorgens aus ihrem Hotel abholte? Was, wenn es wirklich ein schlauer Coup war? Mit ihr als naivem Bauernopfer?

Sie griff nach ihrer Tasche und ging zu dem Twingo, der im Schatten stand und ihr in seinem sündigen Rot nun wie ein einziger Vorwurf vorkam. Es war das Geld ihrer Mutter, das sie hier verheizte. Für nichts und wieder nichts. Clara setzte sich ans Steuer und blieb eine Weile über das Lenkrad gebeugt sitzen. Dann fuhr sie los. Irgendwohin, ganz ohne Ziel. Sie wollte nur weg. Vielleicht die Autofähre nach Barcelona? Von dort über Frankreich nach Hause?

Sie dachte an Katie, und nun schossen ihr die Tränen in die Augen. Wieso machte sie alles falsch? Ließ ihr Kind bei ihrer Mutter, nur um sich selbst zu verwöhnen, Abenteuer, Sex, Lust und Laune. Sie schämte sich, sah nichts mehr und fuhr rechts an den Straßenrand. Wo war sie überhaupt?

Irgendwie war sie auf ein kleines Sträßchen geraten, von dem sie keine Ahnung hatte, wohin es sie führen würde. Aber sie wollte ans Meer. Sie wollte mit sich und ihren Gedanken allein sein, Ordnung in ihren Kopf bekommen. Nach einer Weile fuhr sie weiter. *Sant Elm* las sie auf einem Schild, was ihr nichts sagte. Aber sobald sie durch die offenen Wagenfenster salzige Meerluft zu riechen glaubte, ließ sie den Wagen stehen und kletterte über raue Sandsteinfelsen, bis sich vor ihr der meerblaue Horizont öffnete und unter ihr das Wasser schäumend gegen die Felsen schlug. Sie stand eine Weile regungslos da und versuchte, die wilde Schönheit der Natur in sich aufzunehmen. Dann setzte sie sich auf den warmen Stein und spürte, wie sie von Minute zu Minute ruhiger wurde. Wie die Möwen, die sich von der Thermik tragen ließen, ließ sie ihren Gedanken und Gefühlen freien Lauf und fühlte, wie alles von ihr abfiel. Das Atmen wurde wieder leichter, der Druck, der ihre Brust wie eine Rüstung eingeschnürt hatte, löste sich langsam.

Schließlich griff Clara nach dem Handy und rief Britta an.

»Das ist doch wohl ein schlechter Scherz?«, sagte Britta, nachdem Clara ihr geschildert hatte, was geschehen war. »Du und eine Safeknackerin.« Sie lachte. »Sorry, wenn du das könntest, das wäre doch wunderbar. Dann hättest du alle finanziellen Probleme gelöst.«

Clara antwortete nicht.

»Klar«, fuhr Britta nach einer Weile des Schweigens fort. »Da hat jemand die Situation ausgenutzt oder sogar vorher so arrangiert.«

»Sachs«, sagte Clara. »Wer sollte sonst davon gewusst haben?« Sie beobachtete mit zusammengekniffenen Augen das Farbenspiel des Meeres und entdeckte rechts von sich einen versteckten kleinen Strand.

»Keine Ahnung.« Britta schien zu überlegen. »Einer vom Wachpersonal«, sagte sie dann. »Hey, das ist doch einfach. Der weiß, du kommst, und ist auch noch nah an der Sache dran. Und womöglich hat er sogar einen Zweitschlüssel.«

Clara dachte nach. »Klingt logisch«, stimmte sie schließlich zu. »Aber wie kann ich das beweisen?«

»Gar nicht.« Brittas Stimme klang entspannt. »Lass das doch erst einmal auf dich zukommen. Vielleicht passiert ja gar nichts.«

»Und wenn der Typ das Appartement nicht mehr will?«

»Dann geht die Welt auch nicht unter. Du weißt doch: Gestern ist Geschichte, morgen Zukunft, nur heute zählt. Und was tust du jetzt gerade?«

Clara holte tief Luft. »Ich sitze am Ende der Welt und denke über meinen Absturz nach.«

»Lass es.«

»Gut, dann sitze ich am Ende der Welt und denke über meinen neuen Anfang nach.«

»Schon besser!«

Sie schwiegen.

»Habe ich dir schon erzählt, dass wir alle wieder bei den Weight Watchers sind und jede von uns drei Kilo abspecken will?«

Clara lächelte. »Tina aber nicht, oder doch?«

»Nee, nur dreihundert Gramm.«

»Das wird schwer. Wo will sie die hernehmen?«

Britta lachte.

»Grüß mir die Mädels«, sagte Clara. »Ich vermisse euch!«

»Wenn sie das hören, sitzen sie morgen alle wieder im Flieger!«

»Das sollen sie auch. Sobald ich mein erstes Honorar habe, lade ich euch ein. Hab ich doch versprochen!«

»Und wenn du nichts hast, kommen wir auch so. Du weißt doch, wahre Freundschaft verlangt nicht viel!«

»Schön, dass es euch gibt!«

Clara blieb noch eine Weile sitzen und beobachtete, wie

sich mit der untergehenden Sonne das Licht veränderte, die Konturen weicher wurden und aus dem strahlenden Himmelblau nach und nach ein sattes Violett wurde. Es war faszinierend.

Als die Sonne mit einem tiefen roten Schein im Meer versank, stand Clara auf und war vollkommen ruhig.

Unserer Erde ist der Herr Sachs völlig gleichgültig, dachte sie, und der Russe auch. Que serà, serà. Was sein wird, wird sein.

Ihren Wagen hatte sie in einer kleinen Einfahrt abgestellt, und jetzt, in der Dunkelheit, hatte sie Mühe, ihn wiederzufinden. Wenigstens lenkt das ab, dachte sie und fühlte darüber eine fast alberne Fröhlichkeit. Da war sie trittsicher über alle Felsen gelaufen, und jetzt, auf der Landstraße, schien sie die Orientierung verloren zu haben. War sie direkt vom parkenden Wagen aus über die Straße gegangen oder doch noch ein Stück an der Straße entlang? Die Nacht war ungewöhnlich dunkel, und das Rauschen des Meeres schien jetzt mächtiger als am Tag.

Als Clara in der Ferne Motorengeräusche hörte, war sie fast froh. Der Wagen kam langsam näher, und endlich konnte sie im Rhythmus der Kurven schwankende Lichtkegel sehen. Gleichzeitig durchzuckte sie der Gedanke, dass es vielleicht auch nicht so klug war, als Frau irgendwo allein auf einer einsamen Landstraße zu stehen. Eine Baumgruppe versprach nötige Deckung, und Clara stellte sich seitlich hinter den dicksten Baum und wartete gespannt. Der Wagen kam auf sie zu und erleuchtete über die Fahrbahn hinaus links und rechts das Gelände. Sie sah nur hohes Gebüsch und Felsen. Aber als das Auto an ihr vorbei war, glänzte in einiger Entfernung der rote Lack ihres Winzlings kurz im vorbeihuschenden Licht. Erleichtert trat sie hinter dem Baum hervor, war aber doch irritiert, weil keine hundert Meter von ihrem Wagen entfernt die Katzenaugen eines weiteren abgestellten Autos aufleuchteten.

Scheint eine ereignisreiche Nacht zu sein, sagte sie sich, wechselte die Straßenseite und ging langsam auf die Stelle zu, wo sie ihren Wagen entdeckt hatte. Sie spürte, wie ihr die Angst in den Nacken kroch. Was hatte es mit diesem anderen parkenden Auto auf sich? Sie schlich mehr, als sie ging, alle Sinne hellwach.

Erst aufdrücken, wenn du unmittelbar davor bist, sagte sie sich, dann rein, Autotüren verriegeln, starten und los. Bis zur letzten Sekunde war sie auf einen Schatten oder einen Schlag gefasst, aber als sie startete, rückwärts aus der Einfahrt hinausschoss, wendete und Gas gab, musste sie fast lachen. Da hatte sie sich ordentlich ins Bockshorn jagen lassen. Lauerte auf den Rücksitzen vielleicht jemand? Sie schaute schnell in den Rückspiegel, gefasst darauf, ein fremdes Augenpaar zu sehen. Nein, sie war allein.

Sie drehte die Musik an und entspannte sich. Clara, du siehst zu viele Krimis, sagte sie sich. Nachher nehme ich noch ein frisches Pils draußen an unserer Hotelbar, schaue, ob ich Friedrich wiedersehe, und rufe Andrés an.

Bei diesem Gedanken musste sie lächeln. Friedrich. Ja, das wäre der Knüller, wenn er wieder dort sitzen würde. *Friedrich, der Aufschneider* mit seinem Aktenkoffer. Friedrich, der Drahtzieher im Hintergrund.

Mittlerweile hatte sie Arracó passiert und war auf dem Weg nach Andratx. Zwei Scheinwerfer fielen ihr auf, die sie immer im gleichen Abstand im Rückspiegel sah. Sie spürte, wie sie unruhig wurde. Eine Weile versuchte sie, ihre Gedanken ganz einfach abzuschalten, aber immer wieder griff ein komisches Gefühl nach ihr. Lass es, sagte sie sich schließlich, da fährt einer von Arracó nach Andratx – was ist schon dabei? Das tun täglich bestimmt Hunderte von Menschen. Jetzt werd bloß nicht paranoid.

Denk nicht an dieses Auto hinter dir, sagte sie sich, denk an die letzte Nacht. Das brachte ein Lächeln auf ihre Lippen, und sie schaffte es, bis zu ihrem Hotel nicht mehr in den Rückspiegel zu schauen.

Die Terrasse der offenen Hotelbar war gut besetzt. Clara ließ ihren Blick schweifen. Ein Alleinunterhalter spielte Tanzmusik, und einige Paare gaben sich den Schmusesongs auf dem hölzernen Tanzboden hin. Ein Tischchen direkt am Eingang zur Hotelbar war noch frei. Das erschien Clara geeignet, von dort aus konnte sie alles sehen.

Sie schaute aufmerksam nach Neuankömmlingen, während sie sich setzte, aber zunächst erschien eine ganze Gruppe, die lärmend Tische zusammenstellte. Dann wurde ihr Pils serviert, und ihre Wachsamkeit ließ nach.

Kurz vor ein Uhr kam eine Kurznachricht. Andrés, dachte sie. Er macht früher Schluss und will sich noch mit mir treffen. Aber es war Chantal. »Bon soir, chérie«, schrieb sie, »habe eben Alain gesagt, dass wir noch ganz, ganz viele Häuser einrichten werden, weil es besonders viel Spaß macht mit dir! Trinken darauf, bonne nuit, Chantal.« Clara lächelte. Sie konnte ihre französische Sprachmelodie direkt hören. Dann erstarb ihr Lächeln. Chantal hatte recht, es machte wirklich Spaß. Nur schade, dass es schon vorbei war.

Leider haben wir jetzt bald alle deine Lieferanten und Arbeiter am Hals, weil ich nicht bezahlen kann. Das hätte sie ihr eigentlich jetzt antworten müssen, aber sie konnte es natürlich nicht schreiben. Sie musste morgen früh selbst zu Chantal gehen, so etwas ließ sich nicht in einer SMS abhandeln.

Clara bestellte noch ein Pils und schrieb: »Wir sind eben ein Dreamteam! Kann ich dich morgen früh sprechen?«

Die Antwort kam umgehend. »Komm doch morgen um zehn zum Frühstück. Croissant, Champagner et œuf sur le plat.«

»Et was?«, schrieb Clara zurück, weil sie es nicht verstand.

»Gespiegelte Eier. Compris?«

»Compris ...«

Clara schmunzelte. Wie schnell man sich doch wohlfühlen kann, dachte sie, ein bisschen angenehme Konversation, eine kleine Vorfreude, und schon sieht die Welt wieder anders aus. Sie schickte Andrés einen Gutenachtkuss und holte den Zimmerschlüssel. Im Lift kam ihr die Angst vor dem *schwarzen Mann* völlig albern vor, und in ihrem Zimmer schaute sie weder ins Bad noch in den Schrank, sondern öffnete nur die Tür zum Balkon sperrangelweit, zog sich aus und fiel ins Bett.

Trotz ihrer guten Gedanken hatte Clara schlecht geschlafen und war früh aufgestanden, weil sie nicht mehr im Bett liegen konnte. Aber auch der morgendliche Marathon im Hotelschwimmbecken nützte nichts, die Gedanken wurden immer schwerer. Und noch schlimmer wurde es, als sie wenig später mit dem Wagen in Sichtweite der Jacht kam. Sicherlich wartete Chantal schon ganz euphorisch auf die letzten Lieferungen und auf die Fertigstellung des Appartements. Und auf den Ritterschlag von Sergej Golowko, der ohne Zweifel weitere Kundentüren öffnen würde.

Wie sollte sie Chantal das nur beibringen? Clara blieb stehen und schaute dem morgendlichen Treiben bei den Jachten zu, ohne etwas davon aufzunehmen. Mit Chantal war dieser Job so einfach. Gemeinsam könnten sie wirklich gutes Geld machen. Und – falls sich doch einmal jemand ein wirklich edles Heim wünschen sollte, konnte sie auch ihre eigenen Beziehungen spielen lassen. Zusammen waren sie wirklich für jeden Kunden perfekt.

Sie ging einige Schritte weiter.

Es nützte nichts, sie musste es irgendwie hinter sich bringen. Vor der Jacht blieb sie erneut stehen. Sie lag beeindruckend groß und elegant vor ihr. Die glänzenden Buchstaben *Chantal* spiegelten sich im bewegten Wasser, und kleine Wellen leckten die strahlend weiße Bordwand hinauf.

»Hallo«, rief sie, weil sie nicht einfach uneingeladen an Bord gehen wollte. Es rührte sich nichts.

»Chantal?«, rief sie wieder, aber nach einem Blick auf die Uhr ging sie schließlich doch über die Gangway auf das Schiff. Es war kurz nach zehn, und sie war ausdrücklich eingeladen worden.

Das hintere Deck war leer, die Sitzecke und der Tisch aufgeräumt, von einem Frühstück keine Spur. Vielleicht lag es an der Sonne, die schon jetzt aufs Achterdeck brannte. Möglicherweise hatten sie deshalb vorn im Schatten des Schiffes gedeckt. Sie ging an der Reling entlang und rief abwechselnd nach Alain und Chantal, aber es blieb alles ruhig.

Vielleicht hat sie es auch schlicht vergessen, dachte Clara und empfand fast etwas wie Erleichterung.

Doch der Kaffeeduft, der ihr über die letzten Meter entgegenwehte, machte ihre aufflackernde Hoffnung zunichte. Sie würde beichten müssen, und zwar jetzt gleich. Sie bog um die Ecke und blieb stehen. Der Tisch war tatsächlich üppig gedeckt, aber das Bild dahinter, wie sich Alain und Chantal in den Armen hielten und küssten, beeindruckte sie noch viel mehr. Wie schön, dachte sie, wenn sich Leidenschaft über so viele Jahre halten kann. Beide schlank und athletisch. Wären sie kein Liebespaar, fand Clara, könnten sie auch Geschwister sein. Aber dann wurde sie sich ihrer Rolle als Zuschauerin bewusst und räusperte sich.

Alain löste sich von Chantal und schaute lächelnd zu Clara hinüber, aber irgendetwas in diesem Lächeln stimmte nicht. Der Ausdruck seiner Augen hatte sich von einem Augenblick zum anderen verändert. Clara überlegte noch, ob sie sich täuschte, als auch Chantal mit einem merkwürdigen Gesichtsausdruck zu ihr hersah.

»Na, ihr beiden Turteltäubchen«, sagte sie betont locker. »Guten Morgen.«

»Nicht so sehr gut«, sagte eine Stimme hinter ihr, und gleichzeitig spürte sie etwas Hartes im Rücken. »Zumindest für Sie nicht!«

Clara stand wie angewurzelt. Der Akzent war ruppig und hart, mehr gebellt als gesprochen.

»Was soll das?«, fragte Alain auffallend ruhig. Er hatte sich nun ganz von Chantal gelöst und umfasste mit beiden Händen die Rücklehne eines Stuhls. »Wollen Sie uns überfallen?«

Clara hätte sich gern umgedreht, um den Angreifer sehen zu können, aber sie traute sich nicht. Ihre größte Sorge war, dass dieses Ding in ihrem Rücken womöglich eine Pistole war.

»Ich will nur zurück, was mir gehört!«

Das war ein eindeutig russischer Akzent, und jetzt dämmerte Clara, wer hinter ihr stand.

»Damit haben die beiden nichts zu tun«, sagte sie hastig. »Das können Sie mit mir ausmachen!«

»Überschätzen Sie sich nicht!«

»Worum geht es denn?«, wollte Chantal wissen, und ihre Augen blitzten. »Und legen Sie die Waffe weg. Es gibt hier nichts, was Ihnen gehören könnte!«

»Das weiß ich besser!«

Es war kurz still, und Clara fragte sich, warum keiner der Angestellten von hinten kam und ihn einfach niederschlug. War außer ihnen tatsächlich niemand an Bord?

»Wollen Sie sich nicht vorstellen?«, fragte Alain. »Und vielleicht Platz nehmen, damit wir das Missverständnis in Ruhe klären können?«

»Ich kann die Sache auch so klären!«

Clara spürte einen verstärkten Druck im Kreuz und machte einen Schritt nach vorn auf Chantal und Alain zu. »Bedrohen Sie mich hier etwa mit einer Waffe?«, fragte sie und kam sich dabei richtig deutsch vor: Frau Friedensbewegung bekehrt Revolverheld.

»Ist jedenfalls keine Zuckerstange«, sagte er und stieß sie einen weiteren Schritt nach vorn.

»Lassen Sie das«, sagte Clara und wollte sich umdrehen, doch er packte sie am Oberarm. »Au, Sie tun mir weh!«

»Also. Was wollen Sie?«, fragte Alain kurz angebunden, und Clara sah, dass die Knöchel seiner Hände vor Anspannung weiß wurden.

»Schmuck im Wert von einer Million«, sagte die Stimme hinter ihr.

Alain lachte auf. »Toll. Die Million hätte ich auch gern. Ansonsten: Ich trage keinen Schmuck!«

Chantal trat neben Alain. »Ich finde diese Art ziemlich degoutant! *Widerlisch!* Wer sind Sie, und was wollen Sie?« Ihr Ton war aggressiv, und Clara hatte das unbestimmte Gefühl, dass sie zupackender war als Alain.

»Sie kennen mich«, sagte die Stimme hinter Clara.

»Zumindest waren Sie schon in meinem Haus. Und jetzt möchte ich den Schmuck.«

»*Ich* war in Ihrem Haus, Herr Golowko!«, sagte Clara ruhig. »Sie verwechseln das. Und ich kann sogar verstehen, dass Sie aufgebracht sind, aber ich habe den Schmuck nicht gestohlen. Auch wenn es vielleicht so aussehen mag.«

»Ah, Sergej Golowko also.« Alain nickte ihm zu. »Und wieso greifen Sie zu solchen Mitteln?«

Er ließ Claras Oberarm los, und sie spürte, wie der Druck in ihrem Rücken verschwand; dann trat er neben sie und rückte ihr einen Stuhl vom Frühstückstisch zurecht.

»Wollen wir nicht vielleicht frühstücken?«, fragte er in die Runde, und Clara drehte sich nach ihm um. Er war um die vierzig, eher klein, aber trotzdem kompakt. Seine hellen, kalten Augen standen in einem seltsamen Kontrast zu seinem Babygesicht. Clara hatte ihn schon mehrfach gesehen – auf den Gemälden, als Cäsar und im neuen Appartement im Ferrari. Er kam ihr wie ein alter Bekannter vor. Auch Chantal hätte ihn eigentlich gleich erkennen müssen. Automatisch setzte sie sich, und er ließ sich neben ihr nieder, die Waffe neben sich auf dem Tisch.

»Bitte«, sagte er zu Alain und Chantal und wies auf die beiden gegenüberstehenden Stühle.

»Bitte Kaffee«, forderte er dann Chantal auf, die alle Tassen füllte und ihn dabei nicht aus den Augen ließ.

»Es gibt kein Geschäft, über das man nicht reden könnte«, sagte er und nahm einen Schluck.

»Worüber wollen Sie da reden?«, fragte Clara, erkannte aber gleich, dass dieser Satz nicht ihr gegolten hatte.

Alain schwieg.

»Ein Geschäft?«, fragte stattdessen Chantal mit lauerndem Blick. »Welches?«

»Ich bekomme den Schmuck zurück, und ich vergesse das Ganze. Offiziell bleibt er aber weiter gestohlen. Es ist der Schmuck meiner Frau, er ist gut versichert. Sie wird ihn nicht vermissen, sie hat genug.« Er grinste. »Aber ich kann ihn für meine Freundin umarbeiten lassen.«

»Tolle Idee«, sagte Alain. »Das Ganze hat nur einen Fehler – wir haben den Schmuck nicht.«

Golowko lachte dröhnend. »Vielleicht sollte ich das Schiff durchsuchen?«

Chantal schüttelte unwillig den Kopf. »Das ist doch eine Farce«, sagte sie. »Une comédie! Und wieso kommen Sie überhaupt auf uns?«

Er zuckte die Achseln und redete an Clara vorbei. »War nicht schwierig. Clara Flockheimer war ja bekannt. Ich habe sie beschatten lassen – ich wusste, sie führt mich irgendwann zum Ziel. Aber dies hier ist meine Angelegenheit, das regele ich allein.« Golowko nahm noch einen Schluck, steckte seine Waffe ein und stand auf. »Wir wollen doch Freunde bleiben«, sagte er noch, bevor er ging.

Alle drei blickten ihm nach.

»Der spinnt doch«, sagte Chantal.

»Und was passiert jetzt?«, wollte Clara wissen. »Was kann er anrichten?«

Alain schüttelte den Kopf. »Nichts. Er kassiert das Geld von der Versicherung, wie auch immer. Und einen Dieb wird er nicht finden.« Er kratzte sich am Ohr. »Falls es überhaupt einen gibt.«

»Er hat eine Pistole dabei«, sagte Clara. »Ich weiß nicht, aber sollte man nicht einfach die Polizei rufen? Der Mann ist doch unberechenbar!«

Chantal griff nach einer kleinen roten Tomate und steckte sie sich in den Mund.

»Und er hat sie mir ins Kreuz gehalten«, fuhr Clara fort. »Wenn sie losgegangen wäre?«

»Das darfst du nicht so ernst nehmen.« Chantal lehnte sich kauend zurück. »Der ist ja nicht blöd. Er hat sein Spielchen gespielt.«

Clara warf einen Blick zu Alain. Auch er schien sich nicht weiter über die außergewöhnliche Art des Besuchs aufzuregen. In Clara keimten Zweifel, ob das wirklich ihre Zukunft sein konnte.

»Und was tun wir jetzt?«, wollte Clara von Chantal wissen.

»Wir machen das Appartement fertig, übergeben es, schreiben die Rechnung und warten auf neue Aufträge.«

Clara nickte, aber wohl war ihr nicht dabei. In ihren Augen war noch überhaupt nichts geklärt, und sie spielte in dieser Geschichte weiterhin eine unglückliche Rolle. Und damit konnte sie einfach nicht umgehen. Sie verabschiedete sich bald von den beiden, weil sie lieber allein sein wollte.

Clara lief eine Weile ziellos durch Palma. Alte Fassaden, schöne Geschäfte, eilige Passanten und andere, die an kleinen Tischen ihren Espresso nahmen, viele gut gekleidete Menschen, es war klar, dass dies die Stunde der Geschäftsleute war und noch nicht die der Touristen.

Clara stellte eine neue Eigenschaft an sich fest: Sie dachte nicht. Bisher hatte sie nicht geglaubt, dass so etwas überhaupt möglich sei. Paul hatte manchmal, wenn sie ihn gefragt hatte, was er denn gerade denke, behauptet, er denke nicht. Das empfand sie stets als blödsinnige Ausrede. Jeder Mensch denkt. Es konnte nicht sein, dass man einfach dasaß und nichts dachte. Wozu war einem die Welt der Gedanken gegeben worden, wenn man sie nicht betrat?

Sie glaubte, er wollte ihr gegenüber einfach nicht sagen, was er dachte. Vielleicht, weil er Stress befürchtete. Vielleicht, weil die Gedanken banal waren. Oder geheim bleiben sollten. Jedenfalls nahm sie ihm das nicht ab.

Aber jetzt dachte sie auch nicht. Sie wollte gar nicht zu denken anfangen. Sie wusste überhaupt nicht, was sie denken sollte. Nachdem sie eine Stunde gelaufen war, nahm sie das Handy.

»Britta«, sagte sie und setzte sich auf das nächste Mäuerchen, »ich kenne mich nicht mehr aus.«

»Lass hören.« Brittas ruhige Stimme tat ihr gut. »Brauchst du einen Anwalt?«

Clara musste lachen. »Höchstens einen Bodyguard. Es ist etwas kurios. Und bedrückend. Auf jeden Fall seltsam.«

»Kannst du das vielleicht präzisieren?«

Clara holte tief Luft. »Ich weiß nicht. Ich hatte gestern, nach unserem Gespräch, das Gefühl, dass mir jemand gefolgt ist. Und heute Morgen kreuzt hinter mir auf der Jacht plötzlich dieser Russe auf. Ja, himself persönlich. Sergej Golowko.«

»Wie heißt er?«

»Sergej Golowko.«

»Da gehe ich nachher gleich mal ins Internet.«

Clara erzählte, was geschehen war.

»Weißt du was?«, sagte Britta dann.

»Nein? Was?«

»Ich buche einen Flug.«

Clara hatte augenblicklich gute Laune. Obwohl sie sich nicht im Entferntesten vorstellen konnte, dass Britta ihre Ankündigung wahrmachen könnte, gab ihr schon allein die Ankündigung eine überbordende Zuversicht.

Sie rief ihre Mutter an und hatte Glück: Katie nahm ab.

»Katie Flockheimer«, sagte eine helle Stimme und ließ Claras Nerven vibrieren.

»Katie, Schätzchen«, sagte sie und spürte zu ihrem Entsetzen, dass die Tränen in ihr aufstiegen. Das war nun der falsche Moment für mütterliche Rührung. Sie musste fröhlich klingen. Ganz wie ihre Tochter.

»Mami!«, hörte sie. »Mami! Wo bist du denn?«

»Noch immer auf Mallorca, Schätzchen. Das hat dir Omi doch sicherlich erzählt.«

»Ja, und stell dir vor, Papi wollte kommen, aber er ist nicht gekommen.«

»Papi wollte kommen?«

»Ja, ich hab ihn angerufen, und er hat gesagt, dass er mich holt. Aber dann ist er nicht gekommen.« Sie sprach langsam, und ihre Stimme klang ungläubig. »Mami, warum ist er nicht gekommen?«

»Ja, meine Süße, da ist sicherlich irgendetwas ganz Wichtiges dazwischengekommen.« Schweinehund, dachte sie. Versprechen geben und dann nicht halten.

»Was ist denn da dazwischengekommen?«, wollte Katie wissen.

»Ich weiß nicht, vielleicht ist sein Auto kaputtgegangen.«

»Mami, die Omi hat eine Zeitung versteckt, aber ich habe sie trotzdem gefunden. Da ist ein Foto von Papi mit einer fremden Frau.« Sie überlegte. »Ist das jetzt meine neue Mami?«

»Aber nein.« Clara schüttelte den Kopf. »Katie, du bekommst keine neue Mutter. Ich bin deine Mutter.«

Sie schaute einer jungen Frau nach, die auf der anderen Straßenseite mit einem Kind an der Hand und einem Hund an der Leine spazieren ging.

»Wann kommst du?«

»Weißt du was, Schätzchen, das bespreche ich jetzt gleich mit Omi. Ist sie denn da?«

»Sie macht mir gerade einen Kakao.«

»Du wirst ja wieder verwöhnt!«

»Gibt es auf der Insel, auf der du bist, keinen Kakao?«

»Doch, ganz bestimmt gibt es hier auch Kakao.«

»Dann kannst du doch auch einen trinken.«

»Ja, da hast du recht, meine Süße. Aber der von Omi schmeckt bestimmt besser.«

»Da kommt sie, ich gebe sie dir. Tschüss, Mami.« Und schon war sie weg.

»Donnerwetter«, sagte Clara zu ihrer Mutter, »wenn man mit ihr telefoniert, merkt man erst, wie weit sie schon ist.«

»Paul hat sie versetzt. Einfach vergessen. Das hat sie ganz schön mitgenommen.«

»Ja, sie hat es mir erzählt. Ich muss mit ihm reden, das darf sich nicht wiederholen. Aber wie es aussieht, ist das Appartement jetzt bald fertig. Und dann werde ich euch wiedersehen.« Clara versuchte, das leichte Zittern in der Stimme zu verbergen.

»Kommt der Russe selbst zur Abnahme?« Ellen war jetzt ganz bei der Sache.

»Zur Abnahme? Ich denke, Sergej Golowko wird Sachs sagen, ob es okay ist oder nicht.«

»Hast du ihn schon kennengelernt, diesen Golowko?«

»Nicht richtig.« Sie überlegte, was sie ihrer Mutter erzählen konnte. Lieber nicht zu viel. Und Auslandsgespräche waren teuer. »Hör mal, Katie möchte wissen, wann ich komme.«

»Ich werde nachher Paul anrufen und ihn an seine Pflichten erinnern. Wenn er sie abholt, hast du noch ein paar Tage Zeit.«

»Ich möchte aber nicht, dass sie mit dieser hohlen Nuss zusammenkommt.«

»Du meinst seine neue Societyflamme?«

»Ich meine seine hohle Nuss.«

»Ich werde ihm den Ausflug vorschreiben. Und – fast hätte ich es vergessen – heute früh hat schon eine Britta angerufen. Sie hat sich auf dich berufen. Sie möchte mit Katie ins Kindertheater. Ist das okay?«

»Das ist phantastisch!«

»Wunderbar. Und jetzt mach Schluss, sonst ist deine Kohle gleich wieder weg.«

»Bisher ist sie noch nicht einmal da.«

Clara steckte das Handy in ihre Tasche und atmete auf. Und plötzlich meldete sich ihr Magen. Sie musste sich jetzt ein paar konstruktive Gedanken machen, dazu war ein kleiner Imbiss sicher nicht schlecht, zumal sie auf der *Chantal* kaum etwas gegessen hatte.

An einem Schuhgeschäft blieb sie stehen, musterte zunächst die Auslage und dann ihr eigenes Spiegelbild. Irgendwie sah sie jünger aus, fand sie. Ihre Haare waren etwas länger geworden und umrahmten ihr Gesicht in weichen Wellen, und die zarte Bräune verschönerte ihre Gesichtszüge. Sie drehte sich ein bisschen. Eigentlich war sie ziemlich knackig. Die Jeans saß gut am Hintern, und das blass rosafarbene Poloshirt unterstrich ihre Sommerbräune. Insgesamt tat ihr Mallorca offensichtlich gut.

In einem Straßencafé suchte sie sich einen freien Tisch, studierte die Speisekarte und schaute dann über den großen Platz, der vor ihr lag. Sie ließ ihren Blick über die Häuser, die Palmen und die Denkmäler gleiten, beobachtete Fußgänger und Autos, und urplötzlich hatte sie ein gutes Gefühl. Was soll's, dachte sie, es wird alles gut werden. Woher kam diese Gewissheit jetzt so unvermittelt? Es sind die Farben, vermutete sie, der sandfarbene Stein, das Grün der Palmen und das strahlende Blau dieses Himmels. Und auch die Kellnerin, die jetzt kam und mit der sie so locker scherzte – war es das, was sie hier so faszinierte? Diese unbeschwerte Leichtigkeit, die zu diesem Licht passte, als ob es eins sei? War es ein neues Lebensgefühl, das sie da auf einmal ergriff?

Wollte sie überhaupt zurück nach Köln?

Sie verbot sich den Gedanken und zog ihr Handy heraus, weil es piepste. Eine Kurznachricht war eingegangen.

»Keinen Sergej Golowko gefunden. Der russische Obermafioso von Mallorca hieß Gennadi Petrow. Ist aber schon festgenommen. Alles roger, lg Britta.«

Na, also, dachte Clara und erinnerte sich, dass Andrés diesen Namen schon einmal erwähnt hatte. Zudem schien sich außer ihr ja auch niemand Gedanken zu machen. Vielleicht war sie mit ihrer Sicht der Dinge eben doch noch ein bisschen zu deutsch.

Das ließ sich ändern.

»Wann sehen wir uns heute?«, schrieb sie Andrés.

»Wann immer du willst«, kam postwendend zurück. »Entweder nachher im Bus, am Abend im *Amici miei* oder heute Nacht in der Disco.«

»Im *Amici miei*?«, fragte sie nach.

»Ja, komm doch bitte. Friedrich ist es ernst. Mir auch. Legen heute die Konditionen fest.«

»Was kann ich da tun?«

»Händchen halten!«

Mein Händchen könntest du auch halten, dachte sie, denn für ein Uhr hatte sich die Schneiderin mit den Vorhängen im Appartement angemeldet, und Clara wusste noch überhaupt nicht, ob die finanzielle Basis nun geregelt war oder nicht. Warum hatte sie Golowko nicht einfach gefragt? So nah würde sie ihm wahrscheinlich nie wieder kommen.

Fast musste sie über den Gedanken lächeln. Und sie beschloss, einfach weiterzumachen. Die Schneiderin war wichtig, denn teure Seidenvorhänge müssen perfekt genäht sein, sonst sehen sie lächerlich aus. Der Stoff muss sich voluminös bauschen und darf sich nicht sparsam aushängen. Üppig war auch hier die Devise.

Clara kam rechtzeitig und traf auf dem Parkplatz vor dem Appartementhaus auf Hans-Ulrich Sachs. Im ersten Moment schüchterte sie sein Anblick ein, zu sehr steckten ihr seine Vorwürfe noch in den Knochen.

Aber er kam lächelnd auf sie zu und streckte ihr die Hand hin. »Habe gehofft, Sie hier anzutreffen«, sagte er. »Es freut mich, dass Sergej von der Einrichtung höchst angetan ist!«

»Wirklich?« Clara starrte ihn an.

»Ja, er hat mich eben angerufen. Sei perfekt!«

Clara holte tief Luft und spürte, wie eine beruhigende Welle durch ihren Körper ging. »Heißt das, dass ich weiterarbeiten kann und mein Geld bekomme?«

»Aber natürlich.« Sachs hielt ihre Hand noch immer. »Zumal er das mit dem Schmuck irgendwie geregelt hat, wie er sagt.« Er zwinkerte Clara zu. »Vielleicht zahlen russische Versicherungen ja besser als deutsche.«

»Vielleicht gehört ihm die Versicherung«, entgegnete Clara, und Sachs lachte los.

»Guter Witz«, schnaufte er, gab ihre Hand frei und ging neben ihr zum Appartementhaus.

»Na, Sie waren gestern weniger witzig«, sagte sie und schaute ihn scharf an. »Sie haben mir richtig Angst gemacht!«

»Das ist ein hartes Business, das geht nun mal nicht auf Schmusekurs«, sagte er und hielt ihr die Eingangstür auf. »Umso besser, wenn es dann doch läuft!«

»Dann kann ich ja jetzt wohl die Rechnung schreiben?«

»Sind Sie denn schon fertig?«

»So gut wie.«

»Dann schreiben Sie sie, wenn der Schlüssel übergeben wird. In drei Tagen reist Golowkos Freundin an, bis dahin sollte alles fertig sein.«

»Bis in drei Tagen? Das ist weniger Zeit als besprochen.«

»Verteilen Sie einige große Vasen mit fünfhundert roten Baccara-Rosen im Appartement. Das ist Ihr Willkommensgeschenk für Natascha und Sergej.«

»Meins?« Sie merkte, dass sie ihn ungläubig ansah.

»Bekommen Sie keinen silbernen Schlüsselanhänger, wenn Sie einen neuen Wagen kaufen? Na, also. Kleine Aufmerksamkeiten erhalten die Freundschaft.«

Clara war sich gar nicht sicher, ob sie diese zweifelhafte Freundschaft mit Sergej Golowko pflegen wollte, und außerdem überschlug sie schnell, was sie das kosten würde. Fünfhundert Rosen à fünf Euro, wie sie vermutete – das waren mal locker 2500 Euro. Dafür konnte sie ihre ganzen Mädels einfliegen lassen.

»Gut.« Sachs wandte sich zum Gehen. »In zwei Tagen machen wir beide eine Ortsbesichtigung. Falls dann noch irgendwas zu ändern ist, haben wir immerhin noch vierundzwanzig Stunden Zeit.«

»Immerhin«, sagte Clara und schaute ihm hinterher, wie er zu seinem Wagen ging. Dann sprang sie mit einem unglaublichen Gefühl der Erleichterung völlig undamenhaft die Treppen hinauf.

Die Schneiderin verstand ihr Fach, Clara war beruhigt. Der Stoff der Vorhänge war auf der Innenseite champagnerfarben und außen von einem warmen Goldton. Es sah sehr edel aus, vor allem, wenn sich die beiden Farben je nach Lage des Stoffs mischten.

»Schön!«, sagte Clara ehrlich begeistert. Die Vorhänge waren das Einzige im ganzen Raum, dem sie voll zustimmen konnte. Aber was sollte es, auf die Begeisterung des Auftraggebers kam es an, nicht auf ihre.

Gegen zwei Uhr wollte ein marokkanischer Händler mit Teppichen kommen. Sie hätte für diese Wohnung keine gewollt, aber Chantal fand, dass Teppiche sein müssten. »Starke Farben, mächtige Muster«, hatte sie gesagt. »Und etwas Besonderes. Also möglichst eine Antiquität.«

Überhaupt Chantal. Sie war ein Tausendsassa. Eine wirklich tolle Frau und Freundin. Aber so ganz schlau wurde Clara nicht aus ihr.

Clara schaute der Schneiderin zu, wie sie die eine oder andere Stoffbahn noch umdrapierte und dann aus der Mitte des Raums ihr Werk betrachtete.

»Bueno«, sagte sie und drehte sich zu Clara um. Die nickte zustimmend. »Morgen sind die roten Vorhänge für das Schlafzimmer und für das Badezimmer fertig«, sagte sie. »Wieder um eins?«

Clara nickte. »Und der Bettüberwurf und die Vorhänge für das Ankleidezimmer?«

Die Schneiderin, eine flinke Frau mittleren Alters, zuckte die Schultern. »Vielleicht«, sagte sie.

»Vielleicht ist okay«, antwortete Clara und drehte sich zu dem Maler um, der seinen Marilyn-Monroe-Verschnitt eben mit einem letzten Pinselstrich beendete.

Die Frau war so überzeichnet, dass sie schon wieder gut

war. Wie ein vollbusiges Bunny aus einem amerikanischen Comic. Clara grinste. Daneben wirkte sie selbst wie ein Rehlein.

»Qué te parece?«, wollte er wissen, und Clara lächelte und nickte heftig.

»Excelente«, sagte sie und schwor sich, als Nächstes ein spanisches Wörterbuch zu kaufen oder besser noch einen Spanischkurs zu belegen. Nur mit Kopfnicken kam man auf die Dauer nicht durch.

»He terminado«, sagte er und zog sich die Baskenmütze vom Kopf, mit der er seine schwarze Mähne gebändigt hatte. Er trat zurück, verschränkte die Arme und blieb breitbeinig vor dem Bild stehen.

Clara stellte sich neben ihn. Es war wirklich ein beeindruckendes Werk. Er hatte es so realistisch gemalt, als sei der Ferrari tatsächlich eben zur Tür hereingefahren. Sergej war gut getroffen, wenn auch markanter im Gesicht, und die junge Frau war hübscher als auf dem Foto. Aber dagegen war ja nichts zu sagen.

Und jetzt zu den fünfhundert roten Rosen. Wo bekam sie die her? Sie musste Andrés fragen.

Der Maler schaute sie erwartungsvoll an.

»Wonderful«, sagte sie und wiederholte. »Sehr gut getroffen! Tolle Arbeit!«

»Danke!« Er grinste. »Sie würde ich auch gern mal malen. So, wie ich Sie sehe. Das ist das Gute an der Kunst, man darf die Dinge so darstellen, wie man sie selbst sieht, nicht wie sie wirklich sind.«

Clara war verdutzt. Nicht nur, weil er plötzlich einwandfrei Deutsch sprach. Was wollte er darstellen wenn nicht sie, wie sie hier stand?

»Wie sähe das aus?«, fragte sie.

»Nackt in der Natur. Zwischen hohen, schlanken Stämmen im frühen Morgenlicht. Leichtfüßig wie ein Reh und trotzdem eine Jägerin. Die Bewegungen müssen die einer Amazone sein. Kraftvoll. Der Blick auch. Nur die Gestalt ist zart, zerbrechlich, schlank bis in die Fesseln.«

Clara starrte ihn an. Er ging zu seinen Farbtöpfen und begann zusammenzuräumen.

Claras Handy klingelte. »Frau Flockheimer, Sie stehen doch auf seriös?«

Sie schaute noch immer dem Maler zu, der nun aus seinem bekleckten Overall stieg und ihn gewissenhaft zusammenrollte.

»Wie bitte?«, fragte sie.

»Hier ist Sachs, und ich bekomme eben eine Anfrage herein, die nach Ihnen schreit, wenn ich es so sagen darf.«

»Noch ein Russe?«, wollte Clara verhalten wissen.

»Ein kulturbeflissener Deutscher. Irgend so ein Kulturbürgermeister, der seinen Freunden mal zeigen will, dass er von der Sache was versteht.«

»Warum tut er es dann nicht in Deutschland? Ich meine, von der Sache was verstehen.«

Sachs lachte. »Sich selbst will er es hier beweisen«, sagte er süffisant. »Und seinem Budget nach hat er entweder geerbt, im Lotto gewonnen, oder er hat eine gewaltige schwarze Kasse.«

»Ach je. Und der will so richtig mit Kultur und so, Gegenwartskunst, Designermöbel und Edelaccessoires? Modern und fein in der Wirkung?«

»Ich sage ja, Sie sind die Richtige.«

Clara fühlte ihre Lebensgeister erwachen. »Budget?«, fragte sie.

»Ich habe Sie mit 50 000 verkauft. 100 000 sind für einen deutschen Auftraggeber in Spanien zu hoch, selbst wenn er sie hätte.«

Clara schluckte. Das war wie ein Wunder. »Und das Budget für die Einrichtung?«

»Etwa eine Million. Da müssen Sie dann einen detaillierten Plan machen.«

»Und Sie?«

»Ich verdiene an der Immobilie, auch wenn er schwer gehandelt hat.« Er gluckste vor Vergnügen. »Es ist eine schöne große Villa in einem alten Park.«

»Das hört sich gut an.«

»Aber klauen Sie nicht wieder Schmuck«, sagte Sachs und lachte so laut, dass Clara das Handy vom Ohr nehmen musste.

Damit sind die nächsten Wochen klar, dachte sie. Sie brauchte ihren Laptop und einen Arbeitsplatz mit Internetzugang. Und sie musste entweder häufig pendeln, was von ihrem Honorar abging, oder sie würde Katie zu sich holen. Das alles musste sie jetzt erst einmal genau überdenken. Vor allem würde sie ihre Hotelbuchung verlängern müssen.

Mit dem Teppichhändler kam Chantal herein. »Er hat traumhafte Teppiche«, rief sie schon an der Tür, »du wirst staunen! Ein bisschen Versailles, ein bisschen Zarenhof, außerdem Scheichzelt und indischer Palast. Perfekt!«

Sie hatte ihre Haare zu einem Pferdeschwanz hochgebunden und sah aus wie sechzehn.

»Geht es dir gut?«, wollte sie dann wissen und begrüßte Clara auf Französisch. »Du hast ja gar kein Frühstück gehabt, du Arme!«

»Ja, da hat dieser Mensch wohl etwas gestört.«

»Ja, ja. Hat er gedacht, du klaust Schmuck und versteckst ihn bei uns?« Chantal lachte schallend. »Mütterchen Russland ist gut für viele wilde Geschichten.«

»Er hat mir richtig Angst gemacht!«

»Er hat sich wieder beruhigt. Ein typischer Russe eben. Immer erst groß blabla und dann wieder Streichelbär.« Chantal drehte sich im Kreis und zeigte auf die Vorhänge. »Formidable! Wunderbare Qualität.«

»Ja.« Clara nickte. »Und genau in diesem Stil haben wir einen neuen Auftrag!« Sie strahlte Chantal an. »Stell dir vor, jetzt können wir wirklich zeigen, was wir können!«

»Was *du* kannst«, korrigierte Chantal. »Was ist es denn?«

Clara erzählte ihr von Sachs' neuem Projekt.

»Gut, sehr gut!«, freute sich Chantal. »Wenn das immer so leicht ginge, dann wäre das eine ausgezeichnete Basis für eine frühe Rente!«

»Ich habe bisher immer auf Lotto gesetzt«, erwiderte Clara.

Chantal kicherte. »Ja, und ich aufs Kasino. Beides Unsinn, wenn du mich fragst.« Sie kniete sich neben den Teppichhändler, der einige Exemplare für sie ausrollte.

Clara schaute zu, war aber nicht ganz bei der Sache. Ja, dachte sie, sie konnte nur sich selbst helfen. Aber sie hatte im Moment ganz unverschämtes Glück. Und sie erlebte ein Wechselbad der Gefühle. Mal sah sie sich schon im Knast, dann schwamm sie wieder oben. Mal hatte sie ein fürchterlich schlechtes Gewissen, dann war sie im Hinblick auf eine Zukunft, die sie Katie bieten konnte, glücklich. Paul fiel ihr ein und der Ausflug, den er mit Katie unternehmen wollte. Er war früher nie allein mit ihr unterwegs gewesen, entweder waren sie zu dritt, oder er arbeitete. Eigentlich würde ihm diese Erfahrung mal ganz guttun, dachte sie, dann musste er sich mit ihr beschäftigen. Sie hoffte nur, dass er nicht wirklich die neue Flamme einspannte, um es sich leicht zu machen.

»Was sagst du dazu?«, wollte Chantal wissen und zeigte auf ein königsblaues Ungetüm mit goldenen Kronen.

»Scheußlich!«, urteilte Clara spontan.

Chantal lachte. »Gut, dann hilf mir!«

Die Teppiche waren in ihrer Größe, den Mustern und Farben wirklich erstaunlich ausgefallen. Sie legten einen nach dem anderen aus und konnten sich schließlich einigen, wobei das königsblaue Exemplar seinen Platz vor dem offenen Kamin fand.

»Ein Bärenfell hat er nicht im Angebot?«, fragte Clara ironisch.

Chantal winkte ab. »Ein Bärenfell haben die wahrscheinlich in jeder Datscha. Aber vielleicht will dein deutscher Auftraggeber eins? Der Kulturmensch?«

Clara zuckte die Achseln. »Wissen kann man es nie, da hast du recht. Aber insgesamt tippe ich eher auf edle, feine Materialien.«

Chantal trat ein paar Schritte zurück, um alles auf sich wirken zu lassen, dann nickte sie zufrieden. »Das hier ist jedenfalls schon mal gut. Aber edel und fein? Ob meine Lager da etwas hergeben, weiß ich noch nicht.«

»Zumindest könnt ihr schnell liefern, und das ist doch schon mal ein riesiges Plus!«

Chantal nickte. »Vergiss aber nicht, dass wir irgendwann nach Südfrankreich in unser Winterquartier gehen. Also muss es schnell gehen.«

»Das sowieso.« Clara reckte den Daumen nach oben. »Wir sind doch schließlich von der schnellen Truppe!«

Chantal lachte zustimmend und verbeugte sich nach Art

eines französischen Kompliments. »Und ich muss los. Hab noch zu tun, ma chérie.«

Clara begleitete sie zur Tür und schaute ihr nach, wie sie leichtfüßig die Treppe hinunterlief. Sie hatte die Geschmeidigkeit einer Katze, es war unglaublich. Vielleicht hatte sie früher getanzt? Sie musste sie mal fragen. Clara erwiderte Chantals Handkuss, und Chantal verschwand durch die Eingangstür. Jedenfalls konnte sie Alain verstehen. Wenn sie ein Mann wäre, würde sie sich auch in Chantal verlieben, da war sie sich sicher.

Apropos Liebe. Sie ging noch einmal durch das Appartement, schaute, ob jeder mit seiner Arbeit weiterkam oder ob es noch offene Fragen gab, wartete, bis der Teppichhändler seine übrigen Waren wieder eingesammelt und verstaut hatte, und zog dann die Wohnungstür hinter sich zu.

Sie war in Gedanken bei ihrem kleinen Wagen angekommen. Ein zusammengefalteter Zettel klemmte unter ihrem Scheibenwischer. Clara wunderte sich. Blockierte sie jemanden? Nein, das konnte nicht der Grund sein. Sie zog ihn heraus und faltete ihn auf.

»Der Kuchen gehört nicht nur dir allein. 50 000 Euro, oder ich übergebe meine Beweise wahlweise dem Russen oder der Polizei. Beides dürfte dir schlecht bekommen. Game over!«

Claras erste Reaktion war, sich umzusehen. Aber der Parkplatz war menschenleer, hier standen nur abgestellte Autos und einige Lieferwagen, deren Fahrer noch oben im Appartement arbeiteten. Dann lehnte sie sich gegen ihren Wagen und las den Zettel noch einmal. Wer kam denn auf eine solche Idee? Und was für Beweise? War das überhaupt ernst zu nehmen?

Sie schaute sich noch einmal um. Diesmal blickte sie

auch zu den Fenstern des Appartementhauses. Aber auch da konnte sie niemanden entdecken, der sie beobachtet hätte.

Sie dachte an Sergej Golowko. Hatte er die Sache nicht schon als Versicherungsfall abgehakt?

Blödsinn, dachte sie. Was wollte ihr so einer schon tun, der müsste sie ja frontal angehen. Und 50 000 Euro für nichts? Das war ein Witz. Ein schlechter Witz!

Sie zerknüllte das Schreiben und fuhr los. Ein Campari Orange in Puerto Portals würde ihr jetzt guttun. Wenn Andrés tatsächlich im *Amici miei* richtig einsteigen konnte und sie ebenfalls Fuß fasste – vielleicht würde das doch passen!

Friedrich war schon da, und Clara fiel auf, dass sie noch immer nicht seinen Nachnamen kannte.

Er saß in einem mit hellem Leinen bespannten Stuhl auf der Terrasse und winkte ihr zu, als sie suchend am Eingang stand.

»Clara, wie schön«, sagte er, stand etwas mühsam auf, drückte ihr die Hand und rückte ihr einen Stuhl zurecht.

»Darf ich Ihnen Annika Ramm vorstellen? Meine Anwältin hier auf Mallorca.«

Clara gab ihr die Hand. Sie sah sympathisch aus. Dunkelblonde, schulterlange Haare, offener Blick.

»Sie hat einen Vertrag ausgearbeitet«, fuhr Friedrich fort, »der für beide Seiten von Vorteil ist. Andrés wird als Geschäftsführer gutes Geld verdienen, noch mehr wird er verdienen, wenn der Laden brummt; und wenn er ganz einsteigen will, kann er das auch. Ich für meinen Teil bin froh, wenn die Geschäfte laufen und ich keine Arbeit damit habe.«

Clara musste lachen. »So einen Job suche ich auch noch«, sagte sie spontan. »Eine stille Teilhaberschaft, wie angenehm!«

»Sie sind Mitte dreißig, ich bin Mitte sechzig. Ein bisschen anstrengen werden Sie sich wohl noch müssen.« Er lächelte.

»Oh, ja«, sagte sie. »Das tu ich.«

»Ich habe über Sie nachgedacht«, erklärte Friedrich, und seine Miene wurde ernster.

Clara betrachtete ihn. »Ach so?« Sie spürte eine Unsicherheit aufsteigen, die sie sich nicht erklären konnte. »Und weshalb?«

Er winkte den Kellner mit einer Geste herbei, die Clara schon aus ihrem eigenen Hotel kannte, und ließ ihr aus seiner Flasche ein Glas Weißwein einschenken. Dann wandte er sich ihr zu.

»Ich habe Ihnen ja mit Uli Sachs geholfen.«

»Ja, dafür bin ich Ihnen auch nach wie vor sehr dankbar«, erklärte Clara schnell. Was kam jetzt?

»Ich habe Sie zu dem Zeitpunkt nicht gekannt. Es hat mir Spaß gemacht, Sie waren alle so frisch und begeistert. Fröhliche junge Frauen.«

Clara verkniff es sich, auf das *jung* einzugehen. Friedrich hob das Glas, und sie stießen zu dritt an.

»Und ich habe mich gefragt, was Sie mit Chauffeur und Pilot in seinem solchen Hotel tun!«

»Die Realität spüren«, kam erstaunlich schnell die Antwort. Dann verharrte er kurz und beobachtete sie aus freundlichen Augen, unter denen dicke Tränensäcke hingen. »Das können Sie wahrscheinlich nicht verstehen, oder?«

Clara wog leicht den Kopf und warf der Anwältin einen Blick zu. »Doch, sehr gut sogar«, sagte sie dann. »Ich habe eine Erfahrung gemacht, durch die ich auch wieder auf den Boden der Realität zurückgekehrt bin.«

»Ja.« Friedrich atmete schwer. Wenn er noch ein paar Jahre leben will, muss er dringend abnehmen, dachte Clara, während sie gespannt wartete, was er ihr eigentlich sagen wollte.

»Bei Uli Sachs konnte ich Ihnen leicht helfen, er hat schon reichlich Geld mit mir verdient.«

Clara sagte nichts. Doch dann war es ihr klar. Die Terminverschiebung. Sie hatte Friedrich ihr Leid geklagt, und gleich darauf hatte Sachs angerufen. Das war kein Zufall und keine Fügung.

»Dann habe ich Ihnen den raschen Termin zu verdanken?«

»Ein Anruf. Nichts weiter.«

Clara schaute ihn an. *Nichts weiter.* Wie er das sagte. Und was kam jetzt?

»In der Zwischenzeit habe ich mich erkundigt.« Er griff nach seinem Glas. Es kam Clara unendlich lang vor, bis er weitersprach. »Sie genießen in gewissen Kreisen einen guten Ruf.« Wieder blieben seine runden Augen auf ihr ruhen. »Es tut mir fast leid, dass ich Sie Sachs vermittelt habe.« Er verzog sein Gesicht, und seine Mimik erinnerte sie an eine englische Bulldogge.

»Wieso?«

»Sachs ist, nun ja, ein großer, erfolgreicher Makler, der mit den Mitteln eines großen, erfolgreichen Maklers arbeitet. Er würde nicht einmal seinem besten Freund einen Gefallen tun, ohne daran zu verdienen. Verstehen Sie?«

»Aber so ist er doch ganz freundlich …«

»Manchmal zu freundlich.« Er gab seiner Anwältin einen kurzen Wink, und Annika Ramm zog einen Prospekt heraus, den sie mitten auf den Tisch legte.

»Wir planen hier auf Mallorca drei neue Hotelresorts

mit Spa. Oder sagen wir einfach Hotelanlagen.« Er schaute sie an.

Clara hörte das Blut in ihren Ohren rauschen.

»Sie denken da ernsthaft an mich?« Ihre Stimme war einen Ton zu hoch, das hörte sie selbst.

»Vielleicht«, sagte er vorsichtig, aber sein Blick hielt sie fest.

»Das kann ich nicht. Ich habe in meinem ganzen Leben noch kein Hotel eingerichtet.« Clara hatte unbewusst die Finger gespreizt. »Ich möchte Villen mit schönen Möbeln ausstatten«, sagte sie abwehrend. »Oder auch kleine Häuschen. Etwas, das ich überschauen kann. Aber Hotelanlagen?« Sie spürte, wie ihr der Schweiß ausbrach. »Das überfordert mich.«

Er zuckte die Schultern und schob ihr den Prospekt hin. »Es eilt nicht.« Er lächelte. »Wir fangen erst an … ah«, Friedrich stand auf, »da kommt Andrés.«

Clara drehte sich um. Andrés trug zu dem Anlass einen Anzug und sogar eine Krawatte. Er sah völlig verändert aus, viel erwachsener, fand Clara und war sich nicht sicher, ob ihr dieser Andrés besser gefiel als der andere, jungenhafte in Jeans und T-Shirt.

Andrés begrüßte Friedrich, der ihm einige Schritte entgegengegangen war, mit Handschlag, anschließend die Anwältin; Clara nahm er kurz in die Arme.

»Es ist ein aufregender Termin für mich«, sagte er, während er sich setzte, und seine Ehrlichkeit nahm Clara sofort für ihn ein. Für sie war es ebenfalls ein aufregender Termin, aber das konnte er noch nicht wissen.

»Und ich hoffe, dass wir nicht viel pokern müssen, denn darin bin ich nicht gut.«

»Wenn Sie gute Arbeit leisten, geht es mir auch gut – und

umgekehrt. Ich schlage zunächst eine gemeinsame Betriebsführung vor, sodass Sie sich von allem ein Bild machen können. Der derzeitige Geschäftsführer wird dabei sein, um alle Fragen zu beantworten. Im Anschluss dachte ich an ein mehrgängiges Abendessen, schließlich wollen wir sehen, was die Küche und der Weinkeller zu bieten haben, und dann sollten wir zu einer Einigung kommen.«

»Das hört sich doch gut an«, fand Clara, und auch Andrés' Gesichtszüge entspannten sich.

»Ja, das kommt mir sehr entgegen«, sagte er und drückte Claras Hand.

Es war Mitternacht vorbei, als Clara zu ihrem Hotel zurückfuhr. Andrés wollte noch in seiner Disco vorbeischauen, um Pablo ein fundiertes Angebot zu machen. »Mit Pablo im Gepäck wüsste ich zumindest schon mal, worum ich mich *nicht* kümmern muss«, sagte er, während er Clara die Fahrertür aufhielt, damit sie einsteigen konnte. »Falls es übrigens nachher an deine Tür klopft«, fuhr er lächelnd fort, »kannst du ruhig öffnen. Das bin dann ich.«

»Wer sagt dir, dass ich da *ruhig* öffne?«, hatte Clara gescherzt und war dann losgefahren.

Jetzt, bei Nacht, war ihr die Fahrt, die ihr am Tag so gut gefiel, eher lästig. Weiterhin im Hotel in Arenal zu bleiben macht keinen Sinn, dachte sie. Das war von ihrem neuen Wirkungskreis unnötig weit weg. Sie sollte sich besser irgendwo zwischen Palma und Port d'Andratx nach einer neuen Bleibe umschauen. Die Saison ging langsam zu Ende, dachte sie, sicherlich ließ sich auch in dieser Ecke etwas Günstiges finden.

Erstaunlich rasch kam sie dann doch am Hotel an. Sie parkte direkt an der Hoteleinfahrt, im Halteverbot. Langsam nahm sie die Landessitten an. Aber sie wollte so schnell wie möglich im Hotel sein. Wer wusste schon, wer heute hinter ihr her war?

Hinter dem Rezeptionstresen hingen die Zimmerschlüssel. Bekam eigentlich irgendjemand mit, wenn sie sich einfach einen x-beliebigen Schlüssel nahm? Sie stand vor dem Tresen und starrte auf die Schlüsselreihe. Sie sah, dass das Hotel nicht voll besetzt war. Oder es waren tatsächlich noch viele Nachteulen unterwegs. Eher unwahrscheinlich.

Clara drehte sich um und erschrak zutiefst. Hinter ihr stand ein Mann, den sie nicht hatte hereinkommen hören. Aber er lächelte sie freundlich an, und ihr Puls verlangsamte sich wieder.

»Keiner da?«, fragte er sie, und Clara zuckte die Achseln.

»Keine Ahnung«, sagte sie. »Ich warte auch schon.«

Er griff an ihr vorbei und patschte auf eine Messingklingel, deren scheppernder Ton aber keine Wirkung zeigte. »Saftladen«, brummte er und schob sich durch die Schwingtür zum Schlüsselregal.

»Welche Nummer?«, fragte er Clara.

»651«, antwortete sie automatisch.

»Na, dann sind wir ja fast Nachbarn«, sagte er, schob ihr den Schlüssel hin und zwinkerte ihr dabei vielsagend zu.

»Ach, ja?«, sagte sie und nahm den Schlüssel schnell an sich.

»Vielleicht noch ein Drink aus der Minibar?«, schlug er anzüglich vor, worauf Clara energisch den Kopf schüttelte.

»Danke, keine Lust«, sagte sie, fügte noch ein »Gute Nacht« an und ging schnell zu dem offenen Lift. Und dann dachte sie: Welche Minibar?

Sie hatte Glück, die Lifttür schloss sich, bevor er aus der Schwingtür wieder heraus war. Ganz bestimmt hätte sie mit diesem Menschen nicht Lift fahren wollen, dazu war er ihr zu aufdringlich. Sie schüttelte sich und freute sich auf ihr Bett. Und darauf, dass Andrés nachher vielleicht noch kam. Irgendwie war der Gedanke beruhigend.

Sie schloss ihre Zimmertür hinter sich ab, füllte ihren Zahnputzbecher mit einem Schluck Brandy und setzte sich auf den Balkon. Ein Gutenachttrunk, das musste jetzt noch sein. Nebenher wollte sie Andrés eine liebe SMS schicken und auch Britta einen Gutenachtgruß. Sie zog ihr Handy aus der Tasche und klappte es auf. Eine neue Nachricht war eingegangen. Sie trank einen Schluck, dann drückte sie auf *Öffnen*.

»Liebe Clara, komme morgen früh zu deiner Unterstützung. Bitte großes Auto mitbringen für viel Gepäck. Ankunft Flughafen 9.30 Uhr, lg Britta.«

Clara schaute auf die Uhr. Halb zwei. Und Britta im Anmarsch. So ein verrücktes Huhn. Hatte sie ihre Ankündigung also wahrgemacht.

Clara hatte es gehofft, aber nicht wirklich damit gerechnet. »Britta, du Weltmeisterin, ich hätte es mir denken können. Aber so schnell?? Ich freue mich wahnsinnig, das hier ist für eine einzige Frau auch wirklich zu viel ☺ Bin rechtzeitig da.«

Was hieß da viel Gepäck? Das musste in einen Twingo doch wohl hineingehen. Sie würde ja kaum mit einer Golfausstattung oder einem Rennrad anreisen. Clara trank ihr Glas aus, stellte den Wecker auf acht Uhr, lächelte sich im Badezimmerspiegel an und kam gerade rechtzeitig aus dem Badezimmer heraus, um zu hören, wie sich jemand an ihrem Schlüsselloch zu schaffen machte.

Sie donnerte mit der Faust gegen die Tür und schrie: »He! Wer ist da?« Augenblicklich war es still, aber sie traute sich nicht, die Tür aufzuschließen, um nachzuschauen. War es der widerliche Kerl von vorhin? Sie überprüfte ihren Zimmerschlüssel, er steckte von innen. Zudem schob sie den schwächlichen kleinen Sicherheitsriegel vor. Falls einer wirklich hineinwollte, war das alles nur eine Farce. Das Türblatt war so dünn, dass ein einziger Tritt die gesamte Tür durch das Zimmer über den Balkon hinaus ins Freie befördern würde. Clara stellte einen Stuhl unter die Klinke und verschloss die Balkontür, falls der Mensch tatsächlich in einem der Nebenzimmer residieren sollte. In geschlossenen Räumen konnte sie zwar nicht gut schlafen, aber immer noch besser als mit nächtlichen Horrorvisionen. Sie schrieb Andrés: »Bitte schick mir eine SMS, falls du noch kommst«, legte sich ins Bett und ließ das Badezimmerlicht an, sodass ein Lichtstreifen bis zur Tür fiel.

Clara wachte schon vor acht Uhr auf. Sie hatte unruhig geschlafen, und ihr erster Impuls war, nach dem Handy zu greifen. Andrés hatte ihr geschrieben, dass er sie nicht mehr stören wolle, aber eine gute Nacht wünsche, das war kurz nach vier gewesen, und Britta ließ sie wissen, dass sie vor Vorfreude total aufgeregt sei.

Die besonnene Britta und aufgeregt, so ganz stimmig war das Bild für Clara nicht. Sie duschte, zog ein Sommerkleid an und legte sich nach dem Blick aus dem Fenster einen Pullover über. Es war bewölkt und windig. Anstatt im Hotel zu frühstücken, wollte sie das nachher lieber gemeinsam mit Britta tun, vielleicht irgendwo an einer Strandpromenade, und außerdem wollte sie zu ihrer Begrüßung noch ein paar Blumen besorgen.

Sie schnappte ihre Handtasche, zog den Stuhl unter der Klinke weg, schloss auf, öffnete die Zimmertür und wäre fast auf die Rosen getreten, die direkt vor ihrer Tür auf dem Gang lagen. Die roten Blütenblätter waren in sich zusammengefallen und hingen welk über einem Stück Papier, das Clara mit spitzen Fingern herauszog. »Schade«, stand da. Clara blieb unentschlossen stehen. Schließlich nahm sie die Rosen, füllte ihr Waschbecken und legte sie ins Wasser. Sie konnten ja nichts dafür und hatten ein solch schmähliches Ende auf einem abgewetzten Teppichboden nicht verdient.

»Schade«, dachte sie, während sie zu ihrem Auto lief. Was für ein Idiot. Hatte er wirklich gedacht, dass sie sein Bedauern teilen würde?

Über ihr falsch geparktes Auto hatte sich offensichtlich niemand aufgeregt, das war schon mal nicht schlecht. Der Tag fing gut an, fand Clara, und sie spürte, wie sie über das ganze Gesicht strahlte. Sie freute sich auf Britta, sie freute sich wirklich.

Die Maschine war pünktlich, und Clara stand mit fünf kümmerlichen Rosen, die der morgendlichen Liebesgabe nicht unähnlich waren, erwartungsvoll in der Ankunftshalle. Sie hatte sich schon überlegt, mit Britta direkt nach Port d'Andratx zu fahren, dort kräftig zu frühstücken und ihr dann das Appartement zu zeigen. Hin musste sie sowieso, so ließ sich das bestens kombinieren. Außerdem war sie auf Brittas Urteil gespannt. Clara spürte eine Euphorie, verbunden mit einem Tatendrang, wie sie es lange nicht erlebt hatte. Alle ihre Sinne schienen unter Strom zu stehen.

Die ersten Passagiere kamen in die Ankunftshalle und schauten sich nach ihren Reiseführern um, wurden aber gleich von den nachfolgenden weitergeschoben. Und dann quollen die Menschen heraus – der Strom schien gar nicht mehr abzubrechen. Clara strengte sich an, um Britta in der Masse nicht zu übersehen. Aber als sie endlich kam, war es klar, dass die Sorge völlig unnötig gewesen war. Die Koffer und Reisetaschen auf dem Gepäckwagen waren höher gestapelt, als die ganze Britta groß war, und offensichtlich hatte sie auch erhebliche Mühe, die Last im Gleichgewicht zu halten.

Clara stürzte auf sie zu und küsste sie rechts und links. »Willst du umziehen?«, fragte sie lachend und streckte ihr die Rosen entgegen.

»Blockieren Sie doch nicht alles«, sagte eine betont spitze Stimme hinter ihr, und Clara wollte schon einen noch spitzeren Kommentar loslassen, als sie sich ruckartig umdrehte. Sie hatte sich nicht getäuscht, es war die verstellte Stimme ihrer Mutter. »Das gibt's doch nicht«, sagte sie staunend – und dann sah sie Katie.

»Mami, Mami«, rief die Kleine und stürzte auf sie zu.

Clara ging in die Hocke und fing sie auf. »Meine Süße! Meine süße, liebe kleine Tochter!«, sagte sie und spürte, wie ihre Augen feucht wurden.

»Bist du jetzt überrascht?«, fragte Katie und küsste sie auf die Wange.

»Und wie!«, schniefte Clara.

»Aber du weinst ja, Mami, warum weinst du denn? Freust du dich nicht?«

»Doch, ich weine, weil ich mich so freue!« Clara stand auf und zog Katie mit sich hoch, und ihre Tochter schlang ihre dünnen Beinchen um ihre Taille.

»Ich glaub es nicht«, sagte Clara und schaute ihre Mutter an. »Das ist ja wie Weihnachten!«

»Och, Britta und ich hatten gestern die gleiche Idee. Und Britta ist ein Organisationstalent, sie hat schneller Last Minute gebucht, als ich zuschauen konnte. Und da sind wir.«

»Ich bin hin und weg«, sagte Clara und küsste ihre Tochter, die die Arme um ihren Hals gelegt hatte. »Jetzt verstehe ich auch den Hinweis mit dem Auto.« Sie blinzelte Britta zu. »Du Teufelsweib, du! Da dürfte mein Twingo bei aller Liebe wirklich eine Nummer zu klein sein …« Sie lachte und stupste ihre Mutter liebevoll an. »So schön kann Mallorca sein«, sagte sie.

Katie zeigte bedeutungsvoll auf den Gepäckwagen. »Ich habe einen Bikini dabei«, erklärte die Kleine wichtig. »Soll ich ihn dir zeigen?«

Clara schaute auf die vielen Gepäckstücke und erkannte erst jetzt ganz oben den kleinen roten Koffer ihrer Tochter.

»Den zeigst du mir nachher am Strand«, schlug sie vor. »Dann kannst du auch gleich damit ins Meer!«

»Ist das Wasser noch warm genug?«, wollte Ellen wissen.

»Aber ja, Mama«, sagte sie, und Britta grinste. »So viele Mütter«, spöttelte sie, »das wird was werden.«

Sie tauschten den Twingo bei der Autovermietung am Flughafen mit etwas Mühe und Verzögerung gegen ein größeres Modell, und als schließlich alles gepackt war, blieb Clara an der Fahrertür stehen. »Und jetzt?« Sie drehte sich zu Britta um, die eben Katie im Kindersitz anschnallte.

»Und jetzt was?« Britta blickte auf.

»Ja, wohin? Sollen wir in meinem Hotel nachfragen? Aber ich wollte sowieso wechseln.«

»Und wohin wechselst du?« Britta zog die Augenbrauen hoch.

Clara zuckte die Achseln. »Ich habe mir noch keine Gedanken gemacht.«

»Aber Britta!«, sagte ihre Mutter fröhlich und stieg auf der Beifahrerseite ein. »Verlass dich einfach auf Britta, mein Kind!«

»Ach?« Clara grinste und warf Britta einen fragenden Blick zu. «Wie soll ich das verstehen?«

»Ich habe ein Appartement am Jachthafen von Santa Ponça gemietet, wenn es recht ist. Zwei Schlafzimmer, große Terrasse, Swimmingpool. Feinster Sandstrand in der Bucht. Nähe Port d'Andratx und Palma. Waschmaschine und Geschirrspüler, 55 Euro am Tag. Habe ich wegen Saisonende auf 45 Euro heruntergehandelt, könnte man auch Monatsmietpreis daraus machen. Oder hast du andere Pläne?«

Clara schüttelte den Kopf. »Jetzt nicht mehr«, sagte sie. »Dann fahren wir da doch einfach mal hin.«

An ein Frühstück in einem Restaurant war jetzt nicht mehr zu denken, Katie musste natürlich sofort ans Meer. Weil inzwischen auch die Sonne herausgekommen war, schlug Britta ein Frühstück am Strand vor. Clara war glücklich. Plötzlich schien alles perfekt.

Während Katie Sandburgen baute, mit ihrer kleinen Schaufel Wasserstraßen aushob und Ellens Beine mit unendlicher Geduld zuschaufelte, erzählte Clara von den letzten Ereignissen. Sie hatten einen Liegestuhl mit zwei karierten Geschirrtüchern zum Tisch umfunktioniert, und Ellen hatte eine ganze Kanne Kaffee und drei Becher zum Strand getragen, während Britta und Clara für Teller, Saft, Brot, Käse und Obst gesorgt hatten. So saßen sie nun locker um den Liegestuhl herum im Sand.

»Also, was mir richtig gut gefällt, ist der Auftrag von diesem Kunstmenschen.« Britta nickte. »Da helfe ich dir! Deinen Laptop hat deine Mutter mitgebracht, und Internetzugang hat die Bude auch!«

Clara schüttelte den Kopf. »Eigentlich ist es nicht zu fassen, wie schnell sich ein Leben ändern kann!«

»Meines ändert sich auch gerade«, sagte Britta und verzog leicht das Gesicht. »Unserem Anzeigenblatt geht es nicht gerade prächtig, die Firmen haben weniger Werbebudget. Ich spiele mit dem Gedanken, mich zu verändern, bevor die Klitsche ganz zumacht!«

»Ach …« Clara schaute sie aufmerksam an. Die Sorgen waren ihr nicht anzusehen, ihr eher rundliches Gesicht strahlte wie immer Zuversicht aus. »Und jetzt? Hast du bezahlten Urlaub, oder wie regelst du die Woche?«

»Zwei Wochen«, korrigierte Ellen. »Wir haben für zwei Wochen gebucht. Fürs Erste …«

»Ah.« Clara lachte. »Ich sehe schon, das Unternehmen hat einen Namen: *Operation Mallorca*. Ja, mal sehen, was daraus wird.«

»Was daraus wird?«, fragte ihre Mutter. »Wie meinst du das?«

»Na ja.« Clara zuckte die Achseln. »Es soll schon andere Auswanderer gegeben haben. Und Katie wäre jung genug, um sich auch hier einleben zu können.«

»Und wovon sollen wir leben?«

»Wie in Deutschland auch.« Clara grinste. »Arbeit und Rente. Und 860 Euro von Paul, wenn das nichts ist!«

Britta schaute sie nachdenklich an. »Wenn dein Laden brummen würde, bräuchtest du jedenfalls ein gutes Büro.«

»Und wenn ich ein gutes Büro hätte, brächte ich auch meinen Laden zum Brummen.« Clara klopfte Britta auf die Oberschenkel. »Aber ich glaube, dazu brauchen wir noch ein bisschen Zeit. Die Aufträge sind mir noch zu unsicher, und wenn Sachs den Hahn zudreht, wird es kritisch. Und wenn wir zu zweit daran arbeiten, brauchen wir auch für zwei Geld.«

»Rechnen kann sie, meine Kleine«, nickte Ellen.

Um die Mittagszeit wollte Clara ins Hotel, um auszuchecken. Britta fuhr mit, und als sie in Arenal einen Umweg an der Strandpromenade entlang machten, meinte sie: »Es kommt mir vor, als käme ich nach Hause.«

»Ich finde es auch seltsam, wie schnell man sich an etwas gewöhnen kann«, gab ihr Clara recht. »Und in der Zwischenzeit weiß ich auch, wo es eine Tierklinik gibt. Die Nummer habe ich gespeichert. Taxinummern übrigens auch.«

Sie schauten sich nachdenklich an.

»In unserem Appartement sind Haustiere erlaubt«, sagte Britta und strich sich durch die dunkelbraunen Locken. »Falls uns also so eine dürre Gestalt über den Weg laufen sollte ...«

»Ich merke schon, du fühlst dich bereits ein bisschen heimisch.«

»Wer nicht den ersten Schritt wagt, kommt nie zu einem zweiten.«

Clara räumte ihr Zimmer, stellte den gepackten Koffer an die Zimmertür und bot dann Britta zum Abschied noch einen Brandy im Zahnputzbecher an. »Ist es nicht seltsam«, sagte sie, während sie Britta den Stuhl auf dem Balkon hinschob, »als ich hier eingezogen bin, erschien es mir spartanisch, und so viele Dinge haben mich gestört, und jetzt habe ich das Gefühl, eine lieb gewonnene Wohnung zu verlassen.«

»Es ist ja nur ein kleiner Umzug«, tröstete Britta sie. »Die Bilder darfst du hängen lassen.«

Clara musste lachen, denn die beiden Bilder, auf die Britta anspielte, waren billige Blumendrucke.

»Auf unser Kennenlernen«, sagte Britta und hob das Glas.

»Ja, das war ein denkwürdiges Ereignis.« Clara stieß mit ihr an. »Als der Typ von der Gummipuppe quatschte, dachte ich, ich falle vom Liegestuhl.«

»Ja.« Britta nickte. »Genauso hast du ausgesehen. Eine verschreckte Kulturmaus aus Deutschland, ein bisschen blässlich um die Nase, die direkt von einem besseren Stern in den Kreis der schlimmsten Plebejer gefallen ist.«

»Echt?« Clara staunte. »So habe ich ausgesehen?«

»Frau Doktor Clara Flockheimer. Fehlte nur noch das *von*.«

»Stimmt nicht, das habe ich mir alles verkniffen«, protestierte Clara. »Und außerdem habt ihr meinen Namen auch gleich verstümmelt!«

»Flocky.« Britta lachte und hob das Glas. »Flocky und der Türsteher. Ich glaube, er hat dich von deinem Trip heruntergeholt. Was macht er überhaupt?«

Clara nahm einen Schluck. »Das mit Friedrich habe ich euch ja erzählt – und es wird wirklich wahr. Gestern haben sie den Vertrag gemacht, Andrés wird Geschäftsführer in Puerto Portals.«

»Da hast du ihm Glück gebracht.«

»Oder er mir.«

»Oder wir uns.«

Auf dem Rückweg fuhren sie nach Port d'Andratx, weil Clara Britta das Penthouse zeigen und ihr gleichzeitig das Problem mit den fünfhundert Rosen schildern wollte.

»Alle Achtung«, sagte Britta, nachdem sie sich umgesehen hatte. »Schön scheußlich. Hier könnte sich auch ein afrikanischer König wohlfühlen. So viel Gold, Stoffe und Narzissmus.«

Clara ging noch einmal durch die Wohnung und überprüfte alles gewissenhaft. Das Geschirr von Versace war noch nicht vollständig, da würde sie bei Chantal noch einmal nachhaken müssen, und auch die Badetücher fehlten noch. Ansonsten war die Wohnung bezugsfertig, selbst das große Bett mit der weißen Seidenwäsche war schon einladend aufgeschlagen.

»Was in so kurzer Zeit möglich ist«, bemerkte Clara, während sie die Wohnung verließen, »ist eigentlich unglaublich! Chantal hat da wirklich ein Zauberhändchen, ich kann mir nicht erklären, wie sie das macht!«

»Ja, das scheint sie draufzuhaben«, bestätigte Britta. »Dann dürften Rosen ja wirklich kein Problem sein. Oder frag doch einfach mal Andrés, wo er die Blumen für dich immer kauft.«

»Oh ja, gute Idee.« Clara warf ihr einen spitzbübischen Blick zu. »Frag du ihn doch, das bewirkt vielleicht was.«

Am Abend durchstreiften sie den Ort und suchten sich ein kleines Gartenrestaurant. Katie wollte unbedingt Pommes frites und sonst nichts, und die drei Frauen ließen sich einheimische Kost empfehlen.

»Schön, dass ihr da seid«, sprach Clara den Toast aus, als der Aperitif kam.

»Schön, dass du unbedingt nach Mallorca wolltest«, entgegnete ihre Mutter, was Clara ein: »Aha, ich also ...« und ein schräges Grinsen entlockte.

»Finde ich auch«, bekräftigte Britta. »Mit euch fühle ich mich so richtig wohl.«

»Mit mir auch?«, wollte Katie wissen und hielt ihr Glas mit Orangensaft hoch.

»Mit dir besonders«, sagte Britta und prostete ihr zu.

Am nächsten Tag rief Hans-Ulrich Sachs schon frühmorgens an, weil er Clara möglichst bald das neu einzurichtende Haus zeigen wollte. Clara nutzte die Gelegenheit und fragte nach, ob Britta und Chantal gleich mitkommen dürften.

»Frauenpower«, sagte er daraufhin. »Wenn wir alle gut daran verdienen, soll es mir recht sein.«

»Die Betonung liegt auf wir alle«, gab Clara zurück.

Katie wünschte sich einen Besuch im Marineland bei Portals Nous. Sie hatte auf ihrem Nachttisch einen Prospekt mit Delfinen, Papageien und Meeresschildkröten entdeckt und bestürmte Ellen, sofort mit ihr dahin zu gehen.

Ellen willigte amüsiert ein. »Jedenfalls besser, als leere Häuser anzuschauen«, sagte sie augenzwinkernd zu Clara.

»Bringt mir bloß nicht noch eine Patenschaft mit«, warnte Clara, als sie die beiden auf dem großen Parkplatz absetzte.

Ellen schmunzelte. »Aber Knuffi ist doch so einsam als Patenkind«, sagte sie.

»Hör bloß auf«, zischte Clara mit Blick auf Katie, die schon die Ohren spitzte. »Ein Knuffi reicht!«

Die beiden stiegen aus, und Katie hüpfte fröhlich davon.

Clara schaute ihrer kleinen Tochter hinterher. Die Szene erinnerte sie an das vierblättrige Kleeblatt, das sie ihr vor gar nicht allzu langer Zeit gepflückt hatte.

»Okay, dann los«, unterbrach Britta ihre Gedanken. »Die Adresse ist jedenfalls schon mal vielversprechend: Camp de Mar«, las sie vor. »Na, also. Immerhin hat dort mal Claudia Schiffer gewohnt. Hab ich in einer Zeitschrift gelesen. Nicht schlecht, der Herr Kulturhengst!«

Clara stellte das Navigationsgerät ein. »Sag mal, hast du eigentlich was gegen Kulturleute? Mal sind sie blässlich, dann wieder Hengste?«

»Gegen echte nicht«, lächelte Britta. »Nur gegen diese Kunstschickeria. Wenn einer nur noch in Museen, Galerien und Ausstellungen Kunst erkennen kann, aber blicklos durch die Natur stapft, weder Wolkenhimmel noch Baumrinde sieht, ist das für mich eben ein Pseudokunstliebhaber. Denn die größte Kunst hat doch unser lieber Gott abgeliefert.«

Clara warf ihr einen Blick zu. »Da hast du recht, und diese Form von Kunst hat noch einen großen Vorteil.«

»Welchen?«

»Sie ist für jeden zugänglich und kostet nichts.« Clara startete den Motor.

»Du bist ja echt auf dem Spartrip!«

Die Villa war im Landhausstil gebaut und bot von ihrer Hanglage aus einen freien Blick über den Ort und das Meer bis zum Horizont.

»Wow!«, sagte Britta fasziniert und blieb vor dem großen Swimmingpool stehen. »Das ist wirklich Luxus. Hier im Pool zu baden und gleichzeitig aufs Meer zu blicken – das hat was!«

Hans-Ulrich Sachs, den sie an der Einfahrt getroffen hatten, nickte. »Ja, eine ganz seltene Perle auf dem Immobilienmarkt.«

»Daraus lässt sich was machen!« Clara ging bereits neugierig durch den terrassenartig angelegten Garten. »Ich nehme an, draußen mag er auch einige Kunstwerke stehen haben? So in Verbindung mit schönen modernen Sitzgruppen und Liegen?«

Sachs bestätigte. »Das ist hierfür geradezu prädestiniert!«

Clara war in ihrem Element. »Schön, dass der vorhergehende Besitzer einen so umsichtigen Gärtner hatte!« Sie zeigte auf eine Gruppe von Johannisbrotbäumen. »Perfekt. Sie spenden dichten Schatten und verbreiten einen herben Duft, ideal für ein Entspannungsplätzchen. Bienen mögen sie übrigens auch, dann summt und brummt es hier.« Sie lachte Britta zu. »Und schau, die schönen Palmen und dort die wilden Olivenbäume!«

»Es soll eine ganze Freesienecke geben«, las Sachs von seiner Objektbeschreibung ab. »Sie haben sich immer weiter ausgebreitet, es muss im Frühjahr also besonders schön sein und gut duften. Auch Kräuter und blühende Büsche, steht da.«

»Und weiter?«, wollte Clara wissen.

»Hibiskus, Thymian, Ginster, Levkojen, Riesenknabenkraut, Hornklee, Euphorbien, Bougainvillea. Und hinter der Villa Mandelbäume.«

»Donnerwetter!« Britta drehte sich im Kreis. »Warum ziehen wir hier nicht gleich selbst ein?«

Sachs spitzte die Lippen. »Wenn Sie es sich leisten können, verkaufe ich Ihnen mit Vergnügen ein ähnliches Anwesen.«

»Noch nicht, aber bald ...« Chantal war dazugekommen, küsste Clara auf die Wangen und reichte den beiden anderen die Hand. »Excusez-moi die Verspätung, Alain will einen neuen, moderneren Salon haben, und nun steht schon fast das ganze Mobiliar auf dem Kai. Vielleicht können wir hier eine hübsche Nische mit Bootsinventar einrichten – so ein bisschen seemännisches Flair?«

Clara lachte. »Du verkaufst auch noch deine eigene Großmutter«, kommentierte sie und schaute sie herausfordernd an. »Hast du überhaupt noch eine?«

»Schon verkauft«, erklärte Chantal. »Trop tard!«

»Aber vielleicht ist die Idee nicht einmal schlecht.« Britta zuckte die Schultern. »So ein Schiffszimmer mit Blick auf das Meer? Das kann doch ganz gemütlich sein.«

Clara schüttelte leicht den Kopf. »So wie ich mir das

vorstelle, wäre ein Schiffszimmer wohl *zu* gemütlich. Ich glaube, zu dem Stil eines modernen Kunstliebhabers passen eher klare, unromantische Linien.«

»Comme tu veux«, Chantal hob beide Hände nach oben, »du bist der Boss!«

Sachs klimperte mit dem Schlüssel. »Am besten gehen wir mal gemeinsam durch die Villa, dann können wir uns alle ein Bild machen.« Und mit Blick auf Clara fügte er hinzu: »Sie hat übrigens kein Kino.«

»Sehr witzig«, sagte Clara.

»Und keinen Safe?«, fragte Chantal süffisant, bekam dafür von Clara aber einen Knuff in die Rippen.

»Einen leeren schon«, klärte Sachs auf. »In der Größe eines Banksafes. Da passt ordentlich was rein.«

»Wenn er nach unserer Rechnung noch was übrig hat«, erklärte Britta lakonisch.

»Aha«, machte Sachs und betrachtete Clara aufmerksam. »Eine Buchhalterin haben Sie jetzt auch schon? Das ging aber schnell.«

»Deutschlands beste!«

»Könnte ich auch gebrauchen. Mein Buchhalter kostet mich mehr Geld, als er mir bringt.«

Britta und Clara tauschten einen Blick.

»Alles eine Frage der Verhandlung«, sagte Britta unbeeindruckt. »Und nur auf freier Basis. Hauptberuflich unterstütze ich Clara.«

Chantal war zur Eingangstür vorausgegangen. Dort wartete sie mit verschränkten Armen.

»Brauchen *Sie* vielleicht auch noch eine Buchhalterin?«, fragte Sachs, während er den Hauptschlüssel aus seinem Schlüsselbund heraussuchte.

»Ich bin schneller als jedes Finanzamt«, sagte Chantal

und trat zur Seite, um Sachs an das Schlüsselloch zu lassen. »Das ist der große Vorteil eines schnellen Schiffs in internationalen Gewässern.«

Das Haus war das Haus ihrer Träume. Lichte, offene Räume, einer in den anderen übergehend, dazu zwei in sich abgeschlossene Trakte, einer mit vier Schlafzimmern für den Hausherrn und der andere für Gäste. Und zur Meeresseite fast durchgehend Glasfronten, im hinteren Teil liebevoll zusammengestellte Blumeninseln und Baumgruppen. Schon auf den ersten Blick wusste sie genau, wie sie dieses Haus einrichten würde. Es war wie für sie maßgeschneidert.

»Schade, dass ich kein Geld habe«, sagte sie zu Sachs, als sie in der Küche angekommen waren. »Das hier wäre mein absolutes Traumhaus!«

»Was nicht ist, kann ja noch werden«, sagte er.

»Ja«, seufzte Clara. »In diesem Leben wohl nicht mehr. Aber es ist wunderschön!« Sie zeigte in den Garten hinaus zu dem im Schatten einiger Olivenbäume stufig angelegten Kräutergarten. »Hoffentlich weiß der neue Besitzer diesen zauberhaften Garten zu schätzen!«

»Ihre Arbeit aber bestimmt«, sagte Sachs und schaute sie an. »Haben Sie schon Vorstellungen?«

Clara nickte. »Ich weiß schon ganz genau, wie ich es gestalten werde. So, als wäre es mein eigenes.« Sie drehte sich zu Chantal um. »Wir machen nachher gleich mal einen Plan, okay?«

»Ran an die Arbeit«, grinste Chantal. »Mit Vergnügen!«

Sachs schaute von einer zur anderen. »Das geht ja flott«, sagte er und wischte sich mit dem Handrücken kurz die kleinen Schweißperlen von seiner Stirn. »Langsam glaube ich, dass mir Frauenpower gefällt«, erklärte er munter.

Chantal lachte laut auf. »Okay«, sagte sie. »Da haben wir

doch immerhin schon mal *einen* Mann bekehrt. Und das im Machospanien!«

»Hier zählt das doppelt«, gab Sachs zurück und spitzte die Lippen, »wenn nicht zehnfach!«

Er drehte sich nach Britta um. »Ihnen gebe ich jetzt den Haustürschlüssel. Und bitte rufen Sie mich an, wenn Sie das Haus verlassen, damit die Alarmanlage wieder eingeschaltet werden kann.« Er zog einen einzelnen Schlüssel aus seiner Hosentasche und ließ ihn in Brittas offene Hand fallen.

»Wie ist das Haus denn überhaupt gesichert?«, wollte Clara wissen. »Ich meine, für die Zukunft wäre es doch geschickter, wir regeln das selbst.«

Sachs winkte ab. »Dafür gibt es eine Wachmannschaft«, sagte er. »Die Gebäude sind vom Verkauf bis zum Einzug des neuen Besitzers von mir gesichert, das ist Teil der Abmachung. Sie rufen an, die Jungs besorgen das.«

»Perfekt«, sagte Chantal. »Haben Sie auch eine Cateringfirma?«

Sachs gluckste und schaute sie an. »Stimmt«, sagte er. »Ein bisschen was auf die Rippen könnte Ihnen nicht schaden. Aber Ihr Picknick müssen Sie leider noch selbst mitbringen. Darf ich mich hiermit empfehlen?«

Die drei Frauen begleiteten ihn zur Tür und schauten ihm nach. »Ist er nun ein Schlitzohr oder ein netter Kerl?«, fragte Clara.

»Wo ist der Unterschied?«, wollte Chantal wissen.

Britta musste darüber lachen. »Gute Frage«, sagte sie. »Aber wenn er der Garant für eine neue Zukunft ist und sich seine Schlitzohrigkeit zu unseren Gunsten auswirkt, soll es uns recht sein.«

Clara holte ihren Schreibblock aus der Mappe, und sie gingen Zimmer für Zimmer ab. Am Schluss setzten sie sich auf die Treppenstufe, die von der Küche in den Garten führte, und gingen die Liste durch.

»Bien«, sagte Chantal schließlich. »Bei den meisten Möbeln und Bildern, Skulpturen und was sonst noch alles weißt du ja, wo du es herbekommst. Brauchst du mich dann eigentlich noch?«

»Erstens vertraue ich auf deine Import-Export-Firma, schließlich muss das Zeug ja auch nach Mallorca kommen – und dann fehlen mir noch ein paar exquisite Gemälde.« Sie schaute eine Weile auf ihr Papier und dann in den Garten. »Wie ärgerlich«, sagte sie schließlich zu Chantal, »dass ich Neo Rauch zu früh bekommen habe. Das wäre jetzt das perfekte Gemälde für den Wohnraum.«

»Du hast einen Neo Rauch bei euch in Köln?«, fragte Chantal. »Das ist ja beachtlich!« Sie schenkte ihr einen bewundernden Blick.

»Diesen Gegenwartskünstler?«, wollte Britta wissen. »Ich dachte, den gibt es nur in Museen.«

»Auch«, erklärte Clara und schüttelte den Kopf. »Ich könnte mir in den Hintern beißen!«

»Können wir so einen Rauch nicht fälschen lassen?«, fragte Chantal. »Das haben wir doch jetzt bei Sergej Golowko gelernt. Der sieht da doch keinen Unterschied, Hauptsache, sein Gesicht ist auf der Leinwand verewigt.«

Clara rümpfte die Nase. »Das ist eben genau der Unterschied zwischen Prunk liebenden Russen und Kunst liebenden Deutschen!« Sie seufzte. »Hänge ich dem blöden Paul noch einen Rauch vor die Nase. Nur, damit diese dumme Schnepfe jetzt damit angeben kann.«

»Du sprichst in Rätseln«, sagte Britta. »Meinst du die hübsche Diana, deine Nachfolgerin?«

Clara boxte sie in die Seite.

»He, das ist die Idee!« Chantal richtete sich auf. »Für so ein junges Blut braucht er doch Kohle. Bis die ihren Schrank voll Gucci und Armani hat, ist er pleite. Gib mir seine Adresse, ich mache ihm ein Angebot für das Bild!«

»Du meinst …?« Clara schaute sie zweifelnd an.

Chantal sprang auf und zupfte einen Grashalm ab, den sie aufgeregt zwischen den Fingern zwirbelte. »Ja, klar. Und damit er sein Gesicht vor eurer Kölner Gesellschaft nicht verliert, kann er ja behaupten, er sei beklaut worden. Was hast du für das Gemälde denn bezahlt?«

»Eine halbe Million!«

»Oh!« Chantal schaute sie fassungslos an. »Das sprengt unseren Rahmen.« Sie setzte sich wieder auf die Treppe. »Andererseits«, fuhr sie nach einer Weile fort, »geht es auch ohne Rauch. Den brauchen wir gar nicht!«

Britta nahm die Liste mit den Möbeln, Accessoires und Kunstwerken und den von Clara und Chantal geschätzten Preisen in die Hand und las sie noch einmal aufmerksam durch. »Ja, das macht keinen Sinn«, sagte sie schließlich. »Auch wenn er sich gut machen würde, wir finden ein anderes Bild!«

Clara schaute auf die Uhr. »Du lieber Himmel«, rief sie und sprang auf. »Wir sind jetzt schon über vier Stunden hier. Ich habe Katie und Mutti ganz vergessen!«

»Die sind happy in ihrem Park«, beruhigte Britta sie und zog ihr Handy heraus. »Keine Panik.«

Clara blieb stehen, bis Britta telefoniert hatte. »Die Delfinshow fängt gerade erst an«, sagte sie schließlich, »und Katie will sie unbedingt noch sehen. Außerdem möchte sie heute Abend irgendwo ganz toll Pommes frites essen gehen.«

Clara schüttelte lächelnd den Kopf. »Und wo gibt es so etwas Seltenes wie Pommes frites auf dieser Insel?«, fragte sie.

»Die besten gibt es bei uns an Bord«, erklärte Chantal. »Wenn ihr das Chaos liebt, seid ihr herzlich willkommen!«

Katie schäumte über vor Glück. Während sie zurück in ihre Ferienwohnung fuhren, überschlug sie sich fast in ihren Schilderungen, und am Schluss warf sie alles durcheinander. Wenig später war sie in ihrem Kindersitz eingeschlafen.

»Na«, sagte Clara und warf im Rückspiegel einen Blick auf das friedliche Gesicht ihrer Tochter. »Dann wird es mit dem Strand wohl nichts mehr …«

»Da bin ich nicht unglücklich«, sagte Britta. »In meinem Alter kann ich auch einem späten Mittagsschlaf im Liegestuhl was abgewinnen.«

»Da schließe ich mich an«, meldete sich Ellen sofort vom Rücksitz. »Liegestühle gibt es am Swimmingpool, habe ich gesehen.«

»Gut.« Clara war froh. Sie fühlte sich topfit und freute sich darauf, in ihrem Laptop gleich mal nach den richtigen Adressen zu stöbern. »Das kommt mir sehr entgegen.«

Als sie am Abend frisch geduscht und mit dem ersten leichten Hungergefühl gemeinsam zum Wagen gingen, hing ein Zettel hinterm Scheibenwischer. Clara bekam sofort ein ungutes Gefühl und nahm ihn weg, bevor die anderen darauf aufmerksam wurden. Während Ellen ihre Enkelin im Kindersitz anschnallte und Britta eine Tasche mit Pullovern im Kofferraum verstaute, faltete sie die Nachricht schnell auseinander.

»Schön, dass deine kleine Tochter gekommen ist. Darf ich dich an die 50 000 Euro erinnern? Übergabe morgen siebzehn Uhr im Parkhaus am Parc de la Mar unterhalb der

Kathedrale La Seu. Gleich in der Einfahrt auf dem ersten Behindertenparkplatz lehnst du das Geld in einer Plastiktüte an die Wand. Fahr gleich weiter. Ich beobachte dich. Und deine Tochter. Sie ist verspielt. Und hübsch.«

Clara schoss es wie eine Faust in den Magen. Sofort war ihr übel, und sie musste sich an dem Wagen festhalten. Woher kannte er ihre neue Adresse? Und dass Katie ihre Tochter war? Er war ihr gefolgt, eine andere Erklärung gab es nicht. Wer steckte nur dahinter?

»Ist dir nicht gut?« Ellen legte die Hand auf ihren Oberarm. »Wir können auch hierbleiben«, sagte sie, »und du legst dich hin. Bauchschmerzen?«

Clara richtete sich auf. Tatsächlich, sie hatte sich vor Schreck förmlich zusammengekrümmt.

»Nein, nur ein kurzer Stich. In den Magen. Schon vorbei.« Sie ließ den Zettel schnell in ihre Hosentasche gleiten und schaute ihrer Mutter ins besorgte Gesicht. »Ich glaube, ich bin einfach nur hungrig«, erklärte sie.

Ellen zog die Augenbrauen hoch. »Kein Wunder«, sagte sie missbilligend. »Hast du nach dem Frühstück schon etwas gegessen?«

»Ab ins Auto«, schaltete Britta sich ein. »Ich fahre, dann kannst du dich ausruhen!«

Mit einem Kind wurde der Hafen zu einem Abenteuerspielplatz. Katie staunte über die Schiffe und machte Entdeckungen, die die Erwachsenen sonst gar nicht bemerkt hätten. Auf dem Weg zu Alains und Chantals Jacht blieb sie mitten auf dem breiten Kai stehen und griff nach der Hand ihrer Mutter. »Mama«, sagte sie und zeigte zu einer besonders großen und glänzenden Jacht. »Gehört das alles einem einzigen Menschen?«

Clara blieb neben ihr stehen. »Ich denke schon.«

»Und dürfen da dann ganz viele mitfahren?«, wollte Katie wissen.

»Wenn der Eigentümer ganz viele einlädt, dann schon«, entgegnete Clara und schaute ihre Tochter an. Worauf wollte sie hinaus?

»Und wieso hat einer so viel Geld und andere nicht?«

Darüber musste Ellen mit ihr gesprochen haben, dachte Clara. Bei Paul hatten sie solche Fragen noch nicht bewegt.

»Schau, Katie«, sagte sie und hoffte, dass sie nun das Richtige sagte, »dein Papi hat auch mehr Geld als viele andere. Er hat einfach Glück gehabt und konnte viele Häuser für viel Geld verkaufen. Und er arbeitet auch sehr viel.«

»Aber der Papi von Sarah arbeitet auch viel und hat überhaupt kein Geld.«

»Wer ist denn Sarah?«

»Ein Mädchen vom Spielplatz. Dürfen die armen Kinder auch einmal auf so einem Schiff fahren?«, fragte Katie weiter, ließ dann Claras Hand los und hüpfte zu Ellen und Britta. »Das werde ich Sarah gleich sagen«, rief sie aufgekratzt und griff nach ihren Händen. »Machen wir ›Engelein flieg‹?«

Clara stand noch immer auf derselben Stelle. *Hübsch und verspielt*, dachte sie und schaute sich unwillkürlich um. War er schon hinter ihr, so wie noch vor kurzem Sergej Golowko? Ein Schauer lief ihr über den Rücken.

»Was ist?« Britta drehte sich nach Clara um, und Clara gab sich einen Ruck. Morgen siebzehn Uhr? Bis dahin fiel ihr etwas ein.

»Hast du wieder Magenschmerzen?«, fragte Britta.

»Nein, alles klar.« Clara lief den dreien hinterher und blieb neben ihnen stehen. Von hier aus konnte man den Kai hinab bis zur *Chantal* sehen, und Chantals Ankündigung war nicht übertrieben: Es war ein ziemliches Chaos. Direkt hinter dem Heck der *Chantal* standen etliche Möbelstücke auf dem Kai, die eben in einen Lkw verladen wurden. Auf dem Heck des Schiffs entdeckte Clara Alain, der, das Handy zwischen Ohr und Schulter eingeklemmt, ein paar Arbeitern Anweisungen gab.

Clara winkte ihm zu, und er winkte zurück. »Kommt hoch«, rief er. »Einfach durch und hoch!«

Katie war bereits auf der Gangway. Der schmale Steg zum Schiff, nur durch einen Handlauf aus gedrehtem Tau vor dem Absturz ins Hafenbecken gesichert, machte ihr offensichtlich Spaß. Sie lief erst vorsichtig und dann immer schneller hin und her. Clara überlegte sich, ob sie es ihr verbieten sollte, aber dann unterließ sie es. Mädchen werden viel zu oft zurückgepfiffen, dachte sie. Bei einem Jungen freut man sich über jede Tollkühnheit.

Alain begrüßte sie und fing auch Katie ab, die mit erhitztem Gesicht am Tau turnte. »Na, hübsches Fräulein«, sagte er und wirbelte sie geschickt durch die Luft. Als er sie wieder aufgefangen hatte, blickte sie ihm direkt in die Augen.

»Ich bin Alain«, sagte er freundlich. »Und wer bist du?«

»Katharina«, sagte sie ernst, und ihre blonden Locken fielen ihr ins Gesicht. »Du darfst mich aber Katie nennen.«

Clara ging die Gangway langsam hinauf und beobachtete die beiden. Dass Alain Katies Herz im Nu gewonnen hatte, war ihr klar. Und auch sie spürte, wie schön so ein fröhlicher Vater für Katie wäre. Einer, der mit ihr Spaß machte, sie ernst nahm und trotzdem Kind sein ließ. Sie holte tief Luft. Wer wusste schon, was das Leben noch bringen würde. Sie dachte an Andrés. Ob er sich über ein vierjähriges Kind freuen würde?

Vielleicht könnte er heute Abend dazustoßen?

Alain, der Katie wie ein etwas zu groß geratenes Stofftier unter dem Arm hielt, begrüßte nacheinander die drei Frauen und wirbelte Katie dann um sich herum, dass es Clara beim Zuschauen schon schwindelig wurde.

Katie dagegen, kaum war sie sicher auf ihren beiden Beinen aufgekommen, strahlte ihn an. »Noch mal?«, fragte sie mit dem Augenaufschlag eines glücklichen Kindes.

Chantal kam in kurzen Jeans und einem staubigen T-Shirt angelaufen und band sich im Gehen den Pferdeschwanz neu. »Schön, dass ihr da seid«, rief sie schon von Weitem. »Alex hat Spaghetti mit scharfer Bolognese und Pommes frites mit Mayonnaise gezaubert. Mehr gibt es heute nicht. Außer Champagner natürlich.« Sie zwinkerte Clara zu. »Alain hat sich von dir anstecken lassen. Er will den ganzen Salon draußen haben, und die Arbeit damit habe ich.«

Alain legte den Arm um sie und küsste sie liebevoll auf die Wange. »Sie schlägt sich tapfer, meine Heldin«, sagte er, und Chantal strahlte genauso wie vor wenigen Augenblicken noch Katie.

Wieder fühlte Clara einen Stich. Verdammt, was war bloß mit ihr los? Eifersüchtig auf eine glückliche Beziehung? Vielleicht war sie das wirklich.

»Auf geht's«, sagte Alain, löste sich von Chantal und nahm Katie an die Hand. »Komm, meine Prinzessin, gehen wir mal voraus, dann werden uns die Damen sicherlich folgen.«

Katie drehte sich breit lachend zu Clara um, und Chantal legte den Arm um sie. »So eine Katie fehlt uns noch«, sagte sie zu Clara, während sie aufs Vorderschiff gingen. »Flink und wendig wie im Zirkuszelt!«

»Ja«, bestätigte Clara. »Ich staune auch!«

»Und überhaupt ist ein Kind etwas Wunderbares. Ich beneide dich!«

Verblüfft schaute Clara zu ihr hinüber. »Ihr seid jung, ihr liebt euch, wo ist das Problem?«

»Wir müssten sesshaft werden. Und das würde manches erschweren. Freunde, Kindergeburtstag, Kindergarten. Wir könnten keine Kontinuität bieten. Immer andere Menschen, immer andere Gesichter. Das mag kein Kind.«

»Aber doch erst, wenn das Kind zur Schule kommt.«

»Krieg halt einfach Zwillinge«, mischte sich Britta von hinten ein. »Dann haben sie vom ersten Tag an einen Spielkameraden.«

Chantal drehte sich nach ihr um und lachte herzhaft. »Deine Britta gefällt mir«, sagte sie.

Nach dem ersten Schluck Champagner führte Chantal Clara, Ellen und Britta in den Salon, der schon halb ausgeräumt war. »So«, sagte sie. »Wenn der ganze dunkle Kram draußen ist, soll es hell und leicht werden.« Sie grinste. »Dein Stil, Clara. Hilfst du uns? Unser Schreiner ist Weltklasse, er muss nur wissen, was er tun soll.«

Clara nickte und dachte an Friedrich und seine Hotelanlage.

»Klar«, sagte sie. »Gern. Ich habe zwar keine Ahnung von Schiffseinrichtungen, aber gemeinsam kriegen wir das schon hin!«

»Morgen um eins kommt der Schreiner, hast du Zeit?« Chantal strich sich eine Haarsträhne aus dem Gesicht.

Britta nickte ihr zu. »Morgen um eins. Ich habe es bereits im Tagesplaner eingetragen.«

»In was für einen Tagesplaner?« Clara drehte sich nach ihr um.

»In meinen persönlichen.« Britta tippte sich an die Stirn.

Trotz des regen Betriebs um sie herum hatten sie einen netten Abend.

Alain sprang immer wieder auf, um irgendein Telefonat zu führen oder irgendwo mit anzupacken, Julien kam zwischendurch zum Nachschenken und half ansonsten beim Abbauen der Einbaumöbel, und Alex kam nur kurz, um sein Bedauern über das einfache Dinner auszudrücken. Schließlich legte er den Kochlöffel weg und nahm stattdessen einen Bohrer zur Hand.

Gegen zehn Uhr fielen Katie die Augen zu.

Andrés hatte gesimst, dass alles wunderbar laufe und er gern noch auf ein Glas kommen würde, aber Clara vertröstete ihn auf den nächsten Tag: »Sorry, wir sind alle platt. Komm doch zum Frühstück um zehn zu uns, dann kannst du dich auch gleich von allen begutachten lassen. ☺«

»Mit Smoking, Blumen und Gummibärchen?«, schrieb er zurück.

»Blumen und Gummibärchen sind schon mal gut«, gab Clara zur Antwort, schickte die neue Adresse und einen dicken Kuss hinterher.

Alain begleitete sie bis zum Auto, die schlafende Katie auf dem Arm.

»Du hast eine Nachricht unterm Scheibenwischer«, sagte er, während Clara die hintere Tür öffnete und den Kindersitz richtete.

»Sicherlich irgend so ein Typ, dem dein Parkplatz nicht passt. Dass es so etwas in Spanien auch gibt …« Ellen zog den weißen Zettel hinter dem Scheibenwischer heraus und las ihn vor: »Nicht vergessen, morgen, siebzehn Uhr.« Sie ging zu Clara, die mitten in der Bewegung innegehalten hatte. »Neuer Verehrer?«, fragte sie halb neugierig, halb mütterlich fürsorglich.

Clara zwang sich zu einer freundlichen Miene. »Eher eine Verwechslung«, sagte sie und nahm Alain das Kind ab.

Aber in ihr brodelte es, und sie schaffte es die ganze Nacht nicht, einen ruhigen Schlaf zu finden. Immer wieder wachte sie auf und lag mit offenen Augen da. Was würde passieren, wenn sie nicht zum Treffpunkt kommen würde? Und sollte sie jemanden informieren? Andrés? Oder besser gleich die Polizei?

Was, wenn es ein gefährlicher Spinner war?

Schließlich hatte er den Wagen auch bis zum Hafen verfolgt. Und möglicherweise lauerte er nun hier, vor dem Haus. Aber darüber wollte sie gar nicht weiter nachdenken. Das würde bedeuten, dass Katie keinen einzigen Schritt mehr allein gehen dürfte. Und das müsste sie dann erklären.

Ihre Mutter würde sich bestimmt fürchterlich aufregen.

Und Britta? Wie würde sie reagieren? Clara überlegte hin und her und schlief schließlich darüber ein.

Ein strahlender Morgen weckte sie. Die Frauen hatten gerade den Frühstückstisch gedeckt, als Andrés kam und lachsfarbene Rosen, frische Brötchen, gekühlten Champagner und einen Bagger für Katie mitbrachte. Clara sah auf den ersten Blick, dass er Ellen mit seiner jungenhaften, charmanten Art sofort für sich eingenommen hatte. Und er sah auch wirklich gut aus, braun gebrannt, mit blitzenden Augen und weißen Zähnen. So, wie er jetzt in der Jeans, dem hellen Hemd und dem leichten Sakko dastand, war er wirklich ein Vorzeigemann. Selbst durch das Sakko hindurch ahnte man den breiten Brustkorb und die starken Oberarme.

Mit leichter Belustigung sah Clara, wie sich Ellen schnell durch ihre honigfarbenen kurzen Haare fuhr. Ihre Mutter hatte sehr dichtes Haar mit einer Naturwelle, um die Clara sie beneidete, denn Ellens Haare sahen immer aus, als käme sie direkt vom Friseur. Dabei brauchte sie dafür nur zehn Finger.

»Zeigst du mir den Bagger?« Katie lag bereits auf dem Bauch und probierte jeden einzelnen Steuerhebel aus. »Au, guck, Mami, das bewegt sich alles!«

Clara nickte bewundernd und ging in die Küche, um den Kaffee zu holen. Andrés kniete sich zu Katie auf den Boden, und gemeinsam schaufelten sie die leere Brötchentüte weg.

Währenddessen hatte Britta eine Vase gefunden und die Rosen dekorativ aufgestellt. »Zwanzig«, sagte sie und lächelte Andrés zu. »Danke«, sagte sie, obwohl ihr schon klar war, dass Andrés keine Ohren für sie hatte, denn gerade zeigte er Katie die Funktion der beiden kleinen Kippschalter. Sofort brummte der Bagger los wie ein echter.

»Und das hier?«, rief Katie und legte den zweiten Schalter um. Nun begannen die Raupen zu ächzen, und es hörte sich an, als führe ein Zweitonnenbagger an.

»Ach je, was ist denn das?« Clara stürzte mit dem Kaffee herein und blieb vor den beiden stehen.

»Mami, wir müssen sofort an den Strand! Da kann ich eine ganz tolle Burg bauen!«

»Die tollste Burg auf ganz Mallorca«, bestätigte Andrés ernsthaft.

»Gut, aber zuerst frühstücken wir.« Clara deutete zum Tisch. »Und außerdem muss ich nachher gleich weg.« Aber das sagte sie ganz leise.

»Ich bin auch ein guter Baggerführer, keine Sorge«, erklärte Ellen und setzte sich ans Kopfende des Tischs.

»Andrés, gibt es da, wo du die Rosen herhast, vielleicht

auch noch fünfhundert rote?«, wollte Britta wissen, während Andrés vom Fußboden aufstand und Katie dabei galant die Hand reichte.

»Wieso?« Er schaute sie an. »Sind zwanzig zu wenig?«

Clara musste lachen. »Wenn Sergejs Freundin ihr neues Appartement bezieht, soll sie mit fünfhundert roten Baccara-Rosen empfangen werden, deshalb. Und entsprechend große Bodenvasen werden wir auch brauchen. Und das Ganze noch heute.«

Andrés nickte und schaute dann Katie in die Augen. »Was meinst du, soll ich für deine Mami fünfhundert rote Rosen besorgen?«

»Au ja«, sagte sie freudig und zog an ihren blonden Locken. »Darf ich die dann streuen?«

»Nein, ich befürchte, die müssen in eine Vase.«

Clara stellte Katies Stuhl zwischen sich und Andrés und hielt seinen Blick fest, als er ihr zulächelte. So könnte sie sich das Leben vorstellen.

Nach dem Frühstück stimmten sie sich kurz ab. Britta wollte mit Andrés die Rosen besorgen und aufstellen. Clara gab ihnen den Appartementschlüssel. Sie selbst wollte zu Chantal, um mit ihr den Plan für die Schiffseinrichtung durchzusprechen. Dann wollte sie noch einmal in die neue Villa, dazu brauchte sie Maßband, Laptop und Handy. Und musste Sachs wegen der Security anrufen. Und um siebzehn Uhr? Das wusste sie selbst noch nicht. Aber bis siebzehn Uhr war es ja noch so lang. Und zum Abendessen wollte Andrés sie nach Puerto Portals ins *Amici miei* einladen. »Mein Einstand«, hatte er dazu gesagt. »Bus und Disco liegen hinter mir, ich habe gestern gekündigt. Am 1. Oktober fange ich offiziell im *Amici miei* an. Bis dahin arbeite ich mich jetzt ein.« Und dann hatte er Clara hinter Katies Rücken an sich gezogen. »Und wenn mein erstes Gehalt kommt, erfüllen wir beide meinen Traum und gehen nach Deià ins *Olivo*. Erinnere dich, bei unserer ersten Begegnung habe ich dir das angekündigt.«

»Da freue ich mich jetzt schon«, hatte Clara gesagt und ihn schnell geküsst. »Und für deine Arbeit im *Amici miei* wünsche ich dir alles Gute und viel Glück!«

»Wünsche *uns* Glück«, war seine Antwort gewesen.

Um sicherzugehen, rief Clara Sachs an, und er bestätigte ihr, dass Sergej seine Natascha nun definitiv am heutigen Abend zum Dinner einladen und dann in das Appartement entführen würde. Überraschung, Überraschung ... Ansonsten habe er sie nicht erreicht und deshalb mit Chantal kurzfristig die Abnahme durchgezogen. Es sei alles einwandfrei.

»Ist wirklich alles in Ordnung?«, hatte Clara Chantal gefragt, während sie mit dem Schreiner in den Salon traten.

Chantal schüttelte den Kopf. »Sei beruhigt, ich bin die Liste noch einmal genau durchgegangen«, erklärte sie. »Bis zum letzten Versace-Eierbecher ist alles da. Besser geht es nicht!«

Die Stunden zerrannen ihr zwischen den Fingern. Die Innenausstattung eines Schiffs war ziemlich kompliziert, weil es nicht nur um Design ging, sondern die Gestaltung auch vielen praktischen Notwendigkeiten unterworfen war. Sie suchte mit Chantal am PC nach Ideen, bewertete die Entwürfe, die der Schreiner zeichnete, und immer wieder kam Alain dazu, der sich die Pläne anschauen wollte.

»Jetzt seid ihr ewig ohne Salon«, sagte Clara zwischendurch. »Hättet ihr mit dem Ausräumen nicht warten sollen, bis die neue Einrichtung so weit ist?«

»Dann passiert es nie«, sagte Alain. »Jetzt war die Gelegenheit günstig, da muss man handeln.«

Um vier bekam Clara das Okay von Britta: Die Rosen waren angeliefert worden und standen dekorativ im Appartement. »Zwar nur vierhundert, aber ich habe sie ein bisschen aufgeplustert. Mehr waren nicht zu bekommen!«

Um zwanzig vor fünf bat Clara Chantal um eine Plastiktüte.

»Ist dir übel?«

»Nein, ich muss schnell weg. Ich erkläre es dir später.«

Im Vorbeigehen sammelte sie aus dem Material, das noch immer am Heck der *Chantal* auf dem Pier lag und auf den Abtransport wartete, einige Handvoll Füllmaterial und lief zu ihrem Auto, das sie in der Nähe der Hafeneinfahrt abgestellt hatte. Dort musste sie sich erst einmal beruhigen, bevor sie aus ihrer Mappe ein Blatt Papier und einen Kugelschreiber fischen konnte. Nimm dich zusammen, sagte sie sich. Du fährst jetzt dorthin und schaust dir diesen Knaben an. Was kann er dir schon anhaben, am hellen Tag in der Tiefgarage. Da ist doch jede Menge los.

»Es gibt keine Beweise gegen mich, weil ich nichts Gesetzwidriges getan habe. Unterlassen Sie also Ihre Drohungen, sonst gehe *ich* zur Polizei.«

Das »ich« unterstrich sie mehrmals, dann packte sie das Schreiben in die Plastiktüte, band die Tüte mit einem ihrer Haargummis zu und wollte losfahren.

Das Schild zur Tiefgarage unterhalb des Parc de la Mar hatte sie schon gelesen. Sie musste also nur hinter die Kathedrale, und das war vom Jachthafen aus ein Katzensprung. Sie schaute auf die Uhr. Noch eine Viertelstunde. War es nicht geschickter, ganz ohne Auto zu kommen? Darauf war er sicherlich nicht gefasst.

Sie stieg aus, schloss ab und ging eilig los.

»Wohin so eilig? Kann ich dich mitnehmen?«

Clara schrak zusammen. Alain rollte in einem Pick-up neben ihr her und lehnte sich zum Beifahrersitz hinüber, um ihr die Tür zu öffnen.

»Oh nein, danke«, wehrte sie ab. »Ich muss nur über die Kreuzung … und dann … nur schnell etwas besorgen.«

Er nickte ihr lächelnd zu. »Bonne chance«, sagte er und fuhr weiter.

Bonne chance, dachte Clara. Viel Glück. Das konnte sie gebrauchen.

Worauf würde er warten, dieser Erpresser? Darauf, dass sie mit dem Wagen die Einfahrt herunterkam. Sie würde aber durchs Treppenhaus kommen und sich zur Einfahrt vorschleichen. Wahrscheinlich saß er selbst in einem Wagen und lauerte, bis sie sich am Behindertenparkplatz zeigte. Also musste dieser Parkplatz für ihn in Sichtweite sein.

Ihr Herz pochte, aber was sollte schon passieren, umbringen würde er sie ja wohl nicht. Sie war froh, dass sie ihre geliebten Tod's anhatte, mit denen sie schnell und leise laufen konnte, und ansonsten ein dunkles Poloshirt zur Jeans. Sie ging um die Kathedrale herum in den Parc de la Mar und war erleichtert, dass sie das Eingangsschild zur Tiefgarage gleich entdeckte. Trotzdem musste sie kurz den künstlichen See mit seinen Skulpturen und Palmen bewundern. Die Südfassade der Kathedrale spiegelte sich im ruhigen Wasser, und Clara nahm es als gutes Zeichen.

Die Tiefgarage war in mehrere Ebenen unterteilt – und menschenleer. Clara ging an den Betonwänden entlang und hörte ihre eigenen Schritte. Es waren sehr viel weniger Autos abgestellt, als sie vermutet hätte, langsam wurde es ihr unheimlich. Wo war denn überhaupt die Einfahrt? Sie ertappte sich dabei, wie sie sich immer häufiger umdrehte.

War er schon hinter ihr? Mit einer schwarzen Gesichtsmaske? Sie hatte Mühe, ihre Angst in Schach zu halten.

Sie schlenkerte die Plastiktüte und ging weiter. Es erleichterte sie richtig, als sie ein Motorengeräusch hörte. Endlich Leben in der Bude. Sie war den Pfeilen zur Ausfahrt gefolgt und ging auf der schmalen Fahrbahn in die nächste Etage hoch, als die Scheinwerfer auf sie zukamen. Darauf war sie nicht gefasst, sie drückte sich an die Wand, um dem Wagen Platz zu machen. Die Scheinwerfer blendeten so, dass sie die Augen schloss, und das Nächste, was sie spürte, war ein schmerzhafter Ruck an ihrer Hand. Das Plastik riss, der Wagen schoss davon, und sie schaute ihm nach, ohne etwas zu erkennen. Er ist in die falsche Richtung gefahren, dachte sie. Das hier war die Ausfahrt. Nicht Einfahrt. Dann öffnete sie langsam ihre Hand. Ein paar Plastikfetzen klebten an ihrer Haut, passiert war nichts.

Aber dann überkam sie doch das große Zittern, und sie lehnte sich gegen die Wand, die Handflächen gegen den kalten Beton gepresst.

Wie hatte er wissen können, wo sie war? Und warum hatte er sie genau hier, zwischen zwei Stockwerken, abgefangen?

Clara wusste keine Antwort. Aber sie befürchtete, dass er zurückkommen würde, wenn er den Beutel geöffnet hatte.

Hatte sie die Sache zu leicht genommen?

Sie lief wie in Trance weiter und ging die Einfahrt nach oben. Zwei Autos hupten sie an, aber es war ihr egal. Sie fand einfach keine Erklärung für diese Erpressung, und das machte sie verrückt. Wer wusste so gut Bescheid, und wer konnte Geld von ihr wollen?

Das Tageslicht blendete sie, brachte sie aber nicht von ihren düsteren Gedanken ab. Sie ging alle durch, die sie auf

Mallorca kennengelernt hatte, und spürte, dass sie misstrauisch wurde. Theoretisch konnte es jeder sein. Alain, der gleichzeitig mit ihr aufgebrochen war, Sachs, dem sie eine bequeme Geldquelle schien, und vielleicht sogar Andrés, der ihre Tagesabläufe kannte. Und der nah an Katie dran war. Der Schreck fuhr ihr in die Glieder.

Beruhige dich, sagte sie sich, aber sie war der Hysterie nah. Scheiß-Mallorca, dachte sie, als sie in Richtung Jachthafen ging und an der Fußgängerampel auf Grün wartete. Was will ich eigentlich hier? Warum bin ich nicht in Köln, verzeihe Paul seine blöde Diana und mach einen auf Wichtig? War es so entscheidend, sich selbst zu verwirklichen, selbst groß zu sein, war es nicht viel bequemer, im Windschatten eines Mannes durch das Leben zu gehen und von allem zu profitieren?

Sie schloss kurz die Augen und musste sich an der Ampel festhalten. Ihr wurde schwindlig.

»No le siente bien?« Eine junge Frau stand neben ihr und schaute sie besorgt an.

»Gracias«, sagte Clara. »Todo bueno.«

»De veras?«

»Sí!«

Warum auch immer, die Anteilnahme der Frau gab ihr Auftrieb. Ein Mensch, der sich um sie kümmerte, nach ihrem Befinden fragte. Sie stieß sich von der Ampel ab, lächelte der jungen Frau zu, schickte noch ein »Gracias« hinterher und ging über die Straße.

Clara, sagte sie sich, du beginnst gerade ein neues Leben. Du kannst nicht in deinem alten weiter fuhrwerken. Das bist nicht du. Du bist nicht der Schatten eines anderen. Du hast eine eigene Ausbildung. Du musst was aus dir machen! Du bist sechsunddreißig. Wenn nicht jetzt, wann dann?

Bis sie auf der anderen Straßenseite angekommen war, fühlte sie sich schon viel besser. Nun waren es nur noch wenige Schritte bis zu ihrem Auto. Der Wagen erschien ihr fast wie eine rettende Insel, und sie zog vorsorglich den Autoschlüssel aus ihrer Hosentasche. Sie würde jetzt gleich ihre Mutter anrufen, ob mit Katie alles okay war. Aber nicht zu viel fragen, denn ihre Mutter würde hellhörig werden. Eine kurze Nachfrage, ganz ohne wirklichen Grund. Clara ging um ein paar Autos herum und blieb stehen. Unter ihrem Scheibenwischer klebte wieder ein weißer Zettel.

Nein, dachte sie. Das ist mir jetzt zu blöd. Sie zog den Wisch heraus. »Verarschen kann ich mich selbst«, stand da. Und: »Sieh dich vor!«

Clara schloss den Wagen auf und setzte sich hinein. Und jetzt, dachte sie, und jetzt, was mach ich jetzt?

Clara rief Ellen auf dem Handy an und war beunruhigt, als sie sie nicht erreichte. Dann Britta – sie ging gleich dran, aber sie war in Santa Ponça unterwegs, um sich ein bisschen umzuschauen. »Ich muss ja wissen, wo ich was kriege«, sagte sie, und Clara beließ es dabei. Andrés war irgendwo in Palma und wollte gleich mit ihr Kaffee trinken, aber Clara lehnte ab. »Wir haben ja noch den ganzen Abend«, sagte sie, »jetzt muss ich erst mal hoch nach Camp de Mar, um noch ein paar Wände auszumessen und mir noch über das eine oder andere klar zu werden. Ich muss es ein bisschen auf mich wirken lassen. Und eigentlich am liebsten in der Morgen- und in der Abenddämmerung. Aber das wird ja wohl nicht gehen …«

Andrés lachte. »Warum nicht? Wir stellen ein Bett dort auf und genießen alles, was du willst.«

»Das würde ich dir zutrauen.«

»Das kannst du mir zutrauen.«

Clara legte das Handy auf den Beifahrersitz und horchte in sich hinein. Hatte sie Angst um Katie? Sie würde auf dem Weg nach Camp de Mar einen Abstecher über Santa Ponça machen und bei den beiden vorbeischauen. Sicherlich hatte Katie schon den halben Strand weggebaggert. Bei der Vorstellung spürte Clara, wie ein Lächeln über ihr Gesicht huschte. Okay, alles war gut. Sie griff nach dem Handy, um Sachs ihre Ankunftszeit mitzuteilen. »Ich bin zwischen achtzehn und zwanzig Uhr in der Villa«, sagte sie, »nur, damit nicht plötzlich ein Alarm losgeht und ich verhaftet werde.«

»Ja, das wäre ungünstig«, sagte er, »denn ab morgen könnte ich Ihnen Ihr Honorar ausbezahlen, und wer soll es ausgeben, wenn Sie im Knast sitzen?«

Sie lachte verhalten über den Spaß. Bei Katie und Ellen, die mit Bagger, Eimer und Schaufel schon eine ganze Festung gebaut hatten, hielt sie sich nur kurz auf. »Gewaltig«, sagte sie und schoss ein Foto. »Katie, du wirst mal eine berühmte Architektin.«

»So wie Papi?«

Das hatte Clara damit zwar nicht sagen wollen, aber sie nickte. »Mindestens«, sagte sie und sah Ellen an. »Alles in Ordnung?«

»Was sollte nicht in Ordnung sein?«

»Ach, man hört nur so, dass manchmal komische Typen an den Stränden herumschleichen.«

»Hier schleicht keiner rum.« Ellen hielt die Schaufel drohend in die Höhe. »Und wenn, dann bekommt er es mit mir zu tun.«

Clara machte sich beruhigt auf den Weg nach Camp de Mar.

Es war ein schönes Gefühl, in so eine Familie eingebunden zu sein. Und ihr fiel auf, dass sie wie selbstverständlich Britta mit einschloss.

Den Weg zur Villa fand sie auf Anhieb. Und nachdem sie das schmiedeeiserne Gartentor hinter sich geschlossen hatte, blieb sie erst einmal mitten auf dem Kiesweg stehen, um alles auf sich wirken zu lassen. Diesen Ort so ganz für sich allein zu haben war der doppelte Genuss. Der Duft der verschiedenen Pflanzen war noch intensiver und der Blick über das Meer atemberaubend. Man konnte die friedliche Atmosphäre durch und durch spüren. Clara ging durch den Garten, betrachtete die Pflanzen und studierte das Haus aus jeder Perspektive. Es war ein wirklich gelungenes Anwesen. Nichts wirkte fremd, alles war durchdacht. Sie hätte die Eigentümer gern kennengelernt. Was konnte passiert sein, dass sie dieses Haus verkaufen wollten?

»Clara, an die Arbeit«, sagte sie sich endlich, griff nach ihrer Mappe und ging hinein.

Als Clara abends in die Ferienwohnung zurückkam, saßen Ellen und Britta bereits hübsch gemacht auf der Terrasse und tranken ein Glas Prosecco. »Jetzt wird es aber Zeit«, mahnte Ellen mit einem Blick auf die Uhr. »Schließlich wollen wir deinen Andrés doch nicht warten lassen, wenn er uns schon so nett einlädt.«

»Mama, in Spanien isst man nicht um sechs!«

»Aber mit einer kleinen Tochter auch nicht erst um zehn!«

»Es ist gerade erst kurz nach acht. Ich ziehe mich um, dann starten wir.«

»Mami, ich sag dir, was du anziehen sollst!« Katie kam mit dem Bagger unter dem Arm um die Ecke geschossen.

»Ja, gut, hilf mir«, erklärte Clara, die schon in der Verandatür stand und sich noch einmal zu Ellen und Britta umdrehte. »Sie hat ihr schönstes Kleid angezogen«, sagte sie fasziniert. Ganz offensichtlich wollte sie Andrés imponieren.

Andrés hatte ihnen einen schönen Tisch reserviert und nahm sie persönlich in Empfang. Katie war beeindruckt, sie blieb ganz gegen ihre Art am Rockzipfel ihrer Mutter stehen.

»Na, kleines Fräulein«, sagte Andrés und beugte sich zu ihr hinunter. »Bist du mit dem Bagger hergefahren?«

»Der ist doch zu klein zum Fahren«, sagte Katie.

»Da hast du recht«, meinte er. »Wenn du noch länger da bist, dann müssen wir nach einem größeren Modell schauen.«

»Was heißt länger?«, wollte Katie wissen und traute sich hinter Clara hervor.

»Das kann ich ja mit deiner Mutter besprechen.«

»Jetzt gleich?« Nun war sie endgültig aufgetaut und schaute Andrés erwartungsvoll an.

»Vielleicht setzen wir uns erst mal?«, schlug Clara vor.

Andrés rückte ihr einen Stuhl zurecht. »Ich habe keine Namenskärtchen geschrieben, aber ich dachte, wir stellen den Kinderstuhl hier ans Kopfende, dann hat Katie Platz zum Malen und Spielen. Ist dir das recht?«

Katie nickte ernst, und Clara war glücklich. Gingen Südländer wirklich anders mit Kindern um, oder trug sie gerade eine rosarote Brille?

Es war offensichtlich, dass Andrés mit besonderem Respekt bedient wurde. Die Kellner waren sofort da, boten verschiedene Aperitifs an und erklärten die heutigen Spezialitäten, die nicht auf der Karte standen. Und irgendwie hatte Clara auch das Gefühl, dass Andrés sie testete. Welchen Wein sie zu welchem Gericht vorschlagen würden, wie der jeweilige Fisch zubereitet war, ob auch eine andere Soße denkbar wäre. Aber die Kellner blieben gelassen und hochprofessionell. Alles lief wie am Schnürchen, das *Amici miei* zelebrierte bis zum Dessert die Leichtigkeit der mediterranen Küche.

»Macht einen sehr guten Eindruck«, sagte Clara schließlich, und Andrés nickte.

»Ja, mein Vorgänger war richtig gut. Darum macht er sich ja auch in Palma selbstständig, er hat sicher schon einen beachtlichen Kundenstamm, wenn er eröffnet.«

»Ist er noch da?«

»Er pendelt zwischen hier und Palma. Und er ist sehr kollegial, weist mich gut ein. Er will, dass es hier perfekt weiterläuft und dass die Gäste beide Restaurants lieben.« Er hauchte Clara einen Kuss zu. »Für mich ist das ein unglaublicher Glückstreffer.«

»Es läuft alles so gut, dass es einem fast unheimlich werden könnte«, sagte Clara und drückte Andrés' Hand unter dem Tisch.

Er lächelte sie an. »Na ja«, sagte er, »irgendwas wird schon noch kommen. Aber Hindernisse können auch eine Herausforderung sein.«

Die Tage vergingen, und Clara pendelte zwischen der Ferienwohnung und Camp de Mar hin und her. Sergej hatte ihr durch Sachs ausrichten lassen, dass Natascha entzückt sei und dass ihr vor allem ihre Proportionen auf dem Ferrari gut gefallen hätten.

»Die Rosen auch?«, wollte Clara wissen.

»Die Rosen auch.«

Sachs rief sie an und erklärte ihr, dass ihr Geld nun bei ihm im Tresor liege und dass sie doch bei Gelegenheit vorbeikommen solle. Er begrüßte sie überschwänglich, bot ihr einen Sessel und einen Brandy an, holte dann das Geld aus seinem Tresor und stapelte es auf dem Couchtisch zwischen ihnen. Vor ihren Augen zählte er jeden Schein ab, band die Häufchen dann mit roten Gummibändern zusammen und versenkte alles in einer Plastiktüte.

»Das machen hier alle so«, sagte er. »Eine Aktentasche wäre viel zu auffällig.«

Clara dachte an die Plastiktüte, die sie am Behindertenparkplatz hätte deponieren sollen. Wenn es alle so machten, dachte sie, war eine Aktentasche ja fast sicherer. Sie bedankte sich und erklärte ihm, dass sie auf eine weitere gute Zusammenarbeit hoffe.

»Dem steht nichts im Weg«, erwiderte Sachs lächelnd, während er ihr die Tür aufhielt. »Wenn es weiter so gut läuft, dann nur zu!«

In der Bank war Clara fast ein bisschen enttäuscht, dass sich der Angestellte kein bisschen über ihre Plastiktüte wunderte und auch nicht darüber, dass sie zur Kontoeröffnung satte 40 000 Euro bündelweise hervorholte. Er nickte nur freundlich, ließ sie ein paar Formulare ausfüllen und zählte die Scheine rasend schnell nach. Aber als sie dann das Bankhaus in Palma verließ, musste sie an sich halten, dass sie nicht die Straße hinunterhüpfte, wie es normalerweise Katie tat. Sie stand wieder auf eigenen Füßen. Das war ein so erhebendes Gefühl, dass sie gar nicht wusste, wohin sie mit ihrer Energie sollte. Der Tag musste gefeiert werden, also kaufte sie auf dem Weg nach Hause in einem Delikatessengeschäft ein. Heute wollte sie so richtig schlemmen und jeden mit ihrer guten Laune anstecken.

Eigentlich war die Wohnung für sie alle zu klein, dachte Clara, als sie mit ihren Schätzen vor dem Appartementhaus vorfuhr. Britta hatte dem Wohnzimmer eine Büroecke abgetrotzt, von wo aus sie die Waren und Möbel bestellte, die Clara für die Villa brauchte. Zudem teilten sie sich zwei Schlafzimmer, was für Britta und Katie über so viele Tage und Nächte hinweg ja schon eine Zumutung darstellte. Und auch für sie und ihre Mutter war diese Enge ungewohnt.

Vielleicht war es Zeit, dies alles zur Sprache zu bringen. Auch wegen Andrés. Wenn sie sich trafen, dann an ungewöhnlichen Plätzen, aber einfach mal gemütlich im Bett aufzuwachen und vielleicht gemeinsam ein Frühstück zu zelebrieren, das war ihnen seit ihrem Auszug aus dem Hotel nicht mehr vergönnt gewesen.

Clara stellte ihren Wagen auf den Parkplatz und betrachtete die Wohnanlage. Gegen die riesigen Hochhäuser mit Ferienappartements, die nicht weit von hier entfernt standen, war dies hier richtig hübsch. Auch die Nähe zum kleinen Hafen, zum Ort und zum Strand war perfekt. Vielleicht konnte man einfach eine andere Wohnung mit vier Schlafzimmern in dieser Anlage bekommen? Oder eine zweite Wohnung dazunehmen? Eine Wohnzimmerwohnung und eine Bürowohnung. Das war vielleicht überhaupt die Lösung.

Sie nahm ihre schweren Lebensmitteltüten und schloss das Auto ab. Auf dem Weg zu ihrer Terrasse kam ihr Katie entgegengerannt, die völlig in Tränen aufgelöst war.

»Mami, Mami!«

»Was ist denn los?« Erschrocken stellte Clara ihre Tüten ab und ging in die Hocke.

Hinter Katie tauchte Ellen auf, die aus der Entfernung aber einen gefassten Eindruck machte.

Katie fiel ihr um den Hals, sodass sie nach hinten umkippten, aber auch das brachte Katie nicht zum Lachen.

»Hast du dir wehgetan?«, wollte Clara wissen und hielt ihre Tochter fest. »Bist du gefallen?«

»Mein Bagger ist weg!« Sie schluchzte. »Einfach weg!«

»Wie kann er denn weg sein?«, wollte Clara wissen, setzte sich auf und strich Katie beruhigend übers Haar.

»Wir haben am Strand gespielt, und ich wollte ein Eis, und wir sind nur ganz kurz weg gewesen, und als wir zurückkamen, war der Bagger weg. Und es war nur noch eine hässliche Plastiktüte da.«

»Eine Plastiktüte?« Irgendwas schnürte Clara die Kehle zu. »Was für eine Plastiktüte?«

»Ich weiß nicht, der Bagger war jedenfalls nicht drin. Ich möchte meinen Bagger wiederhaben!«

»Und was war in der Plastiktüte drin?«

»Nichts. Nur Zeug. Dummes Zeug.« Sie schluchzte. »Er war so schön. Und wir haben so viel damit gebaut!«

»Bestimmt finden wir ihn wieder. Er hatte es doch gut bei dir, und ihr hattet viel Spaß miteinander.« Sie drückte ihre Tochter fest. »Komm, wir schauen uns die Plastiktüte mal an.«

»Die hat Omi weggeworfen. Es war ja nichts drin.«

»Auch kein Brief?«

»Warum soll ein Brief in der Plastiktüte sein?« Katie sah sie verwundert an.

»Ich weiß nicht, vielleicht möchte ja jemand Geld für den Bagger?«

»Aber der Bagger ist doch schon bezahlt«, erklärte Katie, als ob ihre Mutter begriffsstutzig sei.

»Ja, Schätzchen, komm, das möchte ich mal sehen.«

Sie rappelte sich auf und zog Katie an der Hand hoch,

aber Katie wollte getragen werden, und Clara setzte sie sich auf die Hüfte.

»Du bist schon ganz schön schwer geworden.«

»Ich bin ja auch schon vier.«

»Und bald fünf.«

»Dann bin ich noch schwerer.«

Ellen kam ihnen entgegen und verstand die Aufregung nicht.

»Eine saublöde, stinknormale Plastiktüte. Ich habe sie in den nächsten Abfalleimer gestopft.«

»Okay, du magst mich ja für übergeschnappt halten, aber ich möchte mir diese Tüte ansehen. Es ist doch kein Zufall, dass diese Tüte da lag, wo gerade noch der Bagger war.«

»Irgendein Penner halt. Wer läuft schon mit Plastiktüten herum?«

»Ich zum Beispiel. Heute auf dem Weg zur Bank. Mit 40 000 Euro.«

Ellen schaute sie kopfschüttelnd an. »So viel Geld? In einer *Plastiktüte*? Wenn das deine Buchhälterin erfährt …«

»Ich habe Drachenfutter dabei.« Clara wies mit dem Kopf zu den drei Papiertüten, die mitten auf dem Weg standen.

»Gut, darum kümmere ich mich, und Katie, du zeigst deiner Mutter bitte den Abfalleimer. Möglicherweise ist die Plastiktüte ja aus Gold, und ich habe das bloß nicht kapiert.«

»Wer weiß«, sagte Clara und zog ironisch eine Augenbraue hoch.

Katie griff sofort nach ihrer Hand, und gemeinsam liefen sie los. Obwohl Clara insgeheim gegen die Angst kämpfte, genoss sie es doch, mit ihrer Tochter ganz allein zu sein. Es tat ihr gut, die kleine Hand in ihrer zu halten und mit ihr ganz wichtig den Weg entlangzugehen.

»Findest du den Abfalleimer denn wieder?«, wollte Clara von ihr wissen, aber es stellte sich heraus, dass Katie jeden noch so schmalen Weg und jede Abkürzung kannte. Clara war richtig stolz auf ihre kleine Tochter.

»Da vorn, Mami, da haben wir diese dumme Plastiktüte weggeworfen!«

Und tatsächlich, sie blieb vor einem Abfalleimer stehen. Clara ging hin und brauchte nicht lange: Die Tüte lag obenauf, und sie erkannte sie sofort wieder. Mit spitzen Fingern zog sie sie heraus. Es war unzweifelhaft die Tüte, die ihr in der Garage aus der Hand gerissen worden war. Clara schaute sich um. Irgendwie war sie sicher, dass sie beobachtet wurde. Sie hätte gar nicht nach der Tüte suchen sollen, dann wäre sein Plan nicht aufgegangen.

»Was ist jetzt mit der Tüte?«, wollte Katie wissen, und Clara zog ihre Tochter instinktiv an sich heran. Katie umfasste ihr Bein, lehnte ihren Kopf an Claras Hüfte und wartete ab.

Clara öffnete die Tüte und schaute hinein. Das Füllmaterial vom Pier war noch drin, aber auch ein neuer Zettel.

»Und irgendwann erwische ich nicht nur den Bagger. Übergabe 50 000 Euro am Behindertenparkplatz. Und zum letzten Mal: keine Tricks. Morgen, siebzehn Uhr.«

»Was steht denn auf dem Zettel?« Katie schaute sie fragend an.

»Irgendein Blödsinn«, sagte Clara, steckte sich den Zettel in die Hosentasche und stopfte die Tüte in den Eimer zurück.

»Warum nimmst du ihn dann mit?«

»Weil … weil ich jetzt weiß, was wir tun werden.«

»Und was werden wir tun?«

»Wir kaufen dir einen größeren Bagger. Einen, auf dem du richtig sitzen kannst!«

Britta und Ellen hatten die Köstlichkeiten aus dem Delikatessengeschäft auf dem Küchentisch ausgebreitet und beratschlagten nun mit Clara, in welcher Reihenfolge sie zu essen seien. Erst die Austern mit Champagner, dann die Gänseleber und anschließend Spaghettini mit weißem Trüffel oder jetzt sofort, aus purem Heißhunger, die Gänseleber mit Baguette und dazu Champagner? Und den wunderbaren Käse? Doch nicht erst nach dem Dessert?

»Wisst ihr was?« Clara köpfte den Champagner, holte Gläser und trug alles nach draußen auf den großen Terrassentisch. »Wir schlemmen einfach, was uns gefällt. Austern und Käse und Gänseleber und Salami. Und nachher machen wir die Spaghettini. Dazu habe ich einen tollen Rotwein gekauft, wir lassen es uns heute einfach gut gehen!«

Es war noch immer warm, auch wenn man besser einen Pullover oder eine dünne Jacke anzog. Aber für Ende September sehr angenehme Temperaturen.

»Zu Hause frieren sie schon«, sagte Ellen.

»Das ist ein gutes Stichwort«, fand Clara und zückte ihr Handy. »Jetzt kann ich mein Versprechen wahr machen und die Mädels einladen, das erste Honorar ist geflossen.«

»Wann sollen sie denn kommen?«, wollte Britta wissen.

»Weihnachten?«, schlug Clara vor.

Ellen schaute sie schräg an. »Sind wir dann noch da?«

»Das ist die nächste Frage«, erklärte Clara. »Wir müssen uns Gedanken machen, wie es weitergehen soll.«

Clara erreichte eine nach der anderen. Kitty machte gerade Hausaufgaben mit einem ihrer Kinder, Lizzy lackierte ihre Fingernägel und hatte Sorge, das Handy falsch anzufassen, und Tina war im Fitnesscenter. Aber alle drei waren sich einig, dass sie der Einladung zu jedem Zeitpunkt nachkommen würden, allerdings sei Weihnachten vielleicht etwas kritisch.

»Wir besprechen das«, erklärte Tina. »Und dann machen wir eine Woche die Sause!«

Clara, die auf Laut geschaltet hatte, legte lachend auf.

»Da freue ich mich tatsächlich«, sagte sie. »Aber wir müssen uns wirklich überlegen, wie wir die Zukunft gestalten wollen.« Sie schaute Britta an. »Und wir beide müssen da auch noch eine Einigung finden.«

»Gemach, gemach«, sagte Britta und hob ihr Glas. »Im Moment gefällt mir die Frauenpower, wie sie ist. Über die Zukunft mach ich mir zu einem späteren Zeitpunkt Gedanken.« Sie stieß mit den anderen an. »Wie geht übrigens der Salonausbau voran?«

»Inzwischen recht gut«, erwiderte Clara. »Der Schreiner weiß nun, was er bauen soll, der Rest wird geliefert. Chantal hat da ja die Daumen drauf, mich braucht sie nur für die Planung.«

»Ein perfektes Team.« Britta grinste.

»Ja, wirklich!«

»Und deine Geschichten mit der Villa laufen auch?«, wollte Ellen wissen.

Britta und Clara schauten sich an. »Erstaunlich gut«, sagte Clara. »Ganz offensichtlich hat mir die Zeit an Pauls Seite doch einige Türen geöffnet, jedenfalls liefern alle gern – ohne Vorkasse. Sie scheinen mir zu vertrauen.«

»Ob das wirklich mit Paul zu tun hat?« Ellen hatte ihre Zweifel.

Clara musste lachen. »Wie auch immer, es geht leichter, als ich dachte. Und die heimischen Handwerker habe ich ja nun schon kennengelernt. Das klappt auch.«

Sie zupfte etwas von dem Brot ab, das noch neben ihrem Teller lag, und schreckte plötzlich hoch. »Wo ist denn Katie?«

»Sie schläft in ihrem Zimmer«, sagte Ellen. »Das macht sie jetzt schon ganz von allein.«

»Ist auch alles zu? Das große Fenster zum Garten?«

Britta schaute sie irritiert an. »Warum sollte das zu sein? Das ist doch viel zu warm und stickig in den Zimmern.«

Clara sprang auf und lief hinein. Katie schlief friedlich in ihrem Bett, und Clara atmete erleichtert auf. Dann schloss sie leise das Fenster.

Als sie auf die Terrasse zurückkam, warf ihr Ellen einen fragenden Blick zu. »Stimmt was nicht?«

»Ich habe Angst, dass sie schlafwandelt. Habe ich früher auch.«

»Hast du nicht.«

»Ja gut, nicht wirklich.« Sie setzte sich wieder. »Mir kam eben der Fall von diesem dreijährigen Mädchen in den Sinn, dieser Madeleine, die in Portugal aus einer Ferienwohnung verschwand. Man kann ja nie wissen.«

Britta und Ellen schauten sich kurz an.

»Na ja, kriminelle Menschen gibt es überall«, rechtfertigte Clara sich.

»Aber wenn es irgendwelche Probleme geben sollte, dann klärst du uns doch hoffentlich darüber auf?«, beharrte ihre Mutter.

»Aber natürlich.« Clara fühlte sich immer unwohler. Sie musste eine Entscheidung treffen.

1. Oktober. Wie schnell die Tage vergangen waren und was sich nicht alles ereignet und geändert hatte! Beim Frühstück beschlossen Clara, Ellen und Britta, die Flüge um weitere

zwei Wochen zu verschieben und sich nach einer zweiten Wohnung im selben Appartementhaus zu erkundigen.

»Gut, das nehme ich nachher gleich in Angriff«, sagte Britta. »Und was steht heute sonst noch an?«

»Ich jage noch ein paar Bildern hinterher und einer Skulptur für den Garten. Einen Lenk fände ich schön, so frech zwischen die Olivenbäume, aber ich habe ihn noch nicht erreicht.«

»Lenk? Und wo krieg ich den?«

»In Bodman am Bodensee.«

»Hast du keine Telefonnummer?«

»Doch, warte.« Clara lief in ihr Schlafzimmer und holte ihr Handy. Sie schaltete es an und blieb gleich darauf vor dem Frühstückstisch stehen. »Schön«, sagte sie lächelnd.

»Was denn?«, wollte Britta wissen.

»Andrés schreibt, dass er sich auf mich freut!«

»Und du?«, wollte ihre Mutter wissen.

»Ich freu mich auch.«

»Nein, du frühstückst erst mal, bist sowieso zu dünn.«

Clara brachte nur ein halbes Brötchen hinunter, dann fuhr sie los. Es trieb sie ins *Amici miei*, um Andrés für seinen ersten Arbeitstag viel Glück zu wünschen.

»Danke«, sagte er und nahm sie in die Arme. »Haben wir eigentlich größere Pläne?«, wollte er leise wissen.

»Wie meinst du das?«

»Nun, du und ich …«, er ließ die Worte in der Luft hängen, »… und Katie. Im Moment wohne ich noch in einem winzigen Zimmer in Arenal, das war immer okay für mich. Jetzt passt es nicht mehr …«

Sie schaute ihn an. »Wir sind gerade dabei, ein weiteres Appartement in unserer Wohnanlage zu mieten. Falls eines frei wäre …«

»Man könnte auch was in der Nähe von Port d'Andratx mieten.«

»Könnte man auch«, erwiderte Clara zögernd.

»Oder nicht?« Andrés hatte ihre leichte Ablehnung gespürt.

»Ich weiß nicht. Ellen und Britta, wir sind ein Team, im Moment ist es gut, wie es ist.« Warum machte sie immer einen Rückzieher, wenn es so weit war? Clara verstand sich selbst nicht.

Er drückte sie an sich. »Wir finden auch eine gemeinsame Lösung. Wenn du willst, gibt es hundert Lösungen.«

»Mir reicht eine, die für uns alle passt.«

Gedankenvoll fuhr Clara nach Camp de Mar. Sie saß vor der Villa, ging hinein, dann wieder hinaus, lief durch den Garten und schaute aufs Meer. Warum konnte man die Zukunft nicht wie einen Tonklumpen formen, dann wäre alles viel leichter. So wog jede Entscheidung schwer. Nichts war klar.

Schließlich setzte sie sich in den Wagen und fuhr nach Palma. Sie würde Katie einen Bagger kaufen, aber sie fand nicht das passende Geschäft, und Andrés konnte sie nicht danach fragen. Ihr Akku hatte auch noch aufgegeben, und das Display zeigte nicht einmal mehr seine Nummer. Schließlich gab sie dem Drang nach, der sie schon den ganzen Tag beherrschte, und fuhr in die Tiefgarage Parc de la Mar. Dort stellte sie ihren Wagen in der Nähe der Behindertenparkplätze ab. Ihre Uhr zeigte kurz nach vier. Sie nahm die Plastiktüte vom Beifahrersitz, zog die Schachtel mit der neuen Digitalkamera heraus, die sie eben in der Stadt gekauft hatte, und stopfte die leere Schachtel wieder zurück. Mit ihrem Haargummi band sie die Tüte zu und ging an der Fahrbahn entlang bis zu den Behindertenparkplätzen. Alle drei Stellflächen waren leer, sie lehnte die Plastiktüte an die Wand des ersten, ging zurück und parkte ihr Auto in einiger Entfernung, aber mit guter Sicht zu ihrer Tüte. Dann vergewisserte sie sich, dass der Wagen startklar und auch die Kamera auf Manuell und Blitz eingestellt war. Schließlich drückte sie auf die Schließanlage für ihre vier Türen und konzentrierte sich nur noch auf die Plastiktüte.

Um kurz vor fünf kam ein Wagen die Einfahrt heruntergefahren und stellte sich auf einen der Parkplätze. Clara erschrak. Damit hatte sie nicht gerechnet. Sollte sie vorfahren? Doch bevor sie sich zu einer Entscheidung durchringen konnte, parkte der Wagen wieder rückwärts aus und fuhr weiter, auf sie zu. Die Plastiktüte stand noch an der Wand. War es der Erpresser? Hatte er den Inhalt der Tüte geprüft? Oder war es ein Tourist, der das Behindertenzeichen zu spät entdeckt hatte und nun ganz einfach umparkte?

Der Wagen fuhr an ihr vorbei, es saß ein Mann am Steuer, mehr war in der Dunkelheit nicht auszumachen. Aber er nahm den Weg zur Ausfahrt. Offensichtlich hatte es sich der Fahrer anders überlegt.

Fast wäre ihr die Bewegung vorn am Eingang entgangen, aber im letzten Augenblick sah sie es. Da kam ein Mann förmlich aus der Wand. Es musste dort eine Tür geben, die Clara bisher nicht entdeckt hatte. Das war er. In dem Moment, als er sich zur Plastiktüte hinabbeugte, startete Clara den Wagen und raste los, die Scheinwerfer auf Fernlicht gestellt. Der Mann zuckte hoch, aber Clara hielt auf ihn zu. Im Moment war es ihr egal, ob sie ihn überfahren würde. Er riss die Tüte an sich und wollte die wenigen Schritte zu der Tür zurücklaufen, aber Clara schnitt ihm den Weg ab. Ihr linker Kotflügel bohrte sich in die Wand, und sie sprang aus dem Wagen und wütend auf ihn zu. Er duckte sich und wehrte damit ihren Angriff ab, aber sie war so außer sich, dass sie ihm die Kamera auf den Kopf knallte. Er stieß sie zurück, sodass sie auf der Motorhaube landete, aber sie sprang sofort wieder auf.

»Warum tun Sie das?«, schrie sie. »Warum bedrohen Sie meine Tochter?«

Inzwischen war ein Paar aufmerksam geworden, das eben um die Ecke kam. Zögernd blieb es stehen, während sich Clara wieder auf den Mann stürzte. Schließlich packte er sie bei den Handgelenken und hielt sie fest. Er hatte einen rundlichen Kopf, war etwa in Claras Alter und etwas größer als sie. Und jetzt erst fiel ihr auf, dass er eine dunkle Uniform trug.

»Was wollen Sie eigentlich?«, fuhr er sie an. »Sind Sie verrückt?«

»Was wollen Sie mit der Plastiktüte?«, schrie Clara.

»Sie wegräumen. Schließlich bin ich hier der Parkwächter!«

Clara wich einen Schritt zurück. Sie starrte ihn an.

Er ließ sie los und tastete nach seinem Kopf. »Können Sie mir das vielleicht erklären?«, wollte er aufgebracht wissen. »Und wieso rasen Sie in die Mauer? Sind Sie verrückt geworden?«

Clara drehte sich nach ihrem Auto um. Den Schaden musste sie bezahlen, das war klar. Du lieber Himmel, wie peinlich. »Entschuldigen Sie«, sagte sie lahm. »Es war eine Verwechslung.«

»Diese Verwechslung wird ein Nachspiel haben«, schimpfte er. »Fahren Sie mal den Wagen da weg, damit ich den Schaden an der Wand sehen kann.«

Clara suchte nach der Kamera, die jetzt auf dem Boden lag, und setzte sich wieder hinter das Steuer. Sie startete den

Wagen, legte den Rückwärtsgang ein und fuhr ein paar Meter zurück. Das Paar ging weiter, und Clara stieg aus, um die Mauer im Scheinwerferlicht zu untersuchen. Sie fuhr mit der Hand über die Wand, ein paar Lackspuren waren zu sehen, aber sonst war sie unversehrt.

»Sie können gern meine Personalien aufnehmen«, sagte sie. »Meinen Ausweis habe ich dabei.«

Er bückte sich nun ebenfalls nach der Mauer, und in diesem Moment fiel Clara im Scheinwerferlicht sein schmaler, exakter Kinnbart auf, den sie vorher nicht bemerkt hatte.

»*Sie* haben mich aus dem Haus geführt«, sagte sie langsam und emotionslos. »Sie und der andere Wachmann. Als ich im Kino gefangen war und Sachs blutig geschlagen habe. Sie haben mich eingefangen.«

Er richtete sich langsam auf, und im Scheinwerferlicht ihres Wagens konnte sie sehen, wie sich sein Gesicht rötete.

Clara wich keinen Schritt zurück. »Ich kann Sie fotografieren und das Bild Sachs vorlegen. Er wird Sie erkennen. Sie gehören zu seinen Angestellten.«

Plötzlich war ihr alles klar. Natürlich wusste er stets, wo sie war, es war ihm ein Leichtes, ihre Wege zu verfolgen. Er musste sie nur bei einem der Objekte abfangen und ihr hinterherfahren.

»Weiß Sachs, welches Spiel Sie spielen? Oder spielen Sie es in seinem Auftrag?«

Er schwieg noch immer, doch an seinem Mienenspiel war klar abzulesen, dass er überlegte. In Sachs' Auftrag zu handeln, der Gedanke schien ihm zu gefallen. Aber dann verdüsterte sich sein Blick wieder.

»Sie machen hier die großen Geschäfte. Ich habe es doch voll auf den Bildern. Ich will auch mal was vom großen Kuchen abhaben!«

Clara verschränkte die Arme. »Wenn Sie mir erklären würden, was Sie meinen, wäre es einfacher für mich.«

»Erklären?« Er lachte höhnisch. »Wollen Sie mich verarschen? In der Russenvilla war es doch überdeutlich. Wir stellen den Alarm Ihretwegen ab, und wer spaziert hinein und plündert den Safe? Ich habe die Fotos von der Überwachungskamera. Da ist es genau zu sehen. Super Sache: einrichten. Da können Sie Ihren späteren Tatort beim Einrichten der Häuser gleich ausspionieren.«

Clara starrte ihn an. »Was hab ich? Welche Fotos denn? Haben Sie noch alle?«

»Ob ich noch alle habe?« Er machte einen Schritt auf sie zu, und Clara roch seinen Knoblauchatem. »Sachs hat es noch nicht kapiert. Und die Polizei auch nicht. Aber mit meinen Bildern sind Sie dran. Dass die Russenbude kameraüberwacht war, wussten Sie nämlich offensichtlich nicht. Und ich habe die Fotos verschwinden lassen, bevor ein anderer danach greifen konnte. Spannende Session, kann man so sagen!«

Clara richtete sich auf. »Auf den Fotos ist höchstens zu sehen, wie ich durchs Haus gehe und dann ins Kino geschubst werde. Wenn überhaupt so viel drauf ist.«

»Das mit dem Kino war ein toller Trick. Ist ja auch jeder darauf reingefallen, außer mir. Ha, ha!« Er lachte grimmig, und Clara hielt den Atem an. »Aber ich bin ja nicht blöd. Und bei dem, was Sie da abgesahnt haben, sind 50 000 Euro ein Klacks. Gegen einen Knastaufenthalt sowieso.«

»In den Knast kommen Sie. Wegen Erpressung.«

»Das werden wir ja sehen!« Er funkelte sie an und hielt sie am Oberarm fest. »Ich möchte mal wetten, dass Sie schon ganz genau wissen, wie der Tresor in der neuen Villa funktioniert. Und dann geht das ganze Spiel von vorn los!«

»Sie haben ja einen Knall!« Clara schubste ihn zur Seite und ging zu ihrer Fahrertür. »Das ist die absurdeste Geschichte, die ich je gehört habe«, sagte sie und stieg ein. »Und lassen Sie von jetzt an meine Tochter in Ruhe, sonst gehe ich zur Polizei!«

Er klemmte ihr ein Briefkuvert unter den Scheibenwischer.

»Das werden wir ja sehen«, sagte er. »Aber schauen Sie nur selbst!«

Vor dem Parkhaus zitterte sie so sehr, dass sie die nächste Parkmöglichkeit ansteuern musste. Und dann saß sie in ihrem Wagen und starrte auf das Kuvert unter ihrem Scheibenwischer. Was hatte dieser Mensch gesagt? Und wieso ergab das in ihrem Kopf keinen Sinn? Schließlich öffnete sie die Tür und zog den Umschlag hervor. Zehn Fotos zählte sie. Wie sie durch die Halle ging, wie sie eines der Gemälde betrachtete, dann im Speisezimmer, in der Küche, im Salon mit dem offenen Kamin und im Schwimmbad. Und – tatsächlich – da stand eine Person in einem Zimmer, in dem sie nicht gewesen war. Wer, war schlecht zu erkennen. Es war auf jeden Fall eine Frau. Sie hatte ihre dunklen Haare zusammengebunden wie Clara, und sie war ebenfalls dunkel gekleidet. Aber sie stand vor einer geöffneten Tür oder Klappe. Das Bild war grobkörnig, trotzdem war sich Clara sicher, dass es ein Safe sein musste. Sie stand vor einem Safe. Aber das war nicht sie. Die Frau war zierlicher. Schmaler.

Clara überlegte und schaute noch einmal hin. Und dann war sie sich sicher. Sie holte tief Luft, dann gleich noch einmal. Irgendwie musste sie sich beruhigen, sie wusste nur nicht, wie. Sie zitterte am ganzen Körper.

Schließlich stieg sie aus und ging zu Fuß über die große Kreuzung, am Denkmal von Ramón Llull vorbei in Richtung Meerespromenade. Und von dort aus in Richtung Hafen.

Je näher sie der *Chantal* kam, umso langsamer wurde sie. Was sollte sie eigentlich denken? Welchen Reim sollte sie sich darauf machen?

Vor der Gangway blieb sie unschlüssig stehen. Eigentlich hatte sie gar keine Lust auf eine Auseinandersetzung. Der erste Zorn war verpufft, und Ratlosigkeit war ihr lieber als eine unangenehme Gewissheit.

»Oh, Chérie, das ist aber nett. Ich bin auch eben erst gekommen, komm hoch, wir können einen kleinen Aperitif nehmen, Alain ist auch da.« Chantal beugte sich über das Geländer und winkte ihr auffordernd zu.

Clara ging langsam hinauf, und Chantal kam ihr freudig entgegen. Wie geschmeidig sie ging, wie sehnig und kraftvoll ihre schmale Figur wirkte.

»Du hast mich damals in das Kino geschubst!«, sagte Clara ohne weitere Begrüßung. »Du warst das! Du warst der Fremde im Haus, der Einbrecher.« Sie stockte. »Oder besser: die Einbrecherin.«

»Oh, là, là«, machte Chantal und spitzte die Lippen, was Clara sofort an Sachs erinnerte. »Du schaust so zornig, mon chou-chou, das gibt Falten. Komm einfach herein, wir trinken ein Gläschen, Alain freut sich auch, dich zu sehen.«

»Ich komme nur, wenn ihr mich aufklärt. Ich möchte wissen, was ihr da treibt.«

»Bei einem Gläschen Champagner redet es sich besser als hier draußen, wo der Wind Ohren hat.«

»Und wenn ich drin bin, bin ich spurlos verschwunden, so wie der Schmuck?« Eigentlich glaubte sie nicht, dass die beiden ihr etwas antun würden. Aber was konnte sie überhaupt noch glauben?

Chantal lachte wie ein junges Mädchen. Unbekümmert und glockenhell. »Du siehst … wie sagt man?, … Gespenster. Du siehst Gespenster. Es ist heller Tag, also komm. Bitte.«

Clara ging ihr hinterher und tastete nach dem Foto in ihrer Hosentasche. Das war es. Es konnte nicht anders sein, Chantal war es gewesen. Und Sergej hatte mit seinem Verdacht recht gehabt.

»Oh, la plus belle, unsere Schönste kommt.« Alain stand vom Tisch auf und kam ihr freudestrahlend entgegen. Irgendwie kamen sie Clara plötzlich wie Sektenmitglieder vor, so sehr waren sie bemüht, überschwängliches Glück und gute Laune zu verbreiten.

»Hallo, Alain«, sagte sie und erwiderte kühl seine Begrüßungsküsse. »Ich muss was mit euch klären. Mir ist heute etwas Komisches passiert.«

»Bitte.« Er wies auf einen der tiefen Sessel und ließ sich in seinen zurücksinken.

»Einen Augenblick Geduld, ich hole unsere letzte Flasche Champagner. Wir sind heute allein, Alex und Julien haben frei.« Chantal verschwand hinter der Tür zum Salon und kam gleich darauf mit drei Gläsern und einer Flasche wieder zum Vorschein.

»Was ist dir denn passiert?«, wollte Alain wissen, während er den Champagner öffnete.

Chantal setzte sich in den Sessel neben sie und strahlte sie unbekümmert an. »Wobei können wir dir helfen, Chérie?«

Clara nahm das gefüllte Glas von Alain in Empfang und hielt es steif von sich. »Ich würde gern mal wissen, wie eure Import-Export-Firma wirklich funktioniert.«

»Das willst du wirklich?« Alain schaute sie wachsam an.

»Und ob.« Clara erzählte von den Erpresserbriefen und der heutigen Begegnung mit dem Wachmann. »Er hat mir ein Foto gegeben.« Sie blickte Chantal direkt in die Augen. »Es zeigt aber nicht mich. Ich stand nämlich nicht vor dem Safe, wenn es auf den ersten Blick auch so aussieht. Du bist es. Und deshalb musst du mich auch ins Kino gestoßen und den Safe ausgeräumt haben.« Sie zog das Foto aus der Tasche und hielt es den beiden hin.

Chantal lächelte, Alain nahm einen tiefen Schluck.

»Es ist ein Risiko, wenn wir mit dir darüber sprechen«, sagte er. »Wir liefern uns dir aus.«

»Es ist auch ein Risiko, wenn ihr nicht mit mir darüber sprecht, dann liefere ich euch aus«, sagte sie forscher, als ihr zumute war.

»Deutsche Frauen sind knallhart«, erwiderte er, ein Lächeln in den Mundwinkeln.

»Du bist doch auf unserer Seite?«, fragte Chantal, und ihre Augen waren eine Spur wachsamer, als es Clara lieb war.

»Kommt darauf an«, sagte sie.

»Bon!« Alain und Chantal tauschten einen Blick. »Dann brauchst du ein bisschen Zeit.«

»Ich habe Zeit«, erklärte Clara knapp.

»Nun, alles im Leben hat eine Geschichte«, begann Alain. »Wir sind im Zirkus groß geworden. Unsere Eltern waren berühmte Trapezartisten in Frankreich.«

»Wirklich berühmt«, unterstrich Chantal. »Sie waren beispielsweise beim *Festival du Cirque de Monte-Carlo* und bei *Conelli* in Zürich. Sie hatten Tourneen quer durch die ganze Welt, und wir waren überall dabei, bis wir in die Artistenschule kamen, weil wir selbst berühmte Artisten werden wollten.«

»Dann habe ich bei einem läppischen Training danebengegriffen und bin gestürzt«, ergänzte Alain. »Ich war nicht richtig gesichert, und das war's dann.«

»Wir haben unser Tätigkeitsfeld verlegt«, fuhr Chantal fort, »und machen das Beste aus dem, was wir gelernt haben.«

Beide schauten sie abwartend an.

»Ihr seid Profis!« Clara nickte entschieden. »Und wahrscheinlich turnt ihr nicht nur in kleinen russischen Villen herum, sondern auch in großen Museen, habe ich recht?« Sie richtete sich auf. »Der Kunstraub in Zürich? Und der in Gelsenkirchen?«

Alain zuckte die Schultern.

»Oder doch eher die Eremitage in Sankt Petersburg und der Louvre in Paris?«

Alain hob sein leeres Glas. »Wir sollten noch einen Schluck trinken.«

»Für den Schubs tut es mir leid«, sagte Chantal und warf Clara einen Handkuss zu. »Hat hoffentlich nicht wehgetan, der Schubs.«

Clara schüttelte den Kopf. Sie rang mit ihrer Fassung. »Aber Alain wusste, dass du da drin warst. Und deshalb hat er auch so schnell reagiert. Meine Freundinnen hatten ihm ja alles erzählt …« Sie suchte seinen Blick. »Die Handynummer von Sachs?«

»Wir haben alle wichtigen Handynummern.«

»Und woher wusstest du, wann er die Alarmanlage abstellt?«

Chantal nahm einen Schluck. »Das wusste ich nicht. Das Haus ist durch einen Code gesichert, das war tout simple. Und ich war schon drin, als du gekommen bist.«

»Und die Kameras?«

»Machen alle paar Minuten eine Aufnahme. Die im Büro habe ich falsch berechnet. Dumm von mir.«

Clara zögerte. »Und der Schmuck?«

»Sergej hat ihn wieder«, erklärte Alain. »Wir haben ein kleines Geschäft gemacht.«

»Geschäft.« Clara verzog das Gesicht. »Was sind denn das für Geschäfte. Mich hat Sachs beschuldigt, und ihr macht Geschäfte!«

»Sachs will verdienen. Alles andere interessiert ihn nicht.« Alain deutete auf das Foto. »Das ist nichts wert. Ohne Datum und Uhrzeit.« Er drehte es in der Hand. »Sergej hat den Diebstahl nicht angezeigt. Was will dieser Wachmann damit? Sich selbst ein Bein stellen?«

»Für mich sah das alles ganz anders aus!«, brauste Clara auf. »Für mich ging es um meine Tochter!«

»Ja, ich werde mit Sergej und mit Sachs sprechen. Ich bin sicher, dass sie das abstellen.«

»Ihr versteht mich nicht.« Clara stellte das Glas ab. »Aber ich verstehe jetzt, wie ihr arbeitet. Räumt dem einen das Haus aus und verkauft dem anderen die Beute. Daher die großen Lager und die schnellen Lieferungen. Da bin ich euch ja gerade recht gekommen.«

»Das darfst du so nicht sehen«, beschwichtige Chantal und schenkte nach. »Ich arbeite gern mit dir. Es macht doch Spaß, alle sind zufrieden!«

Clara nickte. »Ja, das ist das Komische daran. Offensichtlich sind alle zufrieden. Obwohl sich Sergej seine eigenen Sachen wahrscheinlich schon dreimal gekauft hat.«

»Ist doch praktisch, nicht?«, lächelte Chantal. »Ich könnte Sergej dreimal die gleichen Louis-quinze-Stühlchen klauen und wieder verkaufen, und er würde es nicht bemerken, ganz einfach weil er sich die Dinge gar nicht genau anschaut. Es geht nur um die Wirkung, nicht um wahren Geschmack oder Lebensart. Aber das tu ich natürlich nicht, die Dinge zirkulieren.«

Clara drehte ihr Glas in den Händen. »Dann ist das ganze Penthouse eine einzige Diebesbeute.«

Chantal zuckte die Schultern. »Nicht ganz …«

»Deshalb wolltest du nichts vom Honorar.«

»Nein, wir finanzieren uns auch so ganz gut.« Chantal lächelte.

Clara stellte ihr Glas ab und wollte aufstehen. Weg von hier, dachte sie. Zu Andrés. Sie musste jetzt jemand haben, mit dem sie reden konnte. Sie stand auf.

»Warte!« Auch Chantal erhob sich. »Setz dich wieder. Ich kann das wiedergutmachen. Wäre das für dich dann in Ordnung?«

Clara starrte sie an. »Gutmachen? Ich bin zu so was einfach nicht geboren. Das ist nicht meine Welt!«

Alain zeigte ihr ebenfalls durch eine Handbewegung, dass sie sich wieder setzen sollte. »Aber auch dein Blut kann kochen.«

»Wie meinst du das?« Clara ließ sich wieder zurücksinken, und auch Chantal setzte sich wieder.

»Das weißt du nämlich noch nicht«, fuhr Alain fort.

»Was weiß ich noch nicht?« Clara wurde hellhörig.

Chantal senkte den Kopf und sah sie von unten her an. »Dieser Kulturhengst, von dem Sachs immer spricht, mit diesem Anwesen, das du gerade so schön einrichtest … c'est ton Paul!«

»Das ist wer??« Clara traute ihren Ohren nicht.

»Sachs hat das verwechselt. Dieser Kulturbürgermeister hat den Deal vermittelt. Aber gekauft hat es … Paul!«

Clara schwieg. »Ich glaube, jetzt heul ich gleich«, sagte sie nach einer Weile. »Das darf einfach nicht wahr sein. Alles darf nicht wahr sein!«

Chantal reichte ihr das Glas.

»Und woher weißt du das?«, wollte Clara wissen.

»Weil ich gestern in seinem Büro gestöbert habe. Dort bewahrt er ja auch die Codes für die Alarmanlagen der Villen auf. Schön im Ordner.«

»Paul also!« Clara nahm einen tiefen Schluck. Sie schaute auf. »Ich könnte kotzen!«, brach es aus ihr heraus. »Und ich hatte keine Ahnung!«

»Er hat für die Villa fünf Millionen bezahlt. Sachs bekommt für das Anwerben eines Innenarchitekten mit Weltruf ein sattes Erfolgshonorar. Und was bekommst du …?«

»Aber er scheint nicht zu wissen, dass ich seine Innenarchitektin bin, stimmt's?«

»Ich glaube, die Einrichtung ist *Überraschung, Überraschung* von seine ami, dem Kulturbürgermeister. Der hat das mit Sachs gedealt.«

»Ah!« Clara schlug sich mit der flachen Hand gegen die Stirn, dann schaute sie Chantal grimmig an. »Diese Suppe versalzen wir ihm.«

Chantal nickte. »Das dachte ich mir.«

»Und ich habe da auch schon eine Idee!« Clara schüttelte den Kopf und hielt dann Alain ihr Glas hin. »Tut mir leid. Das ist mir heute alles zu viel, und mit euren Praktiken bin ich nicht einverstanden, damit ihr das wisst! Aber auf diesen Mistkerl muss ich noch eins trinken! Das ist doch einfach der Hammer!«

Die Tage gingen dahin, und Clara trug ihre Erkenntnisse mit sich herum, ohne jemandem davon zu erzählen. Nachdem Alain ihr gesagt hatte, dass sie sowieso bald abreisen würden, beschloss sie, die Geheimnisse der Firma Import-Export erst mal für sich zu behalten. Nur den wahren Käufer der Villa in Camp de Mar teilte sie allen mit. Und alle weihte sie in ihren Plan ein.

Inzwischen hatte Hans-Ulrich Sachs einen weiteren Auftrag für Clara an Land gezogen. Diesmal sollte es eine kleine Finca bei Cala d'Or sein, die Käufer liebten den mallorquinisch-rustikalen Stil. Das war einfach, und Clara freute sich über den Auftrag. Das war genau das, was sie sich für die Zukunft vorstellen konnte. Klein und gediegen. Sie machte einen Familienausflug aus der ersten Besichtigung und stromerte auch die nächsten Tage ein bisschen auf der Insel herum. Stoffgeschäfte für Vorhänge und Bettwäsche, Möbelgeschäfte, Lampen, Gartenmöbel und Sanitär – so langsam begann sie sich auszukennen und freute sich über jede neue Entdeckung.

Der neue Salon an Bord der *Chantal* wurde fertig, und Alain lud sie alle zu einer kleinen Einweihung auf das Schiff ein. Clara sagte mit gemischten Gefühlen zu, sie hatte sich in letzter Zeit von der *Chantal* ferngehalten, aber Katie freute sich so, dass Clara nicht absagen wollte.

Katie kam an Andrés' Hand und stellte ihn Alain vor. Und dann musste Alain Andrés zeigen, wie sie mit ihm turnen konnte. Andrés gab sich beeindruckt und versuchte, die Drehungen gleich nachzumachen, und so war Katie in ihrem Element: Mal wirbelte sie der eine um sich herum, dann der andere.

Ob sie wollte oder nicht, Clara musste lächeln und zugeben, dass sich ihre Tochter ganz offensichtlich mit den Menschen hier wohlfühlte. Und auch die Insel schien ihr noch immer zu gefallen. Selbst ihre Mutter hatte keinerlei

Ambitionen, nach Köln zurückzukehren, und so reifte in Clara immer mehr der Gedanke, sich tatsächlich auf Mallorca niederzulassen. Ein Haus für alle zu finden, in dem jeder eine Rückzugsmöglichkeit hatte, in dem es aber trotzdem einen gemeinsamen großen Wohnraum und eine Gemeinschaftsküche gab. Außerdem ein Büro und ein kleines Lager. Zukunftsträume, dachte sie, aber trotzdem beschloss sie, Hans-Ulrich Sachs schon einmal nach einem solchen Objekt zu fragen. Und was es in etwa kosten könnte.

Gib nicht aus, was du nicht hast, hörte sie im Geist ihre Mutter sagen, aber vielleicht konnte man ein solches Haus auch mieten, das wäre für den Anfang weniger risikoreich.

Sie hatte sich den neuen Salon der *Chantal* noch einmal mit den Augen der Besucherin angeschaut und war zufrieden. Er war nun wirklich praktisch und gemütlich, dabei hell und offen. Alain hatte schon recht gehabt, die braunen Schiffsmöbel waren zu klobig gewesen und hatten den schönen Raum erdrückt. Dann schloss sie sich Chantal an, die ihre Gäste durch das Schiff führte, und obwohl Clara schon ein paar Zimmer gesehen hatte, staunte sie doch wieder über die Größe und die Ausstattung der Räume. Es hatte etwas von einem schwimmenden Luxusappartement, auch wenn Chantal das nur mit einem Achselzucken quittierte.

»Das Schiff ist zehn Jahre alt, und wir haben es im letzten Jahr einem bekannten deutschen Geschäftsmann abgekauft«, sagte sie. »Er ist pleitegegangen und hatte so viele Gläubiger am Hals, dass eine solche Luxusjacht nicht gut ankam. Wenn sich die öffentliche Meinung beruhigt hat, kauft er sich wieder eine neue, hat er gesagt.« Sie warf Clara einen schrägen Blick zu. »So wie es halt alle machen.«

»Aber geklaut hast du sie nicht?«, wisperte Clara und zog eine Augenbraue fragend hoch.

»Passte nicht in meine Handtasche.« Chantal zuckte bedauernd die Schultern. »Sonst natürlich schon …«

Clara schüttelte nur kurz den Kopf, sagte aber weiter nichts dazu.

»Und wie weit bist du mit deiner Kulturvilla?«, fragte Chantal und wechselte nahtlos das Thema.

»Entwickelt sich zu einem wahren Schmuckkästchen!«

»Gut so, denn Sachs drängt. Dein Ex möchte seinen Vierzigsten hier feiern, hat Sachs dir das schon offenbart?«

Clara schüttelte den Kopf. »Nein, hat sich wohl noch nicht getraut.« Sie stieß Chantal leicht in die Rippen und spitzte übertrieben die Lippen: »Seinen Geburtstag also. Das wäre aber bald!«

»In vier Wochen.«

Clara lächelte. »Rendezvous im November«, sagte sie. »Ich denke, das soll er haben, der Herr Skorpion.«

»Er will ganz großen Bahnhof.«

»Schön für ihn. Und was heißt das für uns?«

»Sachs sprach von einem Catering für hundert Personen. Oh, was sage ich da, excuse-moi …« Ihre gewollt ernsthafte Miene zerfloss in süffisantes Grinsen. »Persönlichkeiten natürlich. Hundert Persönlichkeiten, hat er gesagt. Quelle différence!«

Clara nickte. »Klar ist das ein Unterschied! Hundert wichtige Menschen werden kommen! VIPs aus Köln, nehme ich mal an.« Sie schaute Chantal in die Augen. »Interessant. Und was hast du geantwortet?«

»Natürlich zugesagt. Leider sehr teuer – aber dem Rahmen entsprechend …«

»Teuer ist gut. Und wer soll das Catering machen?«

»Wer wohl!« Chantal wies mit dem Kopf zu Alain und Andrés, die sich an der Reling unterhielten.

»Gute Idee«, lobte Clara. »Darauf wäre ich gar nicht gekommen.«

»Aber dafür hast du ja mich.« Sie nickte ihr freundschaftlich zu. Für Clara jedoch war da diese Kluft, die sich zwischen ihnen aufgetan hatte. Sie war im Konflikt mit ihrem Gewissen, und insgeheim sehnte sie den Moment herbei, da die *Chantal* die Anker lichten und nach Südfrankreich abfahren würde. Noch hatten sie das Projekt zusammen, aber danach wollte sie sich von diesen Dingen frei machen. Sie war nun eben mal keine Räubertochter, sondern das genaue Gegenteil.

Die Wochen vergingen, Katie fragte kein einziges Mal mehr nach »zu Hause«, nur Knuffi mussten sie regelmäßig eine Postkarte mit allen Neuigkeiten schicken. Und zwischendurch telefonierte sie mit Sarah, die sie unbedingt nach Mallorca einladen wollte. Ansonsten hatte Katie neue Freunde gewonnen und fühlte sich im Kreis ihrer erweiterten Familie sichtlich wohl.

Clara führte ein ernsthaftes Gespräch mit Hans-Ulrich Sachs. Sie musste wissen, wie ihre Chancen standen. Sollte sie tatsächlich sofort mit allen Konsequenzen umsiedeln oder erst mal mit Britta eine Probezeit starten? Sachs meinte, ihre Zukunft sei gesichert, aber Clara war vorsichtig. Sie hielt einen »Familienrat« ab.

Ellen fand die Situation, wie sie nun war, für die nächste Zeit ideal: zwei recht günstige Ferienwohnungen, die für alle genug Platz boten und deshalb noch zu keiner Entscheidung drängten. »Und im Notfall kann ich meine Wohnung in Köln untervermieten«, erklärte Ellen pragmatisch. »Es gibt immer Leute, die aus beruflichen Gründen für zwei, drei Monate eine Zwischenlösung suchen.«

»Wie wir halt«, sagte Clara, während Britta auf »ganz

oder gar nicht« gesetzt und ihre Arbeitsstelle in Köln gekündigt hatte.

»Ich habe durch meine Überstunden noch so viele Urlaubstage, dass ich den Rest der Vertragsdauer damit locker erfüllen kann.« Sie hatte Clara einen bedeutungsvollen Blick zugeworfen. »Und – mach dir keine Gedanken – das war sowieso ein Job, der kurz vor dem Aus stand. Wie das ganze Blatt.«

»Das hast du zwar schon mal gesagt, aber trotzdem trag ich die Verantwortung. Und wir setzen uns jetzt hin und finden eine vernünftige Basis für deine Arbeit.«

Die vier Wochen bis zur Einweihung von Pauls Villa in Camp de Mar waren rasend schnell vergangen. Sachs hatte für die anreisenden Gäste Hotelzimmer und einen Limousinenshuttle organisiert. Clara war sich sicher, dass er dafür sowohl von der Leihwagenfirma als auch von den Hotels eine gute Provision kassierte. Wenn jetzt noch das Wetter stimmte, würde es ein sensationelles Event werden. Weil es inzwischen früh dunkel wurde, hatte sie den Park mit vielen verschiedenen Lichtquellen ausgestattet, sodass die Sitzgelegenheiten, Pflanzengruppen und Ebenen gut zur Geltung kamen, vor allem die Kunstwerke hoch gehandelter Bildhauer. Besonders verliebt war sie in die hohen Tonvasen von Uwe Löllmann, deren Erd- und Rottöne an Feuer und Asche denken ließen. Sie fügten sich wunderbar in den Garten ein, ebenso wie die spöttisch-frechen Figuren von Peter Lenk und die gewaltigen Bronzeskulpturen mallorquinischer Künstler. Dazwischen standen kleine Cateringzelte und das Champagnerzelt, alles war genau so, wie man es sich im erlesenen Kunstfreundeskreis zu einem besonderen Fest wünschen würde.

Clara war zufrieden und hielt sich zurück, als die Gäste eintrafen. Von ihrem Platz an der unbeleuchteten Seite der Villa konnte sie alles gut sehen, ohne selbst gesehen zu werden. Chantal kam mit zwei Gläsern Champagner an und drückte ihr eins in die Hand. »Wo bleibt denn dein Paul, schließlich ist er der Gastgeber?«

»Er ist nicht *mein* Paul«, wehrte Clara sich. »Und außerdem fand er es schon immer schick, etwas später zu kommen. Das garantiert höchste Aufmerksamkeit!«

Britta kam dazu, und gemeinsam setzten sie sich auf die kleine Gartenbank, die sie zu diesem Zweck am Tag zuvor mit viel Überlegung und Hin-und-her-Schieben platziert hatten. Von hier aus ließen sich die vorfahrenden Limousinen gut beobachten, und Britta schien überraschend viel über die einzelnen Gäste zu wissen.

»Du bist ja besser informiert als ich«, sagte Clara staunend.

Britta lächelte nur. »War ja auch mein Job, jedes Revolverblatt nach Promis abzuklopfen«, erklärte sie. »Schließlich braucht ein Anzeigenblatt auch ein paar heiße News.«

»So, so«, machte Clara, zog sie dann aber so unvermittelt am Ärmel, dass sie fast ihren Champagner verschüttet hätte. »Achtung, da kommt er!«

Es war wirklich ein großer Auftritt. Mit Diana am Arm, die eine weiße Pelzstola zu ihrem schwarzen Abendkleid trug und ihre Haare zu einer kunstvollen glitzernden Hochfrisur hatte auftürmen lassen, schritt er durch das weit geöffnete Gartentor. Ein hagerer Mann im Smoking steuerte sofort auf ihn zu und begrüßte ihn mit so großem Getue, dass nicht nur der privat beauftragte Kameramann hinlief, um alles festzuhalten, sondern dass auch die Gäste zusammenströmten.

»Das ist sein Freund, der ihm das hier vermittelt hat. Der Kulturbürgermeister. Sicher darf er hier dann auch mal wohnen«, stichelte Clara.

»So eine Freundschaft hat was«, sagte Britta mit ironischem Unterton. »Da kann man sich dann ein Leben lang gegenseitig etwas Gutes tun!«

»Ja, genau, apropos Freundschaft. Seht ihr die im lilafarbenen Abendkleid? Heißt Sophie-Marita und hat mal so getan, als wäre sie meine beste Freundin.« Clara verzog die Mundwinkel. »Und jetzt? Seht ihr, wie sie sich anbiedert? Am liebsten würde sie Diana hinten reinkriechen!«

Chantal betrachtete die Szene abschätzig. »Stimmt«, sagte sie dann. »Aber die anderen auch. Schau, die im hellgrünen Kleid, sie schmeißt sich richtig ran.«

Clara nickte. »Das ist die Frau des Bankers«, erklärte sie. »Sie wollte mit mir immer nach Italien, um große Kunst zu kaufen. Mit Diana macht sie jetzt bestimmt auf Mode.«

Chantal lachte. »Und der Schnarchsack daneben ist ihr Mann?«

»Sei nicht so despektierlich«, wies Clara sie zurecht.

»Privatbank?«, wollte Chantal wissen.

»Bundesbank!«, erwiderte Clara.

»Glaub ich dir nicht! Und der im quietschblauen Anzug?«

»Selbst ernannter Künstler. Verkauft überteuerten Schrott. Sucht und findet immer einen Dummen.«

Chantal lachte. »Und die im zartrosa Ungetüm?«

»Die Benefizjägerin der Stadt«, erklärte Britta. »Man weiß nur nicht so genau, was sie benefizt. Vor allem ist es Eigenwerbung, sag ich mal. Und weil die Presse da ist, kommen viele, die sich gern in irgendwelchen bunten Magazinen sehen. Dafür benefizen sie dann mit.«

Die drei hätten wahnsinnig gern Mäuschen gespielt, vor allem als sie sahen, wie sich Hans-Ulrich Sachs dazugesellte.

»Was Sachs ihm nun wohl erzählt?«, rätselte Clara.

»Nun, wahrscheinlich dass er auf Anraten des Kulturbügermeisters die Sterne vom Himmel geholt und die im Moment angesagteste Innenarchitektin eigens für ihn verpflichtet hat. Eine Koryphäe ihres Fachs, la meilleure architecte-décorateuse, die weltweit agiert und die international die besten Beziehungen zu allen Kulturstätten und Museen, Galerien und Möbelstudios hat. Ihre Bandbreite reicht von den erlesensten Antiquitäten über den Bauhaus-Stil bis zur heutigen Moderne. Und wenn wir das irgendwie mitschneiden könnten, könntest du glatt um fünf Prozent aufschlagen, weltbeste Innenarchitektin, die du bist!« Chantal klopfte ihr auf die Schulter.

»Du meinst tatsächlich, dass Sachs mich so verkauft hat?«

»Aber natürlich, sonst hätte der seine Einrichtung doch längst mal sehen wollen, n'est-ce pas? Oder meinst du nicht? Hättest *du* so viel Vertrauen?«

»Ich?« Clara schüttelte vehement den Kopf. »Nie! Auch nicht in die weltbeste Innenarchitektin. Und ganz offensichtlich hat Sachs meinen Namen dabei nie genannt!«

»Bestimmt spricht er nur von der Frau Professorin.«

»Ha!« Clara lachte. »Oder Sachs behauptet, er habe alles selbst gemacht, und verlangt das entsprechende Honorar.«

Britta nickte. »Das würde ich ihm voll zutrauen«, erklärte sie.

Von ihrem Platz aus konnten sie das breite rote Samtband sehen, das vor der großen Eingangstür aufgespannt war. Rechts und links davon standen zwei spöttisch grinsende Gargoyles aus Sandstein, die sich Paul als Hausbeschützer gewünscht hatte. Zwischen den Pranken des einen lag eine goldene Schere, mit der Paul und Diana später das dekorative Band durchschneiden und die Villa in Besitz nehmen wollten.

Chantal schaute sie an, und kurz trafen sich ihre Blicke. »Schmerzt es dich nicht doch?«, wollte sie wissen.

Clara schüttelte leicht den Kopf. »Nein. Ich habe ihn mal geliebt, aber eigentlich ist er ein eingebildeter, überheblicher Pinsel.«

Britta zeigte auf die Limousinen, die noch immer vorfuhren und Gäste brachten. »Aber ich muss schon sagen, was hier so aufläuft, sind alles die Damen und Herren der sogenannten besseren Gesellschaft.«

»Tja, meine Einladungsliste hat er ganz offensichtlich auch übernommen.«

Sie lästerten noch ein wenig und hatten trotz der Anspannung Spaß auf ihrem Beobachtungsposten, denn man konnte genau sehen, welche Damen sich gut und welche sich weniger gut informiert hatten. Die einen kamen zu sommerlich gekleidet und hatten mit ihren High Heels auf den Kieswegen Probleme, die anderen hatten schon ihre Winterpelze bemüht und waren ebenso falsch am Platz.

Die Gäste standen in kleinen Grüppchen zusammen, und die Bewunderung für den Garten und die Villa wurde immer lauter zum Ausdruck gebracht.

Um zehn Uhr sollte die feierliche Hauseinweihung stattfinden. Paul hatte sich dazu einen Ausnahmesaxofonisten gewünscht, und Clara hatte spontan an den Jazzmusiker Bernd Konrad gedacht, aber dann war ihr der Termin doch zu peinlich, um ihn anzufragen. Schließlich hatte sie einen Musiker engagiert, den Sachs kannte und von dem sie nur eine CD gehört hatte. Aber das würde dann wahrscheinlich auch keine Rolle mehr spielen.

Britta kam von ihrer Tour durch den Garten zur Bank zurück und setzte sich zwischen Clara und Chantal, die noch immer neugierig die Gäste beobachteten.

»In wenigen Minuten geht es los«, sagte sie. »Punkt zehn Uhr geht der Scheinwerfer für den Eingang und das Rednerpult an. Und exakt zum Durchschneiden des roten Bands leuchten alle Lichter im Haus. Die Helfer stehen bereit.«

Chantal schaute sie an. »Fast tut es mir leid, euch zu verlieren.«

»Was soll denn das heißen?«, wollte Britta wissen.

»Wir werden Anfang nächster Woche die Anker lichten«, erklärte sie.

»Und wieso tut es dir dann nur *fast* leid?«, fragte Britta spitz.

Chantal warf Clara einen kurzen, prüfenden Blick zu.

»Mir tut es jedenfalls leid«, sagte Clara und nahm aus einem Impuls heraus Chantals Hand. Man kann seine Meinung ja auch mal ändern, dachte sie. Chantal und Alain waren schließlich zwei liebenswerte Menschen, auch wenn ihr Beruf etwas gewöhnungsbedürftig war.

»Und du verpasst unsere Mädels«, erklärte Britta. »Die reisen in zwei Wochen zur Mädelsparty an.«

»Ja, schade!« Chantal nickte, aber ihr Blick zeigte Clara, dass sie sich über die Geste freute. »Und überhaupt verpasse ich alles. Auch wie es bei euch weitergeht.«

Clara musste lachen. »Schau einfach in deine Kristallkugel, dann bist du schlauer als wir. Aber eigentlich vertraue ich auf die Zukunft.«

»Und die beginnt jetzt. Achtung!« Britta zeigte zum Garten.

Paul, im gut sitzenden Smoking, schritt unter dem Beifall der Gäste zum Hauseingang, wo das Rednerpult mit

Mikrofon in helles Licht getaucht war. Diana stellte sich stolz neben ihn und schaute hoheitsvoll auf die Gäste, die sich nun langsam sammelten und einen Halbkreis um die beiden bildeten.

»Komm«, forderte Chantal Clara auf. Sie schlichen sich heran, beide unauffällig im kleinen Schwarzen.

Paul hüstelte, um sich der Aufmerksamkeit jedes Einzelnen zu versichern.

»Liebe Freunde, Kunstfreunde und vor allem, lieber Freund, lieber Ralf, der du diese Villa für mich entdeckt hast. Dieser Tatsache und deinem raschen Handeln verdanken wir, dass wir hier nun meinen vierzigsten Geburtstag begehen können. Ich habe alle Hebel in Bewegung gesetzt, damit dies so schnell möglich wurde, denn ich empfinde es als ein gutes Omen für das Haus und unsere Zukunft, wenn wir dies mit solch wertvollen Freunden, wie ihr es seid«, sein Blick schweifte langsam über seine Zuhörer, »feiern. Die meisten von euch kennen mein Haus in Köln. Es sollte ein Maßstab sein, den ich mir auch hier wieder gesetzt habe. Kein Weg war mir zu weit, keine Anschaffung zu viel, kein Preis zu hoch. Ich habe alles darangesetzt, wieder eine Einrichtung zu bekommen, wie sie in der Kunstwelt einzigartig ist. Das bin ich meinem Geschmack, Ihnen und euch, meine lieben Kunstfreunde, und nicht zuletzt der geliebten Frau an meiner Seite, Diana, schuldig.«

Alle klatschten stürmisch Beifall, Diana griff nach seiner Hand.

»Der tut so, als hätte er die Villa selbst eingerichtet. Das ist ja wohl ein Witz?!«

»Die Kunstwerke im Garten haben Sie ja schon bewundert und erkannt, meine lieben Kunstfreunde. Ein

Lenk und ein Löllmann, das ist ein schöner kleiner Vorgeschmack auf die Erlesenheit der Innenausstattung. Gleich wird Diana das samtene Band durchschneiden, und wir alle werden dieses Überraschungsbonbon, das uns erwartet, kosten dürfen …«, Paul warf einen lächelnden Blick in die Runde, »… und wir beide freuen uns, wenn Sie in Zukunft als unsere Gäste ab und zu mal hereinschauen – aber wir alle kennen ja die goldene Regel von den drei Tagen …« Seinem Gesicht war anzusehen, dass er auf amüsierte Reaktionen und vor allem auf Beifall wartete, den er auch bekam.

Chantal sagte nur: »Der ist ja noch schlimmer als schlimm.«

»Ich bin auch peinlich berührt«, flüsterte Clara. »Ganz so schlimm war er früher nicht!«

»Die rosa Brille eben …«

»Meine lieben Freunde.« Nun trat der Kulturbürgermeister an das Mikrofon. »Im Namen aller möchte ich für diese wunderbare Einladung danken. Als mir Paul an einem gemeinsamen Abend von seinem Lebenstraum erzählte, habe ich nicht geglaubt, dass er so schnell in Erfüllung gehen könnte. Aber Sie alle kennen ihn, er ist ein Mann von Tat und Kraft, und jeder, der das herausragende Interieur seiner Kölner Villa kennt, weiß, dass sein Sinn für hochwertige Kunst nicht nur erstklassig, sondern auch untrüglich ist. Und so freue ich mich, dass wir heute aus Anlass deines vierzigsten Geburtstags, lieber Paul, gemeinsam ein weiteres wertvolles innenarchitektonisches Kleinod mit dir und deiner lieben Diana zelebrieren dürfen.«

»Es wird immer besser«, sagte Clara und bemühte sich nicht einmal mehr um eine leise Stimme. »Jetzt hat er auch schon unsere Kölner Villa eingerichtet. Dabei besteht Kunst für ihn nur aus bedruckten Geldscheinen!«

»Vielen Dank, lieber Ralf, für deine herzlichen Worte. Der große Augenblick ist gekommen!« Paul rückte seine Fliege zurecht und strich sich kurz über seine nach hinten gekämmten Haare. Dann bückte er sich nach der Schere und reichte sie Diana, die sie auf der flachen Hand und mit einem langen Blick in die Fernsehkamera entgegennahm. Unter dem Beifall aller schnitt sie das Band durch, und Paul legte seine Hand bedeutungsvoll auf die breite Türklinke.

»Da sind Sie ja«, hörte Clara eine Stimme hinter sich und drehte sich um. Sachs stand hinter ihr, sein Gesicht war vor Aufregung gerötet. »Das haben Sie spitze gemacht, Clara. Tolles Event! Alles stimmt, alle sind begeistert!«

Paul schob die Tür weit auf, ging die ersten Schritte ins Haus und kam gleich darauf mit entgleisten Gesichtszügen wieder heraus. Langsam zog er die Tür hinter sich zu.

»Was ist denn, mein Schatz?«, fragte Diana laut, und der Beifall erstarb, alle reckten neugierig die Hälse.

»Ja, was ist denn?«, wollte auch Sachs wissen.

Clara zuckte die Schultern.

Chantal drehte sich zu Sachs um. »Vielleicht hat Paul ein neues Einrichtungsideal?«, fragte sie unschuldig. »Très romantique?«

Paul schaute sich suchend um, während die ersten Gäste an ihm vorbei ins Haus drängten. Dann hatte er Sachs entdeckt und stapfte wütend heran. Clara versteckte sich hinter Britta.

»Wollen Sie mich verarschen?!«, schrie Paul den ratlosen Sachs an, der sich nach Clara umdrehte, sie aber nicht finden konnte. »Was ist das für eine Scheiße?« Sein gepflegtes Gesicht hatte sich zur Fratze verzerrt. »Los, sagen Sie schon! Sie wollen mich in Köln unmöglich machen, zum Gespött der Leute, der Stadt! War das Ihre Absicht, ja?! Wer steckt dahinter? Wer hat Sie bestochen? Wer?« Er packte Sachs am Revers seines Smokings, aber Sachs schlug die Hand reflexartig weg. »Keinen Euro bekommen Sie von mir. Keinen Cent!« Paul tobte, als würde er im nächsten Moment zuschlagen.

Sachs hielt sich Paul mit einer Hand vom Leib und schrie nun seinerseits: »Sind Sie verrückt geworden?«

»Ich? Verrückt? Dann sehen Sie sich das da drinnen mal an! Was verstehen Sie denn unter Kultur, Sie Analphabet! Haben Sie nicht von dem weltbesten Innenarchitekten gesprochen, und ich könne mich darauf verlassen und mich mit dem Ergebnis schmücken, Sie Volltrottel, und nun diese kitschige Scheiße da drin!« Außer sich vor Wut schlug er mit der Faust nach Sachs, was Andrés, der die Szene von Weitem beobachtet hatte, eingreifen ließ. Er kam angelaufen, und während er Paul von hinten wie im Schraubstock festhielt, hatte Diana Clara entdeckt.

»Da«, sagte sie, und Paul folgte mit seinem Blick ihrem ausgestreckten Zeigefinger. Fassungslos klappte ihm der Unterkiefer herunter, dann versuchte er sich mit Macht von Andrés zu befreien.

»Du!«, fauchte er hasserfüllt. Und im nächsten Moment brüllte er Sachs wieder an: »War das etwa *sie*?«

Sachs warf Clara einen funkelnden Blick zu. »Sie sind gefeuert!«, sagte er barsch, denn nun hatte auch er durch die hell erleuchteten Fensterfronten die geschmackloseste Einrichtung erspäht, die ihm je untergekommen war.

Gefeuert? Clara musste lächeln. Sie dachte an den Prospekt, den sie von Friedrich noch immer zu Hause liegen hatte. »Ich weiß gar nicht, was der Mann hat«, erklärte sie Sachs unschuldig. »So viel schönes Gold! Und die prunkvollsten Leuchter, die wir jemals aufgehängt haben!«

In der Zwischenzeit war in den hell erleuchteten Räumen die Aufregung der Gäste zu beobachten: Kopfschütteln, Unverständnis, aber auch verstohlene Freude über den unverhofften Skandal.

»Diese elende Hütte können Sie andrehen, wem Sie wollen!«, schrie Paul Sachs an. Und Clara schleuderte er »Und du scher dich zum Teufel« entgegen, bevor er sich von Andrés losriss und über den Kiesweg zur Straße rannte, ohne auf Diana zu warten, die mit ihren High Heels nur mühsam hinterherkam.

»Das war's mir wert«, schickte ihm Clara leise nach. Andrés schüttelte den Kopf und legte zärtlich seinen Arm um sie. »Das kriegen wir auch so hin«, raunte er ihr ins Ohr. »Ich verdiene ja jetzt ganz gut. Verschenk deinen Rückflug, und mach dir keine Sorgen.«

Clara holte tief Luft.

»Seeehr schönn«, sagte da eine tiefe Stimme.

Clara und Chantal warfen sich nur einen kurzen Blick zu und drehten sich um. Hinter ihnen stand Sergej Golowko, der Clara gewinnend angrinste.

»Das haben Sie wirklich sehr schön eingerichtet«, sagte er wohlwollend und legte eine Hand auf Sachs' Unterarm. »Und jetzt ist es doch sicherlich ein Schnäppchen?«